大っっっっっっっっっっっ嫌いな
アイツとテレパシーで
つながったら!?
In Hakudou Ward.
There is 5.2 km to go.

「私が嫌いなのは、命令されること。それからあなたよ」
赤坂彼方
あかさかかなた
頌明学園高等部一年A組。
日本最大の企業グループを経営する、旧華族系赤坂家の本家跡継ぎ。
通称、財界の皇女。
命令されるのが嫌い。

「想像していた通り、君は最悪なヤツだな」
有栖川譲
ありすがわゆずる
頌明学園高等部一年A組。
没落したかつての名家・有栖川家の末裔。特待生枠で頌明学園に入学した努力家。
褒められるのが好き。
皐月まかろん
さつきまかろん
頌明学園高等部一年A組。
譲の数少ない友人。

六本木珀
ろっぽんぎはく
赤坂ロボティクス・フューチャーの開発部長。三十年後から来た女、と呼ばれるほど卓越した頭脳を持つ稀代の天才。
理論物理学を専門とし、かつて赤坂グループ横断のタイムマシン事業のプロジェクトリーダーを務めていた。

Fuji

\NYA—N/
大っっっっっっっっっっ
嫌いなアイツと、
共同生活

大っっっっっっっっっっっ嫌いなアイツとテレパシーでつながったら!?

CONTENTS

かっぴ圭尚　［イラスト］五七翔二

大っっっっっっっっっっ嫌いなアイツとテレパシーでつながったら!?

かつび圭尚

MF文庫J

口絵・本文イラスト●五七翔二

第一章　金持ち令嬢と貧乏特待生

《この私が初日から遅刻なんて、もう人生終わりよ！》

赤坂彼方（あかさかかなた）の心の声だ。

いつも僕の頭の中を我が物顔で駆け抜けていく、癇（かん）に障る声。

曰（いわ）く、彼女は相当のピンチらしい。一年ぶりの登校で遅刻なんて、確かに恥ずかしい。

でも、人生終わり？

馬鹿げたことを言うなよ。遅刻くらいで、遅刻くらいで——

「遅刻くらいで人生終わる高校生は、今この瞬間に、僕だけ、だっての！」

激安中古の電動キックボードを急加速させ、黄色信号を突破する。林立するオフィスビルの谷間をトップスピードで駆け抜ければ、電磁ガードレールの風車が回る。見上げればビル間に張り巡らされた多重立体歩道を往来する人々が、見回せば並走する会社員が、みな驚いた顔でこっちを見る。

現在時刻は八時二十分。タイムリミットは残り十分。

幾度となく遅刻の危機を乗り越えてきた僕だが、今回は特にギリギリだった。

今日は本当に最悪だ。朝からバイトをクビになり、いつもの近道はデモで通行止め。そして今。こんな目に遭っている原因がまさにこの憎き赤坂彼方にあった。

「それはそれはお気の毒に。せっかく私が留学から帰ってきたというのに、たったの遅刻一つですぐにお別れなんてとても悲しいわ。退学してもお元気でね」

残暑の匂いに混ざって、ふわりと薔薇のような甘い香りが漂う。

振り返る余裕もないが、振り返らなくても分かる。

僕の真後ろに立った赤坂彼方は今、僕の肩にいかにも嫌そうな手つきで掴まり、風になびく赤みがかった黒髪をもう片方の手で押さえながら、二人乗りの交通違反なんてちっとも気にせず涼しげな顔をしている。

死にかけるほどの努力で勝ち取った頌明学園高校の特待生資格。それを僅か半年で失いそうな僕は、こんなにこんなに必死で重たいハンドルを制御してるのに！

「君が悲しまずに済む方法が一つだけあるよ。今すぐ降りればいい」

「あなたそれ、まさかこの私に遅刻しろと言っているの？」

「そうだよ！　遅刻して大恥かいて、たまには人生終わる側の気持ちを知ればいいさ！」

「ねえ、さっきからそのフレーズ。勝手に私の心の声を引用するのはやめて頂戴」

「勝手にって、何を今更！　六年間も騒音を送信してきたのはそっちだろ！」

「それはこっちの台詞――ちょっと、揺らさないで。安全運転で急ぎなさい！」

「んな無茶な！　こっちは助けてあげてる側だぞ、一言くらい僕を褒めたらどうだ！」

「嫌よ。あなただと分かっていたら助けなんて求めず素直に奪っていたから」

平然と言い放つ赤坂彼方には可愛げの欠片も優しさの片鱗も一片の思いやりもない。そんなこととっくに知っている。

「君はやっぱり最悪なヤツだよ、六年間イメージし続けたとおりだ！」

「なら逆に聞くけれど、あなたは私と分かっていたら助けた？」

「いいや助けてないね。ぜっっっっっっっっったいに！」

「ほうら。ならあなたが偉ぶる理由はどこにもないじゃない」

「あ、る、だ、ろ、ぉ――――！」

ほんっっとうに、このお嬢様はめちゃくちゃだ。めちゃくちゃすぎる。

できることなら三分前の自分に言ってやりたい。

故障した黒いリムジンの横に佇む、ツンとした蒼い目の女子生徒に気をつけろ。

彼女の困ったような姿を見て、褒められチャンスだなんて思うのだけは絶対によせ。

キックボードを停めたらもうおしまいだ。そいつは当たり前のように、許可も何もなく後ろに飛び乗ってくる。

――ちょうどいい。そこのあなた、私を乗せる栄誉を与えてあげる。

それが僕、有栖川譲と赤坂彼方が初めて顔を合わせた瞬間だった。

互いの正体に気付いた時には手遅れで、文句をぶつけ合いながら走るしかなかった。

「だいたい特区内ならすぐタクシーが捕まるじゃないか！」

「私を誰だと思っているの？　やんごとなき赤坂(あかさか)の令嬢が一人でタクシーに乗るなんて、何かあったら危ないでしょう！」

「こっちの方がよっぽど危ないと思うけどね！　ほら曲がるぞ気をつけろ！」

ドリフトを披露して、区営リニア線の駅前を右折する。『経済の拍動するまち・白銅区』と表示されたサイネージの先、中空に浮かぶ光学ビジョンがニュース速報を流す。

『宝飾品メーカー・カシワに向けられた疑惑について、今朝――』

右上に表示された時刻は、八時二十三分。よし、なんとか間に合いそうだ――と気を緩めた途端、ハンドルがよろめく。

「まるで私が重いかのような動きね、不敬よ」

「まさか。重さ五十キロの絹くらい軽いよ」

「それはこの前の立食パーティー直後の体重！　今はもっと軽いわ！」

「どんだけ食べたんだよ卑しいな！」

「悪いのは私じゃなくフィッシュアンドチップスで――ちょっとあの子、危険よ」

肩に赤坂の爪が食い込む。三つ先にある横断歩道の手前、紫色のランドセルを背負った男の子が点滅する信号に向かって全力疾走していた。地上にいる歩行者は、特区じゃ少し目立つ。どうやら乗り遅れたスクールバスを追いかけているようだった。

「ああ、あれは心配ないよ。たまにいるんだ、あそこで信号無視する子供。でもメインストリートの脇は車なんてほとんど走ってない。それこそ通行止めでもなければ……あっ」

《まさに今日、デモで通行止めがあるじゃないか！》

「ほらやっぱり危険じゃない！」

「そこの君っ！　赤信号！　危ないっ、止まれ──────っ！」

呼びかけても子供が止まる気配はない。こうなったら──直接止めるしかない！

遅刻。退学。家族。夢。そんな単語が心臓の早鐘にあわせて浮かんでは消えて、急ブレーキによる甲高い不快な金属音がキィ──────と鳴って、横断歩道の直前で僕の背中に赤坂の頭がぶつかった。

「君はこれで先に行け！」

「でもあなた、ちょっ──」

転ぶような勢いでキックボードから飛び降りる。頼む頼む頼む、間に合ってくれ！　必死に祈る僕は、命知らずの子供めがけて大股で走り、喉が破れそうなくらいの声で叫ぶ。

「危ないっ！　止ま──」

──れ。言い切るよりも前に、なんなら僕が叫ぶよりもちょっと前に。

ぴたっ。男の子は普通に横断歩道の手前で立ち止まった。

目の前を貨物トラックが通過してから、賢明な少年はこっちを見て首を傾げた。

「？　どうしたの、お兄さん？」

「……あー、いや。ちゃんと交通ルールを守ってえらいぞって、言いたくて。ははは」

「え、うん。だって危ないじゃん。遅刻したって死ぬわけじゃないし。それよりお兄さんこそ大丈夫？　目の下、クマがすごいよ」

「ちょっとここ数年寝不足でさ。じゃあね。ははは。…………はあ」

　これはアレだ。空回りってやつだ。子供を助けて遅刻したって理由なら学園側からも許されて、おまけに褒められるって思ったんだけどな。当てが外れて、深い溜息を吐く。

「こっちは遅刻したら死ぬってのに、なにしてるんだろうな」

「……まったく本当、なにしているのかしらね」

　赤坂彼方の声だ。心の声じゃない、空気を通して伝達される本物の声。驚いて振り向けば、声の主は呆れたような表情で、ハンドルに片肘をつき器用にバランスを取っていた。

「んなっ、なんで僕のこと待ってるんだよ！　このままじゃ君まで遅刻だ」

「はあ？　誰があなたなんか待つのよ。私はただ、あなたが先に行けって言ったから」

「……？　いや、ぜんぜん意味分からないんだけど――」

　僕の疑問に答えるつもりはないようで、赤坂は「ん」とハンドルを押しつけてきた。そうだ、今は言い争ってる場合じゃない。キックボードに飛び乗り急発進させる。

「なあ赤坂！　タイムリミットまであと何分だ！」

「もう残り四分……を十秒切ったわ。車でも五分はかかる道よ、遅刻確定ね。お別れ会はいつにする？　特別にうちのビルを使わせてあげてもいいわ」

赤坂の諦めきった台詞に、僕はわざとらしく口の端を吊り上げる。

「何言ってるんだよ、諦めるには早すぎる」

そうだ。僕はいつだって困難を乗り越えてきた。寝る間も惜しんで勉強して、消えないクマも隠さずビル清掃をして、気を失いそうになりながら授業を受けて、吐きそうになりながらレジ打ちをして、夜が来て朝が来て夜が来て。

僕はなんだってできる。人並みならぬ夢を叶え褒め称えられるためなら、なんだって。

「いいか赤坂。限界ってのは超えてからが本番だ。だから……間に合わせてみせるよ。振り落とされないようしっかり掴まってろ、よ！」

この状況で遅刻を回避すれば、赤坂も僕をすごいと褒めざるを得ないだろう。別に赤坂に褒められたところで嬉しくもないけど、振り回された溜飲くらいは下がる。

はずだったのに。

突然すぎて反応できなかった。だって予想できるか？　できるわけない。赤坂が後ろから手を伸ばしてきて、運転中のハンドルを力尽くで奪うだなんて。

「……本当に不愉快ね。私に二度も命令するなんて」

「え？　は？　いや、何するんだよ赤坂（あかさか）、ちょっ、危ないだろ！」

「これ、制御部分はうちのグループの技術よ。ここをこうして操作すれば……できたわ、リミッター解除」

「それ速度違反じゃ！」

「速度違反？　そんなもの私には関係ないわ！」

　赤坂がアクセルを思いっきり握り締め、ぎゅん、と僕のおんぼろ愛車を急加速させる。信じられない速度でぐんぐんと電磁ガードレールが通り過ぎていく。なんだよこれ。限界を超えるって、そういう意味じゃない！　しかも君、ちゃんと前見えてないだろ！

「前！　前！　前の車にぶつかるって！」

　僕の掛け声で左に舵（かじ）が切られ、びゅんと車を抜き去る。交通ルールもめちゃくちゃだ。それでもまだ足りない。この速度でも間に合わない。なのに赤坂に焦る様子はない。

「有栖川譲（ありすがわゆずる）。私の嫌いなものを特別に教えてあげるから、今後気をつけなさい」

「はあっ!?　それ絶対今じゃないだろっ！」

「いい？　私が嫌いなのは——命令されること。それから、……あなたよ」

「……ははっ、そりゃこの上ない栄誉だ！」

　掴（つか）まってろ、も先に行け、も地雷だったなんて分かるわけない。笑い飛ばしたところでラストスパートだ。頌明（しょうめい）学園名物、急勾配の下り坂・通称『なべ底坂』にさしかかる。眼下にはもう学園の広漠な敷地が広がっている。残りは一分、ゴールはすぐそこ。

「いい？　この下り坂はあなたの人生の縮図よ。ここで本当の限界を超えられなければ、あなたは二度と這い上がれない。這い上がるためには――」

どくん――

心臓が、危機に瀕して強く速く鼓動する。

《まさかいや待て待ってくれそれはそれはそれはヤバ――》

「――躊躇もブレーキも、空気抵抗も摩擦係数もいらない。そうよね？」

僕は思う。ああ、嫌いだ。

僕も、赤坂彼方のことが嫌いだ。大嫌いだ。

自分が望めば法律も物理法則さえも簡単に捻じ曲がる。冗談でもそう言える傲慢さが。

僕の返事を待たずして、僕らを乗せたボードは飛ぶように、落ちるように、加速する。

「「わああああああああああああああああっ――――！」」

六年前に突如《交信》が始まって以来、僕らはずっといがみ合ってきた。

心の声が勝手に送信されて、ところ構わず強制的に受信する。プライバシーも外面もあったもんじゃない超常的な現象は、僕と赤坂だけの間で毎日何度も発生する。僕らは互いに迷惑して、辟易して、憎み合って。

だから僕はよく知っている。

赤坂彼方はこの世で一番自分が偉いと信じていて、怖いものなんて何もない。その根拠は腹立たしいことに質量を持って明確に存在している。しかも、僕らの視界のすぐ先に。

赤坂白銅タワービルディング。

頌明学園のすぐ近くに聳え立つ、東京タワーを遥かに凌ぐ高楼。赤坂グループが所有する日本最大のオフィスビルは、この特区の、すなわち日本経済の象徴だ。

そしてその頂点――地上約９００メートルの空。ぽっかりと浮かぶ巨大な黒い穴が、今日も僕らを見下ろしている。

＊＊＊

二学期の始業式を粛々と終えた高等部の生徒達が、教室棟の大廊下でざわついていた。

喜ぶ人。落胆する人。舌打ちする人。その視線の先にあるのは――夏休み中に受けた校内模試の順位表。巨大な液晶画面に上位百人分の氏名が並んでいる。

『十四位　一年Ａ組　有栖川譲　４４１点』

「あっっっっぶな……」

思わぬ場所に自分の名前を見つけ、つい口から漏れた。特待資格維持のボーダーラインは学年十五位。想定よりもずっとギリギリになってしまった。

そのまま目線を上へとずらすと、見たくもない名前が上位に表示されていた。

『三位　一年Ａ組　伊集院俊矢　４５３点』

「ようトクタイセー君。やっと自分の立場を弁えられるようになったな」

ちょうどその名の主が気安く僕の肩に腕を回してきて、真っ白な歯を見せびらかすように笑った。何か香水をつけているようで、鼻につく匂いがした。

「あー、そうだね。これで君は、うちのクラスじゃ名実ともにトップだ」

「そして次は学年一位を獲る。分かってるよな、トクタイセー君。これから卒業まで、まかり間違っても二度と一位なんて取ってくれるなよ？」

「……分かってるよ。君の点数は超えないよう気をつける。そういう約束だ」

君に目を付けられると面倒だってことは、もう充分に理解してる。身体を捻って伊集院の腕から抜け出すと、その隙間に割り込むようにポニーテールの女子生徒が入ってきた。

「おはようございます、伊集院君。クラス一位とは素晴らしいご結果で。まあ、元総理大臣の孫がまさか貧乏人に負けるわけにはいきませんものね」

「当然だ。それより鮎ヶ崎(あゆがさき)、お前また圏外じゃないか」

「うちはいいんですよ。そこのトクタイセー君とは違って、ぼろ雑巾のように必死で頑張らなくたって将来が約束されてるんですから」

鮎ヶ崎はもう一つの、もっと大きな液晶掲示板を指差す。昨年度の学園への出資企業順位表。その三位には、彼女の祖父が頭取を務めるメガバンクの名がある。

「失礼、そうだったな。いいかトクタイセー君。忘れるなよ。お前みたいなアリンコが頌(しょう)明(めい)に居られるのは、俺達の理解と配慮の賜物(たまもの)ということをな」

「……あはは、ありがたい限りだよ」

愛想笑いを浮かべながら思う。なんでそんなに偉そうなんだよ、と。

本当は僕の方がよっぽど成績優秀だっていうのに、僕は君らが履いた下駄(げた)を余裕で超えるくらい努力したっていうのに、すごいと一目置かれる気配は全くない。

努力よりも生まれた環境の方が評価されるなんて、どうかしてる。

だけど、それが頌明学園という場所だ。

『金も積まずに合格なんて、トクタイセーは裏口入学だ』

そんな言説がまかり通る異常な学校で、公平を求める方がどうかしてる。

数百社もの大企業の出資により運営される、日本随一の富裕層が集まる学校、頌明学園。

ここでは僕はアリンコだ。いとも容易(たやす)く人間様に踏み潰(つぶ)される存在。どれだけ努力を積み重ねたって、大きな力の前にはただただ無力で、じっと震えてやりすごすしかない。

いや、学園の中も外も変わらない。この世はひどく理不尽だと、僕はとっくに知っている。だけど耐え忍ぶしかない。すべては……夢を叶えるためだ。

「しっかしトクタイセー君は悪運が強い。本当なら遅刻でお前も退学だってのに――」

ふと、伊集院が黙る。伊集院だけじゃない。大廊下の空気が嘘みたいに引き締まった。

真空のように圧倒的な静寂とともに、海が割れたみたいに人混みの中に道が出来上がる。

その中でただひとり音を許された存在が、目の前を通った。

日本財界の皇女――赤坂彼方。

赤坂は僕らの脇をまっすぐと、本当に寸分のブレもなくまっすぐと進む。背中まで伸びた黒髪が揺れる周期、指先まで意識の行き届いた完璧な所作、革靴の刻む音、甘い薔薇の香り。その全てが調和して心地いい。衆目を奪って二度と返さないくらい端麗な容姿は、きっと特区内の監視カメラを過去から未来へ調べ尽くしたって他に見つけられない。

なによりも――気高く輝く蒼い瞳と目が合った途端、どきりと心臓が高鳴った。

《あ、きれいだ》

一瞬だけ。一瞬だけ見惚れてしまった。本当に、誓ってほんの一瞬だけなのに。それが全てのように切り取られて、彼女のもとに届いてしまう。こんなの、こんなの――

こんなの、末代までの恥だ!!

──別に恥ずかしいことではないわ。私を綺麗と思うのは人間として当然のことだもの。

とでも言っていそうなむかつく笑みを浮かべ、赤坂はすれ違いざまに僕を一瞥した。

心音のリズムに合わせ、頰にできたばかりの生傷がズキズキと痛む。

僕と赤坂は始業式の時間に間に合わなかった。校門に着いた時にはもう十五分以上過ぎていた。下り坂の途中で負荷に耐えかねた愛車が火を噴いて分解四散したからだ。

Q．だけど僕も赤坂も遅刻にはならなかった。いったいなぜ？

A．彼女に合わせ、学園内全てのスケジュールが三十分後ろ倒しになったため。

まったくもって理不尽極まりないクイズが成立してしまうのは、この頌明学園において

なお、赤坂が──赤坂家が特別な存在だからだ。

旧華族の由緒正しい名家であり、旧財閥系の企業グループを代々経営する一族。その本家跡継ぎとして、赤坂彼方は既にいくつもの子会社の経営に参画している。

「まさに住む世界が違うってやつだ」

吐き捨てるように独りごつ。

僕がアリンコで、周りはみんな人間だっていうのなら、赤坂彼方は神と呼ぶしかない。

そんな神様がご降臨あそばれたのは、あろうことか一年A組の教室だった。

「……ほんっと、最悪だ」

ああ、どうしてよりにもよって同じクラスなのか！　僕は教室の外から、左後ろの隅の席を睨み付ける。仏頂面の赤坂彼方がノートPCのキーをノンストップで叩いている。

廊下には同級生や上級生達が集まり、興味津々に赤坂を眺めていた。誰も彼もが赤坂の威光に虫のように寄せられ、是非ともお近づきになりたいと考え、愚かにも次々に赤坂に声をかけ――次々に撃沈していった。

赤坂はモニタから目を離すことすらなかった。タイピングを続けながら、「ええ、よろしく」「それで？」「いいえ、不要よ」の三パターンの台詞だけで、事務的に全てのお近づきの言葉を切り捨てた。

惨劇の様子を見て、中等部時代の赤坂彼方を知る生徒達は「留学した一年で丸くなるかと思ったけど」「まったく変わらない」「むしろ酷くなったんじゃ」と述べていた。

ま、そんなこと僕にはどうでもいい。それなのに、運命の女神様はどうしてこうも性格が悪いのだろうか。座席表の示した僕の席は――赤坂の一つ前だった。

そーっと自分の椅子を引くと、赤坂がわざわざ仕事の手を止め睨み付けてきた。

「そこは私の席の前よ」

「だからなんだよ、それ以前に僕の席だよここは」

「あら、私の席があなたの後ろなんて不快ね。あなたの後塵を拝せという意味かしら」

「こっちこそ君に背中を晒すなんて勘弁だね。不満なら君の権力で替えればいい」

「あなたに従うくらいなら、大人しくこの席に座る方がマシよ」

「わざわざ僕に構うなんて、天下の赤坂グループ跡取りにあるまじき非合理だな」

僕は教室を見回し、溜息を吐く。その非合理のせいで今まさに、クラスがざわついている。「なんでトクタイセー君が？」「なんか息合ってね？」「もしかして知り合い？」「いやありえないだろ、だって」「でもあれだけ言い合えるって仲いいんじゃ」と。

そう思われるのも無理はない。さっきまで誰にも興味を抱かなかった赤坂が、アリンコの僕とだけはきちんと目を合わせて会話を成立させたのだから。

でも、僕と赤坂が仲が良いだって？　赤坂タワーがひっくり返ったってありえない。

「それより僕の電動キックボード。君が無理矢理乗ったせいで壊れたんだけど。遅刻どころか大怪我までしかけて……通りすがっただけなのにこっちはいい迷惑だよ！」

この赤坂への恨み節は、クラスへの弁明だ。僕らは今朝偶然出会っただけの関係だと。

「……ええそうね、あなたの愛車は名誉の死を遂げたわ」

「で、僕は君の自発的な罪悪感の発露を待ってるわけだ。具体的には弁償という名の」

「それなら待つだけ無駄よ。とっくに新品を手配済みだから。放課後には届くわ」

「ぐ……そりゃどうも」

認めたくないが仕事が早い。どうやら僕に文句の一つも言わせるつもりはないらしい。

チャイムが鳴って、周囲を確認。向けられていた興味は、上手く断ち切れたようだった。

「えー、諸君。えー、夏休み中はしっかり復習していましたね？」

新学期最初の授業が始まり、担任の平林先生が白髪混じりの頭髪を掻きながら手元の端末を操作すると、机上に置かれた授業用タブレットが一斉に鳴動した。

受信したデータは『二学期　一年数学　小テスト①』。僕の心臓が緊張で跳ねた。

《抜き打ちテストだって!?》

心の声が頭の中で二重にブレるような感覚。《交信》だ。僕の思考が今、問答無用に赤坂に送信され——痛っ！　背中にチクッと刺激。なんだよと振り返れば、スタイラスペンを指先でくるりと回す赤坂に睨み付けられた。

「……うるさい」

「悪い。でも仕方ないだろ。ドキッとするのは防ぎようがない」

生徒が一斉にブーイングする中、小声で言い返す。すると赤坂は更に続けた。

「この程度のことで緊張するなんて、とんだチキンね」

「心臓にたてがみ生えてるような肉食獣とは違うんだよ。というかあんまり話すと——」

「心配しすぎ。誰も私達のことを疑ったりなんかしないわ」

「いやさっきので分かっただろ。僕らが会話してるだけで不自然なんだよ」

「それならまず綺麗な私に構って欲しいからって突っかかるのをやめたら？」

「なっ、最初に突っかかってきたのはそっち――」

ジリリリリ！　タブレットから鳴った開始音に、反論の機を奪われる。

まあいい、今はテストに集中だ。僕は自分の胸を掴むようにシャツを握り締める。……

なんだよこれ、難しすぎる。特に問三がヤバい。大学入試レベルの証明問題だ。抜き打ちでこんな問題を出すなんて性格が悪すぎる！

心臓は未だ、ドクドクと早鐘を打つ。抜き打ちテストと聞いた時と変わらない速度で。

僕らの《交信》には発生条件がある。緊張や驚き、不安やストレス、運動などによる心拍数の急激な上昇。つまりドキドキした瞬間、その時の心の声が相手に送信される。受信側は声だけでなく、微少だが感情もダイレクトで受け取るため、これが中々に不快だ。

たとえるなら僕らは絶賛騒音トラブル中の隣人みたいなもので、少しでもうるさくすれば報復のように壁をぶっ叩かれる。そんな最悪の関係を六年かけて築き上げてきた。

この《交信》――互いの心の声が聞こえることは、もちろん二人だけの秘密だ。

絶対に誰にもバレてはいけない。もしもバレたら、とんでもない事態になってしまう。

だって僕達『不正能力者』は、この世にいてはいけない存在だから。

テストが終わってすぐ、赤坂は再び僕の背中をペンで突き刺してきた。今度はなんだよ、とうんざりしながら振り返ると、赤坂はピンクのヘアピンを渡してきた。

「机の中に入っていたの。返しておいて頂戴」

「いや自分で渡せよ。多分、一学期にその席だった柏(かしわ)さんの……なんだけど、いないな」

座席は全て埋まっているのに、教室に柏さんの姿はない。座席表にも……名前がない。

困惑している僕らのもとに、二人の女子がやってきた。男子顔負けに背の高い皐月(さつき)と、後ろを心配そうについてきたその友人、三上さんだ。

「おふたりさんおふたりさんっ、なにかお困りですかっ！」

気さくに手を振る皐月はピンクとイエローのツートンツインテールを揺らし、僕の目を見て屈託なくニコッと笑った。一学期と変わらぬ距離感だ。僕は少し躊躇(ためら)ってから、周りにバレないよう小さく振(ふ)り返(かえ)す……と、三上さんの方が目ざとくキッと睨(にら)んできた。

「……あー、柏さんの席がないって話」

「あーっ、そっかそっか。おふたりさんは遅刻したから知らないんだ！」

「「遅刻じゃない」」

最悪にも声が揃(そろ)ってしまい、僕と赤坂(あかさか)は睨み合う。皐月はぷはっと笑って、

「ごーめんごーめん。始業式の前に平林(バヤティー)先生が言ってたんだけどさ……その、柏さん、自主退学しちゃったらしくて。ほらほら、柏さんとこの会社って、『不正能力者(ジュリエット)――』」

「ストップ皐月っ！　駄目だよ、『赤坂文書』の赤坂さんにその話は――あっ」

慌てて皐月の口を塞いだ三上さんだったが、オーバーランして地雷を踏んでしまった。

教室が静まりかえった。抜き打ちテストの所感や夏休みの話題が一斉に停止し、クラスの視線は緊張感を帯びて、赤坂に釘付けになった。

その注目を、「馬鹿馬鹿しい！」と叫んでかっ攫ったのは——元首相の孫、伊集院だ。

「『不正能力者社会病理仮説』なんて害悪な陰謀論、腫れ物扱いするほどのことか？」

教室の中央で、A組において最も発言力のある男が、精悍な顔つきで立ち上がる。作り上げた沈黙を堪能するようにゆっくりと教室内を見回し……ニッと白い歯を見せた。

「これで七社目の被害だ。『宝飾品メーカーのカシワは、瞬間移動の不正能力者により違法に原材料を入手している』——根拠のない荒唐無稽な告発で、株価は低迷、取引先は全て切れ、今日もデモに囲まれている！　不正能力者なんて誰も見たことがないのにだ！」

伊集院は大袈裟な声量と、オーバーな動きでクラス全員に訴えかける。

まさにこの場に二人、その不正能力者がいるだなんて露とも知らずに。

僕と赤坂以外の不正能力者が実在するのかは知らないし、企業に与してるかなんてどうでもいい。僕らが願うのは、静かで平穏な日々だ。なのに……頭の中でも頭の外でも、それが手に入ることはない。こんな風に騒ぎ立てる奴らがいるから。

「企業からも、民間からも。世間で忌み嫌われている不正能力者は、そもそも存在しない。存在するわけがない。何故こんな簡単なことが分からない？」

そうして不正能力者の存在が否定されるほど、心臓が締め付けられるように痛む。だってつまり僕らは、この世界にいてはいけないってことだ。

「そもそも陰謀論の発端である『赤坂文書』——三年前にネットにリークされた、『旧赤坂財閥は千里眼の不正能力者を利用し今の地位を得た』ことを示す内部文書は、偽物と正式に否定されている。そうだよな？　赤坂グループのご令嬢様？」

伊集院が赤坂の方を向き、話を振る。伊集院には何か狙いがあるようだった。

「ええ、そうね。けれど、陰謀論は消えなかった。結局、広がり続ける格差に絡みとられ、人生が向上しない理由を他者に求める愚か者に残されるのは、幻想に縋ることだけ。権力の不正という都合のいい『真実』を後生大事に抱きしめ離さない。くだらない世の常よ」

赤坂彼方は恐ろしい奴だ、と思った。自分が不正能力者だなんておくびにも出さず、ここだけ切り取られたら大炎上しそうな内容を堂々と言い切る。しかもこれは——伊集院の望んだどおりの言葉だ。

「そのとおり！　くだらねえ陰謀論のせいで、俺達は同じ学び舎の仲間を失った。俺はそれが悔しくてたまらない！　俺達は皆、この日本をこれから背負っていく人材だ。天下の赤坂グループ跡継ぎが帰還した今こそ、力を合わせ陰謀論に終止符を打つべきだ！　平民の創り出した幻想なんかに俺達の秩序をぶち壊されていいわけがない！」

伊集院の演説に、クラスメイトの賛同の声がちらほらと上がる。「たしかにそうだ」「私達がビビってどうすんの」——そんな声を浴びながら、伊集院はこちらへ一歩、また一歩、近付いてくる。それだけで僕の身体が勝手に縮こまる。心臓が暴れ出す。

《来るな、来るな、来るな――》

僕は伊集院を恐れている。僕が中間試験で一位を取ってから、奴は僕に目を付け、ことあるごとに僕を貶めてくるようになった。こんな風に、嫌な空気でクラスを操作しながら。

今だって、ありえないのに、僕が不正能力者だと看破されてしまうイメージが浮かんで、身体が強ばる。

ふと、赤坂の視線を感じて振り返る。つまらなそうな表情を浮かべていた赤坂は、目を合わせると、ふっと口の端を吊り上げた。

だから僕は、いつの間にか期待してしまっていた。

赤坂彼方がこのクラスのくだらない序列を、片手で捻って粉砕する光景を。

「久しぶりだな、彼方さん。一年半前のパーティーが最後だったか。あの時言ったとおり、俺も頌明に入ったんだ。これから手を取り合って、一緒に陰謀論をぶち壊そう」

「……お久しぶりね。伊集院俊矢。随分と楽しい学生生活を送っているようね」

伊集院は会心の笑顔で、赤坂に右手を伸ばす。伊集院の目的は単純明快。赤坂に取り入ることで、自分の地位を盤石のものにしようとしている。あの演説もただの材料だ。

対する赤坂は気品溢れた微笑を浮かべ、伊集院の手を――当たり前のように拒んだ。

「けれど、私までくだらないパフォーマンスに巻き込むのはやめてもらえる？」

明確な敵意に、伊集院（いじゅういん）は一歩退いて目を見開いた。口は半開きで、卒業アルバムに載せたいくらい愉快な顔だった。

「それと、質問。あなたは不正能力者（ジュリエット）がもし実在したらどうするつもりなの？」

「──っ!?　や、話が違う、『赤坂（あかさか）文書』は否定されてるって今」

「へえ。仮にも為政者の卵が、たかが一企業の発表を鵜呑（うの）みにしてしまったの？『赤坂文書』が信憑性（しんぴょう）を持つのは、その内容よりも、流出から僅か三分で全データがネット上から消された事実からよ。政府は何かを隠蔽している、とね。上辺だけでしか語れないあなたは、この貧乏人よりも思慮が浅いと言わざるを得ないわね」

　赤坂はそう言って、僕の足をつま先でつついた。え、僕に喋（しゃべ）れってこと？　周囲を窺（うかが）えば、クラスの視線が僕に集まる。いや、アリンコの僕がここで出しゃばったら駄目だろ。そう考える理性とは裏腹に、心がうずく。ああ……もう、仕方ないな。

「……最悪のシナリオは不正能力者（ジュリエット）が実在してた時に発生する。その存在は『赤坂文書』の内容を裏付ける強い証拠だ。そして『赤坂文書』が本物だと確定したら、権力者が能力による利益を独占してたって誰もが思う。そしたら今までの比じゃないデモが起きて、日本経済は未曾有（みぞう）の大混乱に陥る」

　どこかから「確かに」と声がぽつぽつと上がる。別に斬新な考えってほどでもない。このタイミングで提示されると納得感があるってだけだ。それでも僕は気分をよくして、伊集院を見る。と、思いっきり睨み返された。

「……それくらい分かってる。だから、実在するなら探し出して、隠蔽するしかない」

「あなたの主張は、不正能力者を拘束するなりし、人権を制限すべき、ということ？」

伊集院が一瞬たじろいでから「ああ、そうだ」と答えると、すかさず赤坂が切り返す。

罠に掛かった獲物を見るような目で。

「けれどそれ――あなたのお祖父様が今年提出した法案とは矛盾するわね。不正能力者及び被疑惑企業の保護について。結局、見送りになったけれど」

「なっ、……そ、それは」

「あら。別にあなたとお祖父様の意見は異なってもいいはずなのに、何も言えないのね。それとも尊敬するお祖父様のこと、本当はよく知らないのかしら？」

くすり。見下すような嘲笑を浮かべて、赤坂は首を傾げた。

「こんな小さな教室でくだらない地位を死守するよりも先に、あなたのお祖父様と意見を交わすことをお勧めするわ。次はもう少し画期的なアイディアを持ってくることね」

赤坂がとどめを刺す。伊集院がクラスに点けた火は、バケツで水をかけられたようにあっけなく鎮火した。そこで次の授業のチャイムが鳴って、すっかり火傷を負った伊集院は、苛立ちを隠すことなく、大股で自席へと戻っていった。

最悪の日っていうのは撤回しよう。今日はむしろ良い日だ。

なんて、そう思えたのはほんの少しの間だけで。

「でも、本当にいたとしたら、隠蔽するのが一番丸く収まるんじゃないの？」

ふと漏(も)れた誰かの独り言が、僕をいつもの不安に突き落とした。

ああ——やっぱりそうだ。現実的には、こうなるんだ。

不正能力者(ジュリエット)だとバレれば、僕らの居場所はこの世界のどこにもなくなる。

＊＊＊

昼休み。全面ガラス張りの渡り廊下からは、学園の様子がよく見えた。

頌明(しょうめい)学園は五つの棟で構成されている。東西南北に配置された四棟と、中央に建つ巨大な一棟。それぞれ隣り合う棟同士が渡り廊下で繋(つな)がっている。

僕らの教室があるのは東棟で、通称中高棟。渡り廊下の先には中央学園棟のエレベーターホールが見える。下に降りればカフェテリアや大ホールなどの施設があり、上に昇れば教務関係の部屋や付属大学の研究室が固まっている。

——話があるの。ついてきなさい。

僕の袖を引く指を未(いま)だ放さない赤坂(あかさか)は、いったいどこへ向かっているのだろうか。

「このまま地獄の果てまで連れていく気か？」

「あなたと一緒ならどこだって地獄よ」

「地獄じゃなくて現世にも目を向けなよ。教室を出るとき、すごい視線を浴びてた」

「当たり前でしょう。赤坂と有栖川（ありすがわ）じゃ格が違いすぎるもの」

「だからだよ。ああいうの、変に目立つからさ。やめた方がいい」

赤坂に僕と関わるメリットはない。だから皆、その意味を邪推する。教室を出るときに感じたのは、哀れむような視線だった。『伊集院（いじゅういん）の次は赤坂か、気の毒に』的な。アリンコの僕が、また強者の標的になってるって構図だ。

「お気遣いどうも。けどあなたに心配されるほど落ちぶれていないわ」

「そうかよ。でもそっちが気にしなくてもこっちは――」

「それに……これで最後だから。あなたとこうして関わるのは」

なんだ。赤坂も分かってるじゃないか。これからの学園生活で最もまずいのは、僕らが不自然に関わって《交信》の能力がバレることだ。

伊集院の一件もあって、なんとなく赤坂の印象が変わってきた。

私の目の前にいるなんて不敬よ、退学しなさい――なんて理不尽の一つや二つ言ってのけるのが赤坂彼方（かなた）だと思ってたけど、それはやっぱり彼女の一面にしか過ぎなかった。

「……あのさ、伊集院を論破したの、凄（すご）かったな」

「あれはただの屁理屈（へりくつ）よ。ただ彼の言葉を詰まらせるために不意を突いただけ」

「いや、それでもすごいと思う」

「気持ち悪いわね。どうしたの、私を褒めるなんてあなたらしくもない」

「――っ！　……というのは嘘で、全然すごくないね。あれくらい僕でもできた」

あっぶないあぶない。危うく赤坂を褒めちぎってしまうところだった。赤坂は「それはすごいわね」と僕を馬鹿にするように鼻を鳴らし、二人きりでエレベーターに乗り込む。

ボタンを押して赤坂が示した行き先は、最上階だった。

「ちょっと待った赤坂。その階って――」

最上階にある部屋は一つだけだ。嫌な予感がすると同時に、脇に抱えたタブレットが震えた。学園からの通知だ。今朝の抜き打ちテストの採点が完了したらしい。

「……ねえ有栖川譲。折角だから点数勝負をしない？」

「それどころじゃなくて、なんで最上階に！」

「ふうん。負けるのが怖いの？　それもそうね。抜き打ちのくせにあんな意地の悪いテスト、いくら成績優秀なあなたでも相当に難しかったはずだもの」

「いや、だから……はあ。悪いけど、そんな安い挑発には乗らないよ」

ここでもし、赤坂よりも高い点数を出せたなら――赤坂は僕をすごいと言うだろうか。

うずうずする心を抑える僕の隣で、赤坂は結果を開いて、したり顔で見せつけた。

「見なさい、99点よ。計算ミスさえなければ満点ね、惜しかったわ。で、あなたは？」

「ほぼ満点で勝負を挑むなよ。僕はそういうの興味ないから」

「本当は目立ちたがりの癖に？」

「違う、目立ちたがりなんじゃなくて——とにかく、頌明では自重してるんだ」

「そうみたいね。怯えて縮こまって、きちんと身の程を弁えていたものね。でも安心しなさい。今日でそんな日々ともお別れよ」

エレベーターのドアが開く。学園棟四十七階に敷き詰められた真っ赤な絨毯が僕らを迎えた。一本道の先、豪奢な扉の向こうにはまるで玉座でもありそうな雰囲気だった。

「お別れって、まさか！」

「ええ。理事長に直接、あなたの退学を申し入れに来たのよ」

「まっ——待て待て待て待ってくれ！　やっぱり！　じゃなくて！　なんでそうなる!?」

《なんとか赤坂を食い止めないと！》

赤坂の腕をがっちり掴む。なんとか踏ん張って引き留めようとするが……駄目だ、護身術で鍛えた体幹には勝てず、僕の方が強引に引きずられる。

「やっぱりあなたとは共存できない。午前中の段階で私がそう結論づけた。それだけよ」

「そんなの横暴だ！　というか君にそんな権限あるのかよ!?」

「当たり前でしょう。私の手にかかればあなたの一人や二人、簡単に退学させられるわ」

「ああそうかよそうだろうな！　でも僕のことが嫌いだからって、何もそこまで！」

「嫌いじゃないわ、大嫌いよ！　こっちはあなたの姿を見るだけで不快なの。あなたのせいで今まで何度恥をかいたことか。バイオリンの発表会、社交パーティー、仕事中――それに飽き足らず、目の前にまで現れるなんて、そっちこそ横暴で最低で最悪よ。これ以上、私の邪魔を、しないで、頂戴！」

赤坂に振り払われ、尻餅をつく。だがすぐに這いつくばって赤坂の足にしがみついた。

絶対に行かせない！　どれだけ無様だろうと、絶対に退学なんかするものか！

「そ、れ、は、お互い様、だろっ！　僕だって色々と迷惑被ってるんだよ！」

「そんなこと理解しているわ。その上で我慢ならないと、言って、いるの！」

赤坂は僕を引きずったまま、一歩、二歩、力尽くで無理矢理進んでいく。

前言撤回。完っ全にイメージどおりだ。心の声はいつもいけ好かないけど、話したら案外いいヤツかも、なんて淡い期待はもうすっかりぽっきり折れて粉々だ！

僕はなんて馬鹿なんだろう。この六年間のいがみ合いを、忘れてたわけじゃないのに。

いまさら口から出てくる言葉ごときで、関係が好転するわけがなかったのに。

赤坂彼方と有栖川譲は、絶対に分かり合えない。六年前から、いや、それよりずっと前から運命レベルで定められたこの世界の法則だ。

「どうやら留守のようね。ここで待たせて貰いましょう」

赤坂はノックもせずに理事長室に押し入り、ふかふかの来客用ソファーに浅く腰掛けた。

空席のデスクの背後には一面の大きな窓があり、白抜きで大きく頌明（しょうめい）学園の校章があしらわれている。理事長の趣味か、壁際にはぎっしりサボテンが並んでいた。

僕は考える。赤坂を止めることはできなかった。ならどうすればいい？　赤坂に背くよう理事長をなんとか説得する？　不可能だ。退学を阻止するためには――今しかない。

ここで何もしなければ、また潰されるだけ。夢半ばで人生終わってたまるか。覚悟を決めた僕は、赤坂の正面に前傾で座り、タブレットをローテーブルに叩（たた）きつけた。

「ああ分かった、受けて立ってやるよ赤坂彼方。抜き打ちテストの点数勝負！」

「……へえ？　満点を取った自信があるということ？」

挑発するように首を傾（かし）げる赤坂の前で端末を操作する。

「当たり前だろ。僕は頌明学園史上初の、高等部特待生だ」

読み込み画面がぐるぐると回転し、廻（まわ）る血流の速度が上がる。解けた自信はある。だが一つでもミスがあれば、僕の覚悟も何もかも全部水の泡だ。だから、頼む。

《この私を止めようだなんて、なんて生意気なのかしら》

《頼む、勝っていてくれ――！》

祈りとともに、画面が無機質に遷移する。右上に赤色で記された点数は――１２０点!!

「なっ――!?　満点超えてるじゃない!?」

「ハハ……ハハハハッ！　見たか赤坂彼方っ！　平林（ひらばやし）先生は底意地が悪くて気も利かない

けど、解き方次第で加点があるんだよっ！　どうだ、すごいだろ！」

　赤坂(あかさか)は信じられない、と言わんばかりにタブレットを顔面に近付けて、食い入るように僕の答案を読む。

「なによ……なによこれ！　なんでこんなところに補助線を引けるの？　証明問題もこんなあっさり……そして何よ、その気持ち悪い顔は！」

　タブレットを横にスライドさせ、じとーっと片目だけで僕のことを心底嫌そうに見た。

「気持ち悪い顔なんてしてない。ただ、僕に言いたいことがあるかなって」

「まさか褒めて欲しいの？　大嫌いな私に？　本当に卑しいわね、あなたって」

「べつに？　君に褒められたって嬉(うれ)しくもなんともないよ」

「ふうん、そ。で、テストで良い点取ったからってなんなの？」

　赤坂は余裕綽々(よゆうしゃくしゃく)にタブレットを突き返してくる。すごいとも負けたとも言わないのが彼女のプライドの高さを物語っていた。だけどさ、余裕でいられるのも今だけだぞ。

「つまり、だ。……こほん。赤坂彼方(かなた)って案外器が小さいんだな。自分が一番じゃないと気に食わないからって、こんなに優秀な生徒を退学に追い込むのか。へーえ」

　僕の芝居がかった口ぶりに、赤坂は「うぐっ」と唸(うな)った。なんと気分がいい。

　赤坂はニヤニヤとする僕を睨(にら)み付け「うううう」と威嚇のような低い唸り声を発する。息を吐ききったその瞬間、赤坂の中で何かが爆発したようだった。

「ああ、もう、もう、もう、もう、分かったわよ！」

勢いよく立ち上がると、赤坂は僕を見下ろし、長い黒髪をしきりにいじる。

「綺麗さっぱり認めるわ、あなたの実力が——私を上回ることが時々あるってね！」

どこがどう綺麗さっぱりだというのか。僕は苦笑しながら、赤坂と同じ高さに立ち上がる。なんとも嫌な偶然で、赤坂の身長は、ぴったり僕と一致していた。

「じゃあ、退学は？」

「今日のところは勘弁してあげる。けれど……ますます理解不能ね。その学力でこの学園にしがみつく意味なんてあるの？　もっとレベルの高い学校がいくらでもあるじゃない」

「ふん。君には分からないだろうな」

僕がわざわざこんな異常な学校に入った理由はただ一つ。僕には叶えたい夢があって、この学校が一番の近道だからだ。でも、誰にも言うつもりはない。《交信》でも漏れないよう気をつけてきた。赤坂に知られたらどんな邪魔をされるか分かったものじゃない。

「へえ？　なら、当ててみせましょうか。……『恒久的履歴閲覧制度』」

赤坂はゆっくりと右手を真横に向け、窓ガラスの校章を指差す。

「企業の出資で成り立つ頌明学園ならではの制度よ。ご存じかしら？」

「……科目毎の成績や提出物、授業態度、部活等での功績。全生徒の学内情報を出資企業が卒業後も永久に閲覧できる制度、だろ。これを基に企業は将来、取引や投資などの意思決定を行う。簡単な話、頌明(しょうめい)で優秀だった人間が、社会に出た後も優遇されるって制度だ」

「ええ。あなたはこの制度を使って……何か、ビジネスをするつもりでしょう？」

赤坂(あかさか)は僕の瞳の奥の奥まで見通すように覗(のぞ)き込む。まずい、普通にバレそうだ。

「ふふ、顔に出やすいのね。しかもただのビジネスじゃない。あなたが大嫌いな企業の力を借りる必要があるほど大きな目標、ということは。たとえば、そうね――」

腕を組んだ赤坂は、考えをまとめるように指でとんとんと肘を叩(たた)きながら、理事長室内をうろうろと歩き……ぴたり。ソファー越し、僕の背後で立ち止まる。

「戦前は赤坂と並び立つほどだった名家・有栖川(ありすがわ)家の、その没落しきった看板をあなた一代だけで立て直せたなら、確かに素晴らしい功績になるわね」

「……そりゃ物凄(ものすご)い夢だ。そんな夢を叶(かな)えた日には、めっちゃくちゃ褒められるだろうな」

「そうかしら？　私にはくだらない夢としか思えないけど」

また安い挑発だ。分かってる。こんなちんけな言葉、スルーすればいい。でも僕はこの夢を、誰にも否定されたくなかった。

「くだらなくなんか、ない。一度没落して復活を遂げるなんてすごいじゃないか。すごいすごいと褒められてさ、奇跡の復活だってメディアにも取り上げられて――それで」

くるり。我慢ならず、身体(からだ)ごと赤坂に振(ふ)り返(かえ)る。勝手に溢(あふ)れ出る言葉を止められない。

「それで……母も父も妹も泣いて喜んで僕をすごいと抱きしめて、有栖川家の誇りだと褒めそやし、僕の活躍は子孫代々語り継がれる。それのなにが悪いんだ。なにが——くだらないっていうんだよ！」

気付けば叫んでいた。だけど赤坂は怯むことなく、後ろ髪を振り払うだけ。

「ほら、どうせそんなことだと思った。褒められるための夢なんて、不健全の極みね」

「んなっ——だって、褒められたら嬉しいだろ。何か頑張るとき、褒められたいなって、普通考えるじゃないか。君にだって経験あるだろ？」

「ええ。それは否定しないわ。けど、今のあなたは、まるで駄々をこねる幼子のようにしか見えないわ。そんな態度で夢を追ったって、決して幸せになれないでしょうね」

「……へーえ。僕の幸せを考えてくれて嬉しいよ」

「あなたの幸せになんて欠片の興味もないけれど？　ゴールを見誤ったまま崖を転がり落ちて、そのまま地獄で鬼にまで褒められたがって無駄な努力を続けるといいわ」

赤坂の険しい表情は未だに解けない。彼女にはきっと僕の気持ちなんて、永遠に理解できないだろう。どれだけ僕の心の声を聞いたって、分かるものか。

「仮に間違った努力だとしても、僕は君に勝った。何を言っても負け犬の遠吠えだよ」

「……ふん。これで終わりにするつもりはないから。覚えていなさい、有栖川譲！」

涼しげな声とは裏腹な思いっきり悔しそうな顔で、悪役みたいな台詞を吐いて、赤坂は赤絨毯の廊下へ勢いよく飛び出していった。

《なによ、なによ、なんであんなのが、私よりもすごいのよ——！》

悔しがる心の声が後から聞こえて、満足して頷く。だけど……足りない。赤坂に認められたって、嬉しくもなんともない。ちっとも心は震えない。

理由は単純明快。僕は赤坂彼方のことが、大嫌いなのだから。

＊＊＊

赤坂彼方はそれから毎日、勝負を挑んできた。

目的はひとえに、僕の「くだらない」夢を打ち砕くため。

赤坂が勝ち越せば僕は退学。そんな理不尽なルールの下、短距離走で惜敗、激辛ラーメン完食勝負で辛勝、英語の小テストで勝利、校外学習の行き先ダービーで敗北。

彼女は純粋な悪意で絡んできているが、周囲から見ればそうはならない。結果——僕らはすっかり噂の的だ。赤坂彼方と有栖川譲は何故か仲が良い、と。

これは非常にまずい。もしも僕らの距離感の理由を誰かが疑い始め、僕らの正体に気付いてしまったら！　この一週間のストレスで、目の下のクマは濃くなる一方。

唯一の良い点は、伊集院が一切近寄ってこなくなったこと。だけどやっぱり僕の学生生活は未だに最悪だ。

「噂なんてどうでもいいわ。私達の関係は、私達が一番よく知っているでしょう」

なんて豪胆に言い放つ赤坂に、僕はもう我慢ならなかった。だから――

昼休み。北棟・通称特別棟の、とある八畳半の和室にて。

「もう一度言うよ。僕に金輪際近付かないでくれ」

「もう一度言うわ。嫌よ、あなたがそう言うなら近付くわ」

僕は赤坂彼方に押し倒されていた。

脱出しようと身じろぎするが、赤坂は退く様子をまったく見せない。その瞳を僅かに潤ませ、頬(ほお)をほんのり赤らめながら、柔らかな唇を何度も開いては結んだ。

垂れ下がったさらさらの髪が頬をくすぐる。薔薇(ばら)のような甘い芳香が僕を包む。二段ジャンプで胸を飛び出しそうな心臓の音は、一向に収まらない。

僕はただ赤坂を脅しただけなのに、なんでこんなことになるんだよ――！

僕の手の少し先に転がったタブレットには、授業のノートにも使えるメモアプリが表示されている。そこには赤坂の秘密が書かれていて、タップ一つですぐに全校生徒に広められる状態だ。

『赤坂彼方はつまみぐいの常習犯で、歯医者が苦手で、ダンスが下手くそで』

『しかも、メイドに頭を撫(な)でて貰(もら)わないと寝付けない』

《こんなのバレたら私、私、ほんっとうに人生終わりじゃない――》

赤坂の心の声だ。いつもの癇に障る声だが、その感情は恥辱に満ちている。

「聞こえたぞ。僕の脅しが随分と効いてたみたいだな」

「まさか。赤坂の跡継ぎとして、しょうもない脅しに屈するわけにはいかないわ。あなたこそこんな体勢になったくらいで随分と動揺していたじゃない」

「そ、そりゃっ、そうだろ——」

僕は眼前に迫った赤坂を睨み返す。一秒、二秒。はい耐えられない。顔が真っ赤になるのが嫌でも分かった。ちくしょう、凶器みたいに綺麗な顔面しやがって！

五分ほど前。僕は赤坂をこの『第三茶道実習室』に誘い込み、今後僕に近付けば君の秘密をバラす、と脅しをかけた。そしたら赤坂がタブレットを奪おうと飛びかかってきて——こんな体勢になってしまったわけだ。

「そもそも、私達が心の声でやりとりしているなんて、誰にも分かるはずないでしょう」

「君の言うことはもっともだよ。『もしかして二人って心の声でやりとりしてる？』なんて思うことはまずあり得ない。だけど……学校に諜報員が潜入してるかもしれないし、保健室にマッドサイエンティストがいて、研究材料として頭を開かれるかもしれない！」

「なにそれ、さすがに考えすぎよ」

「そうだよ考えすぎだよ！　でも万が一ってこともあるだろ！　だいたいこんな状況、誰かに見られたら秘密を暴かれるまでもなく破滅だぞ！」

「ここは授業でも部活でも使われていない、あなたがクラスの人間の目から逃れるための秘密基地で、手前の引き戸には罠を仕掛けている。だから秘密の話ができる——そう言ったのはあなたでしょう?」

確かにそうだ。部屋の前後にある二つの引き戸のうち手前側には鈴がついていて、開けようとすれば音が鳴る。さらには糸で結んだ木の板が、すこーんと額のあたりに飛んでくる二段構えの仕掛けだ。

だから訪問者が突然やって来ても安心で——がらっ！　勢いよく奥側の戸が開いた。

「なっ、んなななな一っ！　なあにをしているのかねユズるんンン〜〜〜!?」

目を思いっきり見開き、ピンクとイエローの交ざった奇抜な色のツインテールを驚きのあまりぶんぶんと振り回しているのは——クラスメイトの皐月まかろん。この秘密基地の存在を知る、僕のたった一人の友人だ。

「ちょ、ちょっとどういうことあなた！　私を謀ったのね!?」

「ち、ちち違うっ、今日は皐月が来ない予定だったんだよ！」

僕と赤坂は磁力が反発するみたいに最大限の距離を取って、いつものように睨み合う。

「え？　なに？　浮気？　浮気だよねんコレ。二人だけの秘密基地に私以外の女の子を連れ込んで、白昼堂々イチャコライチャコラ……これが浮気以外のなんと言うのさっ！」

「色々言いたいことはあるけど、僕は君の恋人じゃない」

頌明

「そんなあっ！　私とは遊びだったたっていうの⁉　そりゃねえぜユズるん！　よよよ！」

皐月は大人びた顔とモデル並みのスタイルを全力で無駄遣いして、子供っぽくころころと表情を変える。この落ち着きのなさがなければ、誰もが大人と見間違えるだろう。

「しかし、あなたも隅に置けないのね。こんな綺麗な子を連れ込んでいるなんて」

赤坂は平静を取り戻したのか、何事もなかったように腕組みして皐月を観察する。

「だから僕と皐月は別にそういう関係じゃなくて。一学期に隣の席で、仲良くなってさ」

皐月は頌明では数少ない庶民仲間だ。偶然宝くじが当たって入学できたんだとか。僕と違って皐月はクラスで上手くやっているが、やっぱり気を遣うらしく、息抜きになればとこの秘密基地を教えたのだ。

「そうそう、あいにく私には素敵な彼氏がいますのでっ！　ユズるんと一緒にいるのも安心できて結構好きだけど、その、ごめんなさいっ‼」

「いやなんで僕がフラれたみたいになってるんだよ……」

「と、いうか～、赤坂さんちの彼方ちゃんっ！　一週間ぶりだねっ！　私は皐月まかろんっていうんだ！　以後よろしくね、かなたゃ！」

皐月が赤坂の両手を握って、ぶんぶんと上下に振る。

「なっ、何？　なんなの？　まかろん……が名前なの？　というか、かな……え？　どう発音しているの？」

　皐月（さつき）の勢いに押され、あの赤坂（あかさか）が珍しく混乱して固まってしまった。まかろんなんて名前、初めて聞いたときは僕も驚いたが、別に両親がふざけたわけではないという。

「む、し、ろ！　ユズるんってばかなたゃといつ仲良くなったのさ！　あーんな、レッツくんずほぐれつ！　みたいな格好（かっこう）しちゃって！　というか、最初から仲良しって感じだったよねなんか独特の空気感が完成してたしてかもう付き合ってるよね大人の階段上っちゃってるよね!?」

　ぐいぐいぐい、と皐月が凄（すご）い勢いでまくしたてて来る。完全に皐月のペースだ。

「だから、違うってば。僕らはあの日が初対面で、朝から赤坂のせいで散々な日に遭って、むしろ険悪なくらいだ。さっきの体勢も……その、たまたま転んだだけで！」

「ホントぉ？　な～んか怪しいんだよなぁ。フツー、そんな相手ここに連れてくるぅ？」

「ぐっ……それは、その、のっぴきならない事情があって、だな」

　僕と赤坂はちら、と目配せをする。皐月は脳天気に見えて意外と鋭いところがある。ここで上手（うま）く否定できなければ、僕らが不自然な仲だと認定され、不正能力者（ジュリエット）だとバレ、日本経済は崩壊してしまう！

「ようよう、認めちゃいなよう。本当はこっそり二人で逢い引きしてたって！　クラスの皆には内緒だけど、実は超超超仲良しなんだって！」

「「仲良しなんて、天地がひっくり返ってもあり得ない！」」

人生最悪のユニゾンだった。赤坂と静かに睨み合って、

「「……かぶせるな」」

僕らは即座に頭を抱えて、同じ行動を取ったことに対してショックを受けるようにしゃがみ込んだ。なんと説得力のない。

「あはははっ、ほーらやっぱ仲良いじゃん！　長年の付き合いを感じるよ明らかに！」

「いや、本当に違くて……あ、そもそも皐月、何か用事があって来たんじゃ？」

「そうそう、そうなんだよっ。ホントはミカちゃんとランチだったんだけどさ、私ってば一週間近くずっと休んでたじゃん？　だから一刻も早くノート写させて欲しくて！」

「なんだ、そんなことか。言ってくれればファイル共有するのに」

「やっぱ自分で書き写さないと覚えないからさ～、んじゃ、ちょいと貸ーして！」

床に転がったままのタブレットを、皐月が左手で拾い上げる。その瞬間、自分の迂闊さに気付く。まずいまずいまずいまずい！

「まっ、待った皐月っ、それには――！」

赤坂の世にも恥ずかしい秘密が書き連ねられている！　僕も赤坂も止めようとするが、間に合わない。液晶に表示されたメモを見て、皐月が顔をしかめた。

「……え。これ、どういうこと？　つまみぐい？　歯医者？　ダンス？　頭を撫で……え、え、なんでユズるんが、かなたゃのこんなこと知ってるわけ!?」

僕が言い訳を考える間もなく、皐月（さつき）は「きぃいいん」と歯医者のドリルの物真似（ものまね）をする。なんでできるんだよ。しかも上手（うま）い。赤坂（あかさか）が「ひっ！」と頭を抱えて伏せた。

「わ、ホントだ！　えっ、じゃあやっぱり二人は仲良し？　でも、う～ん？」

皐月はぶつぶつと呟（つぶや）く。結局僕らは仲がいいのか、悪いのか。決めかねたツインテールがゆらゆら揺れて「あ！」と特大のひらめき声がした。

「待って待って確認するね。ユズるんの主張では、二人は仲が悪いってことなんだよね？」

「そうだよ。やっと分かってくれたか」

「じゃあ……ユズるんって、もしかして、心を読む不正能力者（ジュリエット）だったりして？」

寒気がした。今、皐月はなんと言った？　悪戯（いたずら）っ子みたいな顔をして、なんて？

「は……？」

「だーかーらー、ユズるんが心を読んで、仲の悪いかなたゃの弱みを握ったんだよ！」

いやいやいやいやいや！　なんだよそれ大体合ってるじゃないか！　勘が鋭すぎる！

「じ、不正能力者（ジュリエット）なんているわけないだろ！」

「いるかいないかじゃなくて、ユズるんがどうかって話だよ！　むう、怪しいなぁ？」

《いや、こんなの冗談の範疇（はんちゅう）だろ、落ち着かなきゃ》

言い聞かせるような心の声とは裏腹に、心拍数が上がってしまう。どうしたらいい？

「……もし僕が本当に不正能力者（ジュリエット）なら、もっと慎重に行動してると思わないか？」

実際、僕は慎重に行動していたつもりだ。全部赤坂が台無しにしただけで！

「え～？　でもじゃあ、なーんでユズるんはかなたゃの弱点を知ってたのかな？」

「そんなの決まっているわ。この男が私のストーカー――」

いや待てなに僕を犯罪者にしようとしてるんだよ！　僕は赤坂のウソ告発を「それは！」と慌てて遮って、皐月の目をまっすぐと見据える。

「それは――僕らが本当は……仲良しだからだっ!!」

「ちょっとあなた、何言っているの!?　正気!?」

赤坂が物凄い勢いでこっちを睨む。でもここはもう押し切るしかない。

「きっ、君こそ正気か！　忘れちゃったのかよ！　二学期初日、電動キックボードの上で友情をあんなに育んだじゃないか！」

「あれのどこが友情だっていうの！　頭から海馬を取り出して顕微鏡で見てみなさい！」

どうやら赤坂は頑なに、僕らが仲がいいと主張するつもりはないようだった。

「んんー？　ホントかなぁ？　さっきと主張が変わってるし、かなたゃは納得してないし……う～ん、じゃあこうしよう！　今から君達には『褒め合い』をしてもらいます」

デスゲーム主催者みたいな物々しい声色で、皐月はなんだかハッピーな言葉を口にした。

「ちょっと、勝手に話を進めないで――」

「面白そうじゃないか、詳しく聞かせてよ」

僕は右手を伸ばし赤坂を制する。この『褒め合い』、もしかしたら使えるかもしれない。

「二人の仲が良いんだったら、お互いの良いところだってたっくさ〜ん知ってるはずだよね。だから順番に褒め合ってもらおうと思って！　いや〜、ぶっちゃけユズるんが実はかなたゃと仲良しって方が面白いからね〜！」

赤坂が絶望的な表情を浮かべ、首を横に振る。大嫌いな相手と仲が良いと証明するなんて……僕だってめっちゃくちゃ嫌だ。でも不正能力者と疑われ続ける方がもっとまずい。

だから僕は、赤坂に協力させた上、全ての問題を解決する方法を思いついた。

「赤坂。提案がある。この『褒め合い』で勝負しないか？　詰まったら負け。負けたら罰ゲーム。勝った方が負けた方に一つ命令ができる」

ここで決着をつけようじゃないか。僕が退学するか、君が金輪際僕に近付かないか。挑発するように向けた視線に、赤坂は期待どおりに応えた。

「……へえ、命令ね。面白いじゃない。さあ早くやるわよ有栖川」

畳の上に仁王立ちして、僕らは睨み合う。「なんだか思ってたのと違うけど、いっか」とテキトーな皐月の手拍子を合図に、勝負開始だ。

「…………あなたは特待生の資格を得ているわ」

赤坂選手、意気揚々と始めたくせに初手からものすごく嫌そうな顔だ。ただの事実の羅列なんてヌルい褒めじゃ疑われるぞ、と目線で諭すが、赤坂はふん、とそっぽを向いた。

「君だって中等部では特待生だったんだろ。すごいじゃないか」

「あなたは日夜働いて勉強もして、そ、尊敬できる……ぐっ、人物よ、ううっ！」

赤坂が爆発しそうな悔しさを必死で噛み殺している。なんと気分のいい眺めだろう。

「君はいつも堂々としていて立派だよな。とても高校生とは思えない」

「う、ええと……譲って名前だけは謙虚でいいわね」

「……っ。いや、だけってなんだよ。あー、子供を心配する優しい一面もある」

「当たり前でしょうそんなこと。あなたは貧乏人なのに弁えているわね」

「それトータル褒めてないよな。……君って目が綺麗だよな、宝石みたいで」

「……はあ？　なにその捻りのない言葉は——ストレートな感情表現ができて素敵ね」

「なんだよ普通に褒めたら悪いかよ——褒め言葉を素直に受け取らないのが大人っぽい」

あっという間に皮肉の殴り合いになってしまったが、皐月はこれも仲の良さと判定しているのか、疑う様子はない。あとは罰ゲームの権利を得られれば、全て僕の狙いどおりだ。

勝算はあった。赤坂は性格上、他人を褒めるのが得意じゃない。それでも赤坂は想像以上に食らいついてきていた。かれこれもう二分、いや、三分近くラリーが続いている。が……ここまでだ。僕を褒める度に精神的ダメージを負う赤坂はかなり疲弊している。

「君は赤坂の跡継ぎとして日々研鑽してる。それはとても……すごいと思う」

この勝負、僕が貰った——！　と勝利を確信した時。

「こっ、心にもないことを素面で言えるのは美徳よ」

《うう、こんな安い言葉でドキドキするなんて、末代までの恥よ！》

おい、おいおいおい、なんだよこの心の声は！　だってこれ、これってつまり赤坂が！

《僕の言葉で、赤坂がドキドキしたってことじゃないか⁉》

「うっ、あ……えーっと」

予想外の《交信》に心臓が言うことを聞かない。ドギマギしてしまった焦りで、頭が回らなくなって、りんりりんりりん！　皐月がドアの鈴を鳴らし……あれ……負けた……？

「油断したわね。あなたの負けよ、有栖川譲」

まさか、まさか。赤坂が得意げな表情で仰々しく僕の肩を叩き、耳元に唇を寄せ――

「引っかかったわね。ウブでかわいいお坊ちゃん？」

僕を舐め腐った台詞が、甘い吐息とともに鼓膜に押し寄せた。意識が一瞬遠くなって、僕は愕然と、膝から畳に崩れ落ちる。やられた。まさか《交信》で嘘を伝えてくるなんて。しかも……あんなことで、動揺させられるなんて！

「おめでとうかなたゃ！　やっぱ二人はとっても仲がいいんだね！　信じてたよ私は！」

バンザイして僕らを祝福する皐月を横目に、赤坂は嗜虐的な瞳で僕を見下ろす。これのどこが仲良いっていうんだよ！

「ふふ、良い眺め」

僕はせめてもの抵抗で睨み返すが、赤坂はますます機嫌を良くして、悪魔みたいな笑みを浮かべて、宣告した。

「これであなたはいつでも、もう一度潰される恐怖を味わえるわね」

ああ、僕は何をしていたんだろう。何を照れていたんだろう。まただ。また僕は心のどこかで、赤坂と分かり合えるんじゃないか、と思ってしまっていた。そんなの間違いだ。

――いい？　譲。赤坂の娘を圧倒的に叩き潰しなさい。

僕の脳裏に、母の顔が浮かんだ。憤怒と憎悪に満ち満ちた、悪魔なんて相手にならないくらい、いたく醜悪な形相が。

＊＊＊

罰ゲームの命令権を手に入れた赤坂彼方は、いつでも僕を退学させられる。

なのにその権利を行使しないまま、また一週間が経過した。しかも僕に必要以上に絡んでくることもなくなって、噂も少しずつ収まってきた。だけどまったく落ち着かない。

これは赤坂彼方の嫌がらせだ。いつでも僕の人生を終わらせられるという、無言の圧。

常に緊張状態に置かれた僕の気の休まる時間は、もはやこの帰り道しかなかった。

コンビニのバイトを終え、ジカジカと電灯が明滅する夜道。新品の電動キックボードでノロノロ進む帰路の半ばで、よく耳にする皮肉を連想した。

特区を出れば魔法が解ける。

先進的で綺麗（きれい）なのは特区の中だけで、一歩外に出れば寂れた町並みに早変わり。

高層のオフィスビルなんてどこにもない。コンビニは深夜営業をやめ、今にも倒れそうな空き家はずっとそのままで、道は舗装されず、電柱も地上にむき出しで、配送のドローンの音が昼夜問わずに鳴り響く。危険な遊具が放置された公園の黒ずんだ時計台が示す時刻は、二十二時を五分過ぎていた。

物心ついたときから変わらない景色。変わらないならまだいい。特区近隣地域の治安はどんどん悪くなっている。『企業に与（くみ）する不正能力者（ジュリエット）を許すな!』とか『不正能力者（ジュリエット）は名乗り出ろ!』とか『不正能力者（ジュリエット）を解剖研究して技術革新・格差是正を!』とか、こんな調子の張り紙が当たり前のようにあるくらいだ。

違いは景観だけじゃない。特区内ではメジャーな移動手段である電動キックボードも、特区外では規制が厳しい。だから今はくたびれたような速度しか出せない。

外周地区を出れば随分マシだと聞くけれど、生憎（あいにく）と有栖川（ありすがわ）家が住める破格の土地はここしかない。特区に全ての栄養を吸い取られた、残りカスみたいな土地だ。

振り返れば、赤坂タワーは今日も豪奢に光り輝いている。その頂点には――まっすぐ下ろせば建物をすっぽり覆えそうな直径の不気味な穴。僕と赤坂にしか見えない異常な穴。

その穴が見えるようになったのは僕らに《交信》の能力が宿った――僕らが不正能力者になった日のことで、当時と比べて今は二倍近くに拡がっている。

正体は分からない。だけどあれは、僕の抱いた黒い感情のようにも思えた。

特区なんて壊れてしまえばいい。

誰もが自分のことしか考えてなくて、でっかいビルを建てていい気になったヤツに誰も頭が上がらなくて、特権を大事に抱きしめながら閉じこもって、助けを必要とする人間から目を逸らす。理不尽な世界のシステムの、象徴みたいな場所なんて。

僕が不正能力者だ。――そう宣言すれば壊せるかもしれない。そしたらむしろ今より楽な生活ができちゃったりするかもしれない。

でも、誰かの足を引っ張ったって、誰にも褒めてもらえない。陰謀論を信じる大人達と、同じになってやるもんか。僕は自力で這い上がるんだ。

だからそんなことより、夢を叶える方がよっぽど大事だ。

築五十年超のおんぼろアパートの一階、一番奥の部屋が僕の住まいだ。ドアの前で新しい相棒を素早く折り畳む。円形に残った糊に、指がわずかに引っかかった。製造元が赤坂の関連会社と示すシールを剥がした跡だ。

郵便受けを手早く開いて中を見る。いつもと変わらず、空っぽだった。

「……ただいま」

手狭な玄関にぶら下がったレースのカーテンをくぐれば、薄暗いキッチンから我が妹が大層嬉しそうに顔を覗かせる。時間差でふわりと揺れた焦げ茶のショートヘアは、いつも自分で切っているとは思えないほど自然だ。

「お帰りなさいお兄さまっ。小盛りにしますか、中盛りにしますか、それとも大盛り？」

「大盛り！　ってことは今日はタイムセールに勝ったのか、すごいぞ！」

「お兄さまもバイト頑張ってえらいぞ！」

六つ下の妹は見かけによらない跳躍力を見せ、僕とハイタッチを交わす。妹が頑張ってる姿を見ると、自然と元気が湧いてくる。僕もまだまだ頑張れるぞ、って。

「お帰りなさい譲。疲れたでしょう。それとだーめよ冠。そんな言葉遣いしたら」

「すみません、お母さま」

「まあまあ。僕の口癖がうつっただけだよ。冠はいつもよくやってる。今日も立派に家事をしててえらいぞ！」

ぽんぽんと妹の頭を撫で、次に腹ぺこのお腹を撫で、卓袱台につく。寝間着姿の母も隅の座椅子にゆっくり腰を下ろした。発色の悪い小さなテレビにはドラマが流れている。

「譲、そういえば朝のアルバイト、新しく見つけておいたのよ。明日面接だから。朝八時

からで大丈夫だった？」

「え、でも明日は校外学習で――」

「あ。集合時間少し早いんだったかしら？　でも大丈夫よ。新しい電動キックボード、性能も上がったんでしょ？　本当ラッキーよね、買い換えずに弁償して貰えたんだから」

　母は呑気に言う。いや、でも危ない目に遭ったんだ。受け身が上手くいかなきゃ大怪我してたんだ。なんて言ったってしょうがない。モヤモヤを抑えつけるように唾を飲む。

「――うん、そうだね。また清掃？」

「ううん、今度は品出し。清掃にしたらまたすぐクビになっちゃうもの。とうとう赤坂は譲の働き口まで潰しにきたのよ？」

「あー……それはさすがに偶然だと思うけど」

　赤坂彼方と初めて顔を合わせた日、僕は皮肉にも赤坂のせいでバイトをクビになっていた。赤坂系列のコンサル会社が赤坂系列のロボット会社と提携した結果、格安な人件費を自動化費用がとうとう下回り、僕の代わりに清掃ロボが誠心誠意働くことになったのだ。

「それで、赤坂の娘とはどう？　こっちに来てもうそろそろ二週間でしょ」

「どう？　どうって……」

　退学を賭けて争ったり、脅迫したり、命令権を握られたりしているが――僕らのやりとりは、机の位置が近すぎるとか英語の発音が気持ち悪いとか授業中は姿勢を正せとか、今までのいがみ合いの延長みたいなものだ。つまり、僕にとっては。

「……まあ、普通かな」

答えてから、すぐに思う。間違えた。でももう遅かった。

「普通？　普通ぅ？　普通じゃ困るでしょう！」

母はテレビの画面を笑い声ごと消して、苛立ちを露わにリモコンを床に叩きつけた。

「赤坂は！　私達から！　……すべてを、なにもかも奪ったのよ。お義父様を騙して会社を奪って、借金まで負う羽目になって——いい？　あなたに譲って名前をつけたのはね！」

「ごめん、分かってるよ。分かってるから」

これ以上赤坂には何も譲らない、譲らない。

有栖川が潰されてすぐに生まれた息子の名には、そんな両親の思いが込められている。

にもかかわらず九年後——今から六年前、僕ら家族は再び世界の理不尽に叩き潰された。

「——いいえ、いいえ何も分かっていないわ譲は。だって有栖川を潰すのに飽き足らず、何年も経ってから気まぐれのようにパパと私のお仕事まで奪った赤坂の、その娘よ!?」

「お母さま、あんまり怒ると身体に悪いですよ。ね、お兄さま」

配膳に来た冠が母を後ろから抱きしめる。母は遠い目で、僕を見つめ続けた。

庶民に転落した両親も、一度は一般企業に就職し、真面目にコツコツと働いていた。だけど突然、それぞれの勤め先に赤坂からの圧力がかかり、二人は同じ日にクビになった。

それからこの家は、決定的におかしくなった。母は身体を壊して精神的に不安定になり、父は抜け殻のようになって長期の出稼ぎで家を空け続けて。

つまり、僕が今こんな思いをしているのは間違いなく赤坂のせいだ。

「だから、いい？　譲。絶対に赤坂の娘に勝って、有栖川の名を復活させるのよ。でなくちゃ、なんのためにあなたを頌明に入れたか分からないもの」

「……分かってるよ。いつも応援してくれてありがとう。母さん」

本当に、心の底から分かっている。この家がおかしいことも、母が間違ってることも。両親だって被害者だ。理不尽に耐えられないのも理解できる。だけど妹と僕に全部押しつけることは大人としてやっぱり不正解だ。分かってるのに、どうしようもない。

逃げ出したいって何度も思った。だけど逃げたって何も解決しないし、誰も褒めてくれない。

だから僕は今日も、遠大な夢を追うんだ。

「お兄さまなら大丈夫です。ぜったい夢を叶えられるって、冠は信じています」

「お母さんも信じているわ。頑張り屋さんの譲なら必ずできるから」

「うん。頌明でいい成績を残して、お祖父様の会社を、有栖川の会社を取り戻す。有栖川の名前をもう一度、世界に轟かせるんだ」

それが僕、有栖川譲の誰にも譲れない夢だ。

くだらなくも、間違ってもない。否定なんてさせない。誰にも、絶対に。

覚悟を新たに、努力は地道に。寝る間も惜しんで、小さな明かりで課題をこなす。大盛りのご飯ともやしの味噌汁と見切り品の野菜炒めを身体の中で燃やしながら、物理の実験結果の考察課題をまとめていると。

《まったくなんなのよあの男、ふざけているわこんなの！》

赤坂の声が届いて集中が途切れた。時計を見れば日付が変わりかけていた。

今のは、彼女の父親——現赤坂グループ会長と喧嘩した時の、いつものフレーズだ。

「ちょっと走ってくる」

運動靴をつっかけ外に出て、早々にダッシュする。筋肉が酸素を求め心拍数が上昇し始めたのを感じ、心にメッセージを思い浮かべる。

《なにを喧嘩したのか知らないけど、課題の邪魔だよ》

《あなたの課題なんて知らないわ、とっとと寝なさい退学にするわよ》

伝えた後は立ち止まって息を整え、赤坂から返事が来れば、また全力疾走。赤坂も今ごろ自宅の階段を上り下りしているはずだ。こんなシャトルランみたいなコミュニケーションばかりしてるから、馬鹿みたいに体力はついた。《交信》による数少ない恩恵だ。

《今日は頑張らなきゃいけないんだよ、君との仲が普通って言ったら怒られたし》

《仲悪いに決まっているでしょ、赤坂が有栖川に何をしたか知っているくせに》
《ああ知ってるよ、どうしてそこまでする必要があったんだよ！》
《さあ？　あんな男の考えることなんて知らないわ！》
はあ――はあ――はあ――。ブロック塀に手をついて、ふと思う。こんな時、愚痴を言い合える関係だったら良かったのに。いや、そういう時期も少しはあった。だけど僕らの《交信》の九割は、こんなくだらない言い争いで。ああ――
《もし彼女が赤坂の娘じゃなきゃ、少しはマシな関係だっただろうか》
……って、何考えてるんだよ僕は！　なんでドキドキなんかしてるんだよ！
深く溜息を吐いて、ブロック塀に寄りかかる。少しはマシな関係だって？
冷静に考えて、そんなわけがない。赤坂からの返事だって絶対に同じだ。互いの素性を知る前から僕らはいがみ合っていた。だというのに。
《そうね、もしかしたら、そうかもしれないわね》
赤坂の心の声には、どこか寂しげな感情が込められていた。
「……なんだよ、それ」
嫌いだ、大嫌いだ。君のその傲慢なところが。家同士のことがなかったら、僕が君を気に入っていたとでも？　そんなことあるわけがない。どんな並行世界でも、僕は君を絶対に嫌いになっているはずだ。

小憎たらしいくせにたまに見せる隙も、罵り合いのリズムが合って少しだけ心地いいところも、僕を小馬鹿にしていても綺麗(きれい)に見える顔も、全部、全部、嫌いだ。

夜空を見上げれば、月さえも覆い隠す黒い穴がじっと浮かび続ける。まるで僕らを呑(の)み込む機を窺(うかが)うように。

＊＊＊

「あなたと同じグループになるなんて本当に最高ね」

「まったく、君と同じグループになれるなんて素晴らしい幸運だ」

九月二十六日、校外学習当日。くじ引きの女神に溺愛された僕達は、そっぽを向きながら高い白天井の下、順路に従い建物の中を歩いていた。僕らの間には人二人くらい入りそうな隙間があるのに、残りのメンバーは割り込んできてくれることもなく、後ろを歩く。

「いやあ、相変わらず仲がいいねえお二人さんっ、青春の一ページ、いや見開き二ページだっ！　若いなあ！」

「皐月(さつき)さんも同い年でしょ。……はあ、今すぐ帰りたい」

四人グループの残り二人は、僕らの仲が良いと主張し続ける皐月と、僕らの一触即発地雷ショーに冷や汗をかく女子。確か名前は古郡(ふるごおり)さん。東北にある大病院の娘だ。

校外学習で僕らが訪れたのは、赤坂グループプレゼンツの特区記念館。東京都白銅区の歴史を学べるありがたい施設だ。

「すごいな、これ。僕の身長くらいある」

赤坂白銅タワービルディング・通称赤坂タワーの模型の前で立ち止まり、僕は思わずつぶやいた。キャプション曰く、高さは８９１メートルらしい。落成は十五年前の二〇一九年で——つまり、赤坂タワーは僕らとちょうど同い年ってことになる。

「むふふっ、ちびっ子だなあユズるんは」

「……もっとよく睡眠を取ればよかったよ」

「えー、でもそしたらユズるんが頌明に入学できなくなって、私にノート写させてくれる人もいなくなっちゃうし、だから私はちびっ子なユズるんの方が好きだなあ！」

「頭が低いのはいいことよ。もう少し低いとなおいいけれど」

「……思い思いのフォローをありがとう」

一方、古郡さんは一人、うっとりした様子で舐め回すように模型を眺めていた。

「展望台からの景色も凄いけど……赤坂さん、最上階も展望室になっているって本当？」

古郡さんが百五十階にある展望台部分を指差し、最上階へとスライドさせる。

「ええ。最上階は父の……会長室になっていて、全面ガラス張りよ」

「僕ならそんな状況じゃ仕事どころじゃないな。想像しただけで吐きそうだ」

顔色を悪くした僕を見て、赤坂はニヤニヤして口元を手の平で隠す。

「あら。360度のパノラマで米粒みたいな人間を見るのはなかなかに愉快よ？」

「だから、やめろって。次言ったら……分かってるよな？」

「床の一部も透明よ。真下を覗いたら地上に吸い込まれそうで、流石に怖かったわね」

「おい、言ったな？　言ったよな今！」

「ええ。それが？　先にやめろと言ったのはあなたよ」

赤坂は頭に載せた白い帽子に手を当て、くすくすと微笑んだ。僕をからかって楽しむ赤坂を見て、古郡さんが「もしや二人って本当に仲良い？」と小声で皐月に訊ねる。皐月は「ふふふん、ど～だろね～？」とニヤニヤしていた。絶対に違う。

お次は白銅区のジオラマと、その後ろの壁に大きな地図が貼られているコーナーだ。

地図の真ん中には赤坂タワーが位置し、その点を中心とした円に近似して白銅区の区境が描かれている。これを見ると、白銅区がいかに赤坂帝国であるかが分かる。

ちなみに当時の港区・渋谷区・千代田区・新宿区の一部を白銅区と名付け、経済特区として24区目の区として指定したのは、ちょうど赤坂タワーの落成当日だ。

「それよりも二十年近く前から、水面下でずっと動いていたらしいけれど」

「まあ……そうだろうな。一朝一夕で建国なんてできない」

「あ、見て見て、うちの学校あるよ！　へえ、上から見ると綺麗な正方形なんだね！」

皐月がきゃっきゃとジオラマを指差し、僕と赤坂はその左右からそれぞれ覗き込む。ちなみに古郡さんは真横から顔を近付けてガン見している。めちゃくちゃ堪能してるな。

頌明学園は旧港区に位置することもあり、周囲には圧巻のビル群が建ち並んでいる。

「税金も優遇されるんだから、こんなに集中もするよな。法人税に、固定資産税に……」

「とはいえ、特区へ移転するのにも大戦争よ。当時は裏金が飛び交っていたと聞くわ」

まったくもって嫌な話だ。溜息を吐いて「住む世界が違う」と高い天井を見上げた。


三十分ほど歩いて回ったところ、僕と赤坂はいつの間にか皐月達とはぐれてしまった。

……いや、どうせ皐月が余計な気を回したんだろう。

いったい皐月は何を考えているのか。僕らを近付けて仲良くさせて、どうしたいっていうのか。まさか本気で僕らを不正能力者だと疑ってるわけでもないだろうし。

もっと何考えてるか分からないのは赤坂だ。昨日の《交信》が気になって、全然眠れなかった。家同士のことがなければ、僕と君はもう少しマシな関係だったのか。考えてみても、赤坂彼方と赤坂家を、切り離して捉えることなんてできなくて。

「……どうして君は赤坂なんだろうな」

赤坂は心底嫌そうな顔で「……はあ？」と、僕から一歩距離を取った。人一人分のスペースが開く。一歩、二歩、進んだあとに、「どうして、って」と、小さな声がした。

「私が聞きたいわよ、そんなこと」

立ち止まった赤坂の視線の先には、赤坂家の家族写真が掲げられていた。穏やかそうな母親と、オールバックに固めた父親と、それからまだ小さな、あどけない笑顔の赤坂彼方。普通の写真だ。ちょっと格調高くはあるけど、等身大の、幸せそうな写真だった。でもどこか違和感があった。まるで間違い探しの片方だけを見せられているような感じがした。

「どうして私は、赤坂の家に生まれてきてしまったんでしょうね」

「あー、いや、僕が言いたかったのは、どうして《交信》の相手がよりにもよって因縁の相手なんだろうなって話で。君の家柄のことってわけじゃ――ない、けど」

その写真から目を離さない赤坂の表情は、ひどく悲しそうで。瞬（まばた）きもしない彼女の横顔を見るうち、いつの間にか、心臓の音しか聞こえなくなっていた。これがどういう感情なのかは分からない。けどとにかく速まる心拍を聞きながら、僕は思ったんだ。

《なんていうか……嫌だな、こういうの》

だって、こんな写真が特区の記念館に飾られてるなんて、気持ち悪いじゃないか。

家族に囲まれ幸せなだけの少女が切り取られて、赤坂家跡継ぎって意味をつけられて、彼女の意思に関係なく衆目に晒（さら）されている。この写真の中から彼女は出られないのに。

気付けば赤坂が、僕のことをじいっと見つめていた。いつもの不機嫌な表情じゃなくて、深い蒼（あお）の瞳を見開いて、生気のない僕の瞳の奥に何かを発見したような、驚いた顔で。

「ねえ、有栖川。……私、赤坂が嫌いよ」

「……まあ、うん。知ってるよ」

赤坂彼方は赤坂家のことが嫌いだ。彼女の心の声を聞いていれば、嫌でも分かる。けど心の中で恨み節を泡のように浮かべてちくちく割るのと、明確に言葉にしてこの世に産み落とすのには、大きな違いがあって。

「でもさ、外では言わない方がいいんじゃないのか」

チラチラと辺りを見回す。幸いにも誰にも聞こえていないようで、ホッとする。

「分かってるわよ、でも、あんな古臭い家に縛り付けられて何になるのよ。驚くほど保守的で、体面を気にして無駄ばかり。誰が継いだって変わらない。なのに、どうして――」

決壊したダムのように、愚痴が、呪詛が、赤坂彼方の口から漏れ出す。もう止められない。せめてもの気持ちで、つま先立ちで、身体を広げて、僕は赤坂を周りから隠す。

「しかも……昨日聞かされたのだけど、私って許嫁がいるらしいわよ。笑えるでしょう。いったい今って何時代かしらね。大正時代？　室町時代？　それとも三畳紀かしら？　はあ、くだらない。本当に…………くだらないわ」

消え入りそうな、震えた声だった。

「だから私にも……夢があるの。いつか赤坂を出て、一人で自分の力を試すという夢が」

そんなこと、できるわけがない。そんな夢、叶うわけがない。

赤坂という家は大きすぎる。一国の皇女様が、王位継承を拒否して国を去るなんて、許されるわけがない。でも、それでも——叶えばいいと思った。

「……できるよ、君なら」

だから、思ってもないことを言った。心拍が平常なのをいいことに。

「……あなたに肯定されたって嬉しくないわ」

「そうだろうね。だから肯定したんだ」

「そ。ならあなたも、精々頑張ることね。夢に向かって、無駄な努力を」

「君の言う無駄ってのはよく分からない。でも、難しいってことは分かってる」

「間違いなく分不相応な夢よ。愚かで無謀で身の程知らずで頭が高い、夢物語よ」

「それでもやるしかないんだ」

「褒められるために？」

「違う。すごく褒められるために」

「……おかしな人」

「君も相当だけどね」

ああ——こんな風に赤坂と穏やかに語り合えたのは、いつ以来だろうか。もしかしたら、もしかしなくても、もしかするわけもなく、はじめてだ。

「最初は学園から追い出されるかと思ったけど、こうやって話せる日が来てよかった」

今度は、心からそう言えた。

僕の素直な言葉に一瞬たじろいでから、赤坂はふい、とそっぽを向く。

「……追い出すのはいつでもできるもの。もう少しあなたで遊んであげてもいいわ」

「そっか。この上ない栄誉だ」

僕らの間に無言の時間が続く。気まずくはない。赤坂といがみ合っていないことに違和感はあるけれど、これでいい。僕らだって、好きで嫌い合っているわけじゃない。

《追い出すわけないわ、あなたが頑張っていたことは私が一番知っているのよ》

どきり、と心臓が強く跳ねて、胸のあたりが熱くなる。なんだよ、それ。

赤坂の方をチラと見れば、目が合って、慌てて僕は俯いた。

《そんなの、反則だ――》

ああ、これはおかしい。おかしなことが起こっている。

赤坂に褒められて嬉しいと思ってしまうなんて、本当の本当に、はじめてだった。

校外学習は午前中で終わりだ。午後からはバスで学園に帰って普通に授業がある。

自動ドアの外、送迎バスの停まった駐車場に出れば、ごうごう吹く強いビル風が小型颪車を猛回転させていた。向こうで手を振る皐月のツインテールも吹き流しみたいになびいている。赤坂のかぶった白い帽子もすぐにバサバサと羽ばたこうとした。

「きゃっ――」

赤坂はつばを掴もうとしたが、間に合わない。ふわりと舞い上がった帽子は、くるり、くるり。二回転して高く飛び、やがて振り子のような動きで、敷地外の歩道へゆっくり落下していった。

「……なんで僕を見てるんだ」

「あなたが拾いに行ってくれると思って」

どうして僕が。普段ならすぐにそう言い返していただろう。だけど今は気分がいいから、唯我独尊なお嬢様のちょっとしたお願いくらい、聞いてやってもいいと思った。

「ふん。今日だけだからな」

小走りで落下地点へ向かう。拾い上げようとした途端、風に乗ってまたふわり。まるで僕をおちょくるようにふわふわ舞った。

「……ったく、持ち主に似たんだな」

戯れ言を呟きながら追いかける。ちょうど青に変わった横断歩道の中腹で、狙いを見定めジャンプ。今度はしっかりキャッチできて「よしっ」という声と共に着地。した、その時にはもう。

トラックが目の前に迫っていた。

ドクン。危機に瀕した身体が、心臓が、命が、全力で生きながらえようと心拍数を急上昇させる。体中に血が巡る。目は見開き、頭はぐるぐる回転する。

《え、なんでこうなるんだよ》

にもかかわらず、僕の身体はまったく動かなかった。

あ、死んだ。

そう思った。

だって、この世は理不尽だ。一生懸命頑張ったって、ある日突然すべてが奪われる。だから僕は納得すらしていた。まあこういうものだよなって。なんで信号無視するんだよとか、なんで気付けなかったんだよとか色々思うところはあるけど、まあ人生頑張っただろ天国で褒められるはずだ。家族は悲しむだろうな僕がいなくなったら冠はどうなるんだろうか赤坂はどう感じるだろうか――脇腹に鈍い衝撃があって、とりとめもない思考と一緒に身体が吹っ飛ぶ。

ああでも、案外痛くないな。

なんて所感が見当違いだと僕に思い知らせたのは、両目に映るもっと理不尽な光景で。

「あか――」

赤坂彼方が、僕を突き飛ばしていた。

僕の言葉は彼女に届くことなく、刹那に視線が繋がって、それで終わり。僕を庇った彼女はただただ物理法則のとおりに吹き飛んで、どさり。グロテスクな音とともに、路上に横たわった。もう要らないと捨てられたお人形みたいだった。

「なんで、だよ」

赤坂彼方は僕と目が合った瞬間、笑みを浮かべていた。

「なんで、笑ってたんだよ」

いいや錯覚だ。笑うわけがない。

それでも僕の網膜に、記憶に、海馬に、スッキリしたような赤坂彼方の微笑がこびりついてもう落ちない。

だから明らかに多すぎる血を全身から流している状態ですら、笑っているように見えた。

「答えてくれよ、赤坂彼方」

僕は馬鹿だ。こんな言い方をしたら、アイツは意地でも答えないのに。

九月二十六日、赤坂彼方が死んだ。

力なく空を見上げれば、黒い穴が嗤っていた。

削除されたプロローグ

彼女は一部始終を目撃していた。

貨物トラックが赤信号なぞものともせず加速を続けたこと。有栖川譲がそのトラックに轢かれそうになったこと。その有栖川譲を赤坂彼方が庇って——死んだこと。

あまりにも予想を外れた急展開に、さすがの彼女も動揺を隠しきれない。

呆然と立ち尽くす有栖川譲を遠くから眺めて、胸に手を当て深呼吸。彼女は極めて理性的に落ち着きを取り戻す。起こったことは変えられない。大事なのは速やかに事実を把握し、次の行動に繋げることだ。感情に振り回される意味などない。

といってもこの場合だけは例外で、次に何をしたって意味を成さない。

「私の予想が正しいのなら——」

彼女は強風になびく二色の髪を左手で押さえた。右手からこぼれ落ちた犬のキーホルダーなんて目もくれず。せめてこれから起こることを見逃さぬよう刮目だけして。

「——ここで世界が書き換えられて、ぜーんぶ消えちゃうってわけ」

てか、そうじゃないとめちゃんこ困るんだけどね。付け足そうとした言葉が彼女の口から吐かれることは、もうなかった。

第二章　僕らの埋まらない三分間について

僕らが《交信》の能力を手にしたのは六年前。九歳の頃だった。

幻聴かと思った声の主がどうやら実在すると気付くまで一ヵ月。

特別な友人として心の声のやりとりを楽しんだのが三ヵ月。

ドキドキの度に心の声が漏(も)れることに嫌気が差して、いがみ合って、二十五ヵ月。

いい加減いがみ合うのにも飽きてきた頃に、ようやく僕らはこの《交信》の能力について詳しく調べようと思い立った。中学に上がるよりも少し前のことだった。

嫌々ながら二人で協力し半年近くかけて実験をした結果、様々なことがわかった。

一方が寝ている間は発動しない。伝わるのは音声のみ、画像や映像は伝わらない。長さはせいぜい一息程度。思いの強さでボリュームが変わり、抑揚や言い回しも感情が乗ったものになる。嘘(うそ)を吐(つ)いても大抵は感情とズレるため、よほど上手(うま)くやらなければ騙(だま)せない。

　でもそんな発見、もはやどうでもよかった。

――《すごいじゃない、これは世紀の大発見よ！》

――《いや何かの間違いだ、三分の時差があるなんて！》

彼女が発した心の声は、その三分後に僕に届く。

僕が発する心の声は、その三分前に既に彼女に届いている。

僕も彼女も、この能力が世界に矛盾をもたらすとすぐに気付いた。

僕が三分前に送った心の声で、彼女の行動は多かれ少なかれ変わるだろう。その結果、僕がその心の声を送らなくなったらどうなる？

タイムパラドックスってやつだ。

もちろん、過去改変による矛盾を解決するための解釈は色々と存在する。未来は分岐するとか、歴史の修正力だとか、世界線仮説とか。でもそれが何の役に立つ？

僕らに必要なのは解釈じゃなくて、実際に世界がどうなるかっていう答えだ。最悪の場合、矛盾を解消できずに世界が消滅するかもしれない。

——《世界が消滅するかもしれないなんて、まさしく杞憂ね》

——《君は世界の理不尽さを知らないからそんなことが言えるんだ！》

だから僕は彼女に絶対厳守のルールを課した。

『《交信》によって行動を変える場合は、三分間待つこと』

だが、この提案を彼女は聞き入れなかった。

——《私にとってはただの予知能力よ、有効活用しない手はないわ》

その意見がひっくり返るまで、わずか十日。

――《どうしてうちの記録に私達のことが書いてあるの!?》

赤坂(あかさか)文書がリークされたあの日、僕は彼女の正体があの赤坂彼方(かなた)だと知った。よりにもよって、大っ嫌いなアイツがあの赤坂の娘だったなんて！　怒りと同時に、どこか納得もあった。嫌い合うのも当然だ、と。でもそのうち負の感情が増してきて、最終的には、気持ちが悪くて卒倒しそうだった。憎(にく)くて仕方のない敵が常に側(そば)にいるような感覚。何度吐きそうになったか分からない。本当に、拷問にしか思えなかった。

不正能力者(ジュリエット)の存在が世間で騒がれるようになって一週間、陰謀論はついに現実に影響を与えるまで大きく育った。とある地方銀行に不正能力者(ジュリエット)疑惑がかかって取り付け騒ぎになり、経営が破綻したのだ。流石(さすが)の彼女も連日のニュースに憔悴(しょうすい)していった。

――《どうしよう、ねえ、私達はいったいどうなるの！》

――《私達の家のことは関係ないでしょう、今は協力するべきよ》

――《ねえまさかあなた、私を売る気じゃないでしょうね!?》

――《あなたも怖いのよね、きっと大丈夫よ、私達ならなんとかできるから》

——《お願いよ、いままでのこと全部謝るから、だからお願い！》

ざまあみろ。本気でそう思った。次は君が苦しむ番だ、って。

だけど同時に、これ以上彼女の弱音を聞きたくないと思った。もうやめてくれ、君はずっと傲慢で自己中心的じゃなきゃいけないいんだ。そんな台詞聞きたくないんだよ。もうぐちゃぐちゃだ。つまり僕は彼女に、僕の嫌いな彼女のままでいて欲しかった。自分でも意味が分からない。わけも分からぬまま、僕は彼女の弱音を殺そうとした。

——《僕は君が嫌いだ、大嫌いだ》

——《だけどこれだけは約束する、君のことは絶対に守る》

目の前が、足下が、赤坂のどす黒い血で染まっていくのに比例して、血の気が引いていく。それでも僕は踏ん張って、ぽつりと赤坂に語りかける。

「起きろよ、赤坂彼方。なあ、起きて、全部嘘だと言ってくれよ」

頼む。

頼むよ。

僕は約束したんだ。十二歳の君と。絶対に君を守るって。

僕だってさ、世界とか壊したくないんだよ。やばい橋なんて渡りたくないんだよ。そんなことしても誰も褒めてくれないんだよ。でもそれでも、傲慢で自己中心的で大っ嫌いな君が、この世界からいなくなるのは間違っているとしか思えなかった。

――はあ、――はあ、――はあ、

呼吸が乱れる。気を失いそうだ。もう右も左も上も下も何も分からない。分かるのは心臓がバクバク言ってることと、死ぬはずの僕が生きてて死ぬ必要のない赤坂（あかさか）が死んでるってことだけで、僕は三分前の彼女に、世界に、空にぽっかり浮かぶ黒い穴に向けて、強く、強く強く強く、願う。

《頼む、頼むから、僕を引（ひ）き留（と）めてくれ、行かせないでくれ――！》

心の声がブレて二重に聞こえる。共鳴するように世界も揺れ、弦をかき鳴らしたように何重にもブレて発散し、やがて細かなブロック状の蒼（あお）いノイズへ変わって、弾（はじ）けて。

世界が、壊れた。そう思った。

何も見えなくなる。唯一、遥（はる）か上空の黒い穴だけが、ノイズの世界に在り続けた。

その周囲に、再び光が生まれる。ノイズが反射光をちりばめながら徐々に収まっていき、見慣れた空が再び創り上げられる。瞬（まばた）きをするほど、世界が収斂（しゅうれん）していく。

にしゃがみ込む。強烈な目眩(めまい)。世界が完璧に出来上がるよりも先に立っていられなくなって、倒れるよう

——はあ、——はあ、——はあ、——はあ。————はあ。

乱れた呼吸が整った頃にはノイズは全て晴れ、目の前の景色が大きく変わっていた。緑色の送迎バスの前で、赤坂彼方(かなた)が心配そうに僕のことを中腰で支えていた。

「——ずる。ねえ、有栖川譲(ありすがわゆずる)。あ、ようやく目が合ったわ。聞こえる?」

「あ、赤坂……だよな? 本当に、赤坂……なん、だよな?」

何度ぱちぱち瞬きしても、安堵(あんど)した赤坂も、見えている景色も消え去ることはない。

これは夢か、それとも現実か? 世界は壊れて、創り替えられた?

あんまりにも僕が胡乱(うろん)だから、同じ目線に腰を落とした赤坂が「寝ぼけているの?」と僕の眉間を指で弾いた。「あ痛」と反射で声が漏(も)れ、理解する。これは夢じゃないって。

「この私を赤坂彼方と認識できないなら、その二つの目は要らないわよね?」

「……はは、間違いなく君は赤坂彼方だよ。ああ、よかった——」

よかった、本当によかった。

一気に脱力して、後ろ手で地面にへたり込む。事故現場——赤坂が轢(ひ)かれた横断歩道を振(ふ)り返(かえ)って見れば、その少し先のカーブにトラックが激突したようで、生徒達が集まっている。運転手も無事のようだった。

「ねえ、もしかして……いえ、もしかしなくても、あなた——」

——変えたのよね、過去を。

瞳を爛々と輝かせ、けれども注意深く。赤坂は不用意に口に出すことなく、横転したトラックをゆっくり指差し、視線で問いかけた。僕も周囲を確認してから、静かに頷く。

「……まあ、やむなくね」

「やっぱり！　やっぱりそうよね。いい？　あなたはこれから一生私に感謝して生きるのよ。まずは三日三晩私の家の前で感謝祭を開くといいわ！」

興奮気味なのを隠しきれない赤坂が、僕の肩を掴んでぐらんぐらんと揺らす。

「ああ、うん。すごく感謝してるよ。でも——」

ぐい、と赤坂を押し返し、僕はふらつきながらも立ち上がる。確かに僕は赤坂に助けられた。だけど今目の前にいる赤坂の話は、少しズレているように感じられた。

「——君は、覚えてるのか？」

「……？　どういうこと？　覚えているわよ。あなたがちょうど私の帽子をあなたが拾いに行こうとしたタイミングで、あなたを行かせるな、って《交信》があって。それが今までになく切実だったから特別に、ほんっっとうに特別に言うとおりにしてあげたのよ。腕をひっ掴んで、あなたを止めて。そしたら——大きな音がして、あんなことに」

「そっか。赤坂の中ではそうなるのか……」

僕の心の声に三分前の赤坂が従ったことで、過去が変わった。赤坂が事故に遭ったという事実は、なかったことになった。だから赤坂にはその記憶がない。覚えているのは多分、この世界で僕だけなんだろう。

「ねえ。逆に、あなたは覚えていないの？　私がルールを破って《交信》のことを話したのも、あなたがとても驚いたことも、私を思いきり褒めちぎって、その……あっ、頭まで、撫(な)でたことも」

赤坂は自らの頭を両手で抱えて、頬(ほお)をほんのり赤く染めた。

「きっ、君の頭を、僕がっ!?」

そんなの僕は知らない。赤坂が今話したのは、僕じゃない僕との記憶だ。段々と事態が飲み込めてきた。僕と彼女の間にはそれぞれ別の記憶が、三分間だけある。

「僕の三分間の記憶は違うんだ。強風で君の帽子が飛ばされて、それを僕が自主的に、ほんの気まぐれで、決して君に従ったわけではなく取りに行って、それで――」

それで君が僕を庇(かば)って、トラックに轢(ひ)かれてしまった。

待った、そんなこと言っていいのか？

君はいざという時には命に替えても僕を助けてくれる！　すごいな！　なんて、本人に伝えるのは不適切だ。それに……なんとなく、嫌な予感がした。

だから僕は嘘(うそ)を吐(つ)く。彼女が死ぬ前に咲かせた笑顔を、思い出しながら。

「――っ、あとは、まあ……君の考えてるとおりだ」

「……ごめんなさい。今のは配慮に欠けていたわね」

僕が重々しい表情をしたせいか、赤坂は右手で自分の左腕をぎゅっと握り、気まずそうに目を逸らした。やめてくれよ、そんな反応されると調子が狂う。というかもう今日はずっと、調子を狂わされっぱなしだ。いきなり夢を明かされて、褒められてドキドキして、命と引き換えに助けられて。とてもまともじゃいられない。

「いいや、……助けてくれてありがとう。感謝するよ、赤坂」

「そっ――それなら、気まぐれを起こした甲斐があったわね」

本当に、ありがとう。もうどこにもいない君に、心から感謝する。だけど、できたら教えてくれないだろうか。どうして身を挺してまで、僕のことを助けてくれたんだ？

秋晴れの空を見上げれば、黒い穴は変わらず僕らを見つめている。

過去を変えても世界は壊れなかった。僕の命も、赤坂の命も助かった。だけど、何か別のものが壊れて二度と戻らなくなったような、そんな漠然とした不安があった。

＊＊＊

《私、本当に未来を変えてしまったのね!!》

ワクワクを隠せない心の声が、登校中の僕に届いた。一日経(た)って、ようやく実感が湧いてきたのだろう。

だけど僕は違う。とんでもないことをしてしまった、という気持ちで一杯だった。

今までは心の声をやりとりしているだけだった。でも昨日は時間の理(ことわり)を破って、過去を変えてしまった。規模が違いすぎる。まさに不正能力者(ジュリエット)の名にふさわしい不正だ。

赤坂の行動は、第三者から見れば不審だったはずだ。

まるで事故を予見していたかのように、帽子を追いかけようとした僕を引(ひ)き留(と)めた。その様子をもしも誰かが見ていたら、不正能力者(ジュリエット)疑惑をかけられてもおかしくない。

それでも……赤坂が死ぬよりはずっとずっとマシだ。

どうして赤坂彼方(かなた)は僕を庇(かば)ったのだろう。そして死に際に笑ったのだろう。

ああ――まただ。昨日からずっと、赤坂のことを考えるたび、この問いに思考が捕まってしまう。目の錯覚……ではない気がする。あれだけ強く記憶に刻まれているんだ。見間違いの類とは思えない。でも、おかしい。赤坂彼方は自分の命を賭して僕を助けるような人間でも、献身に喜びを見出(みいだ)すような人間でもない。

あるいは死にたがっていた？　赤坂家を出るって夢を語ってたのに？　ありえない。

となると、残された可能性は――

《まさか、僕のことが好きなのか？》

「誰があなたのことを——す、す、——ですって？」

中高棟の廊下で僕の背中を全身全霊で抓(つね)ってきたのは——もちろん、赤坂彼方(あかさかかなた)だ。

「痛たたたたた、ちがっ、ちがうっ、あくまで可能性の一つだよ！」

「ゼロよ、ゼロ！　むしろマイナス！　そんな可能性、考えただけで——ううううう」

「……朝から何を想像してるんだよ」

「べつに？　ただあなたって私のこと、猫かわいがりしそうと思っただけよ。なでなで撫(な)で回してほめほめ褒め尽くして……あら、あなたこそ顔を赤くしてどうかした？」

「か、可能性の一つとしてちょっと想像しただけだ。君が僕を好きでも、僕は君を好きになんかならないね、絶対の絶対に」

「はあ？　調子に乗らないで頂戴。あなたなんて私が本気を出せばイチコロよ」

威勢良く睨(にら)み合った拍子に、冷静に戻る。僕らはいったい何を言い合っているのだろう。

「……それより赤坂。その、なんだ」

「ど、どうしたのよ、有栖川譲(ありすがわゆずる)」

「僕らの距離感、ちょっとおかしくなってるよな」

昨日までどんな感じに喋(しゃべ)っていたっけ。まるで赤坂との会話に使う回路がまるまる切り替わってしまったようだった。

「……ええ、そうね。たぶん、未来を――」

赤坂の失言に、僕は咳払いを一つ。赤坂もハッと気付く。未来とか過去を変えた、なんて言葉を口にしたら、不正能力者だとバレてしまう危険性がある。

「……ついに、その、一線を越えてしまったから、かしらね」

僕は「そう、だな」と頷く。今まで守ってきた『《交信》によって行動を変える場合は、三分間待つこと』というルールを破った影響はあると思う。

「でも私はずっと……その、してみたい、って思っていたのよ。あなたに言われてずっと我慢していたけれど、ようやく叶ったわ」

僕はまた頷く。

「……その、はじめてだから、私も不安だったけれど……上手くできてよかったわ」

うん？　僕は赤坂の方を見る。いたって真剣な面持ちだった。

「だけど経験してみると意外とこんなものなのね。もっと気持ちのいいものと想像していたわ。……回数を重ねれば分かるものかしら」

いや、やっぱりなんだか詳細をぼかしてるせいで変な意味になってるよね!?

「ねえ、有栖川。また……してみない？」

僕は一人悶絶しながら「だっ、だめだ！」と真っ赤な顔を俯かせて答える。

「……あれは危ない行為なんだ。軽い気持ちでするものじゃない」

「けれどあなただって随分と喜んでいたじゃない。今度はあなたが私に奉仕する番よ」

ストップ、ストップ、ストップ！　これはだめだもう耐えられない！

「なあ、君、わざとやってるのか⁉」

「わざと？　わざとも何も……どういうこと？　話を逸らさないで頂戴」

赤坂は困惑した様子で首を傾げる。どうやら僕をからかってるわけじゃないらしい！

「いいか赤坂。さっきの君の台詞を順番に思い出してみてくれ。誤解を招く表現の嵐が吹き荒れてたと思わないか？」

赤坂が立ち止まる。どこかで聞いていたらしい生徒達の噂の伝播――（え？　あの二人お付き合いしているの？）（ないでしょ）（いや、でも……明らかにそういう話だったよな？）（なになにどしたん？）（おいお前聞いたかよ、あの二人契ったってよ！）（マ？ガチ契り？）――で気付いたようで。

「――――っ！」

顔を真っ赤にして僕の襟首を締め上げ、物凄い勢いで僕を窓際まで追いやってきた。

「い、い、いいい今すぐ全部、なかったことにしなさい！　止めなかったあなたが100％いえ120％悪いのだから責任取って！　早くしないと窓から突き落とすわ！」

興奮状態の赤坂をギャラリーが止めてくれる気配はない。赤坂に押し上げられた僕の背中が窓のサッシに乗り上げる。いやいやいや本当にやる気か!?

どうする？　黒い穴を見上げながら、逡巡する。無闇に過去を変えるべきじゃない。一度目は成功したが、二度目はどうなるか分からない。だけど……ここまで注目されてしまったらもう、やるしかない。

「いいか赤坂！　絶対の絶対に絶対、この一回が最後だから、なっ！」

「待っ、ちょっとあなた何して危な――!?」

歯を食いしばり、覚悟を決め、僕はそのまま頭から身を投げた。黒い穴も流石に呆れ笑いを浮かべている気がした。いや、だってさ、このくらい切羽詰まってないと天邪鬼なお姫様は言うこと聞いてくれないんだよ!!

《政府の調査員が来てるから、今日は僕と接触するな！》

急上昇する心拍数とともに、心の声が二重にブレる。震える世界がノイズに包まれる。

洗濯機にぶち込まれたようなひどい目眩に耐えながら、状況を確認する。

僕の見立てでは、今の嘘を信じた赤坂が僕との会話を切り上げて距離を取り、失言を回避。今頃は僕らは教室にいる、はずだった。

だけど……おかしなことが起きている。今僕がいるのは、中高棟から離れた特別棟の廊下だった。窓際に立った僕に対し、赤坂は教室側に立ち左手首の腕時計を見つめる。

「これで三分経ったかしら」

呟くと、赤坂は責めるような目線を向けてきた。

「ねえ。嘘、なんでしょ？　さっきの心の声。どういうつもりなの？」

「そうだけど……よく分かったな。心の声と感情はズレてなかったと思うけど」

「すぐは分からなかったわ。けれど、あなたの行動がおかしかったから」

「おかしかった？　僕の行動が？」

……どういうことだ？　空白の三分間で、いったい僕は何を考えていたんだ？　どうして僕の予想を、僕自身が裏切っているんだ？

「本当に覚えていないのね。私が三分後からの《交信》を聞いて、あなたと距離を取った途端、あなた、いきなり走って私から逃げたのよ。追いついたら今度は左腕を抓っていて」

僕は赤坂に言われるがまま、左腕を捲って確認する。確かに痕が残っていた。ここから分かることは……僕の身体は元の世界の状態を保持しない、つまり元の世界から連続しているのは僕の意識だけということだ。

「……実験してたんだ、多分。君が三分後の声を聞いたって察したら、僕ならそうする」

「実験？　どういうこと？」

「僕が走り出した時の心の声を、君は聞いたか？」

「その質問も二度目。答えはノーよ」

となると……空白の三分間は《交信》ができないらしい。つまり、三分前の赤坂に更に三分前を変えるようには頼めない。どうやっても過去を変えられるのは三分が限界。

考え込んでいると、赤坂が怪訝な表情を向けてくる。

「有栖川、どういうことなの？　あなたはどうして……違うあなたになるの？」

「僕目線では、心の声を三分前に送った瞬間、なんていうか、世界が創り替えられるような感じがするんだ。三分前の君が行動することで、僕が心の声を送るまでの三分間が書き換えられて——書き換えられた後の世界に、僕の意識だけが飛ぶ」

「ふうん、そういうこと。私にとっては未来予知みたいなものだけれど、あなたにとってはタイムリープ……とも少し違うみたいね」

「そうだな。あくまで僕は過去の赤坂を操作して、その結果を受け取るだけだ。空白の三分間を思いどおりにはできない。この現象を《更新》と呼ぼうと思うんだけど、どうかな」

「《交信》による《更新》ね、あなたにしては面白いじゃない」

「だろ、面白いだろっ？　……じゃなかった。だから君目線では、《交信》があってから三分後に、僕の中身が変わったように見える。でも全くの別人ってわけじゃなくて。《交信》から《更新》までのたったの三分間だけ、違う経験をした僕なんだ」

「……分かったわ。今の有栖川譲は、六年間いがみ合ってきて、私とテストで勝負して、秘密をバラすと脅してきて、何故か私があなたを好きだと思い込んでる有栖川譲」

「ちょっと語弊があるけど、まあ、そうだよ」

「でも、さっき奇行に走った有栖川譲でも、校外学習で私が引き留めた有栖川譲でもない」

　僕は頷く。が、赤坂はまだ納得いっていない様子だった。

「なら、その有栖川譲はどこへ消えたの？　どこへ行ってしまったの？」

「それは……分からない」

「分からないのなら、もっと検証するべきじゃない？」

　赤坂が一歩、僕に迫る。僕だって、失言祭りで顔を赤くした赤坂や命と引き換えに僕を助けてくれた赤坂がどこへ消えてしまったのかは気になる。僕自身のことだって。

「君の言っていることも分かるよ。でも僕は……そうは思わない。何も分からないからこそ、手を出すべきじゃないんだ。分かるまで繰り返した後、取り返しがつかなくなったら最悪だから。だから僕はもう、《更新》なんて起こしたくない」

　嫌な予感がするんだ。既に取り返しがつかなくなっている気がしてならなかった。

「そもそも君は、僕がどうして《更新》を起こしたのか知らないだろ」

「それは……分からないけれど、どうせ大した理由じゃないんでしょう？」

　ああそうだよ。その大した理由じゃないことで過去を変えようとした赤坂にはお灸を据えないと、同じことが繰り返されるだけだ。

「実は君の秘密、全校生徒に間違えてバラしちゃったんだ。それで誤魔化すために」

「……へ？　はぁ!?　あなあなな、あなたなんてことを――っ！」

赤坂は顔を真っ赤にして、物凄い勢いで僕に詰め寄り襟首を掴んできた！　あ、これさっきも同じことがあったな、なんて密着しながらも冷静に分析していると。

急に目を見開いてふらふらと後ずさり、力なく向こう側の壁にもたれかかった。

「あ、あなた、今。……今、私の前で飛び降りなかった？」

「いや、何を言って、……赤坂？」

赤坂は今、飛び降りたと言った。それは今ここにいる赤坂が決して知るはずのない、消えてしまった過去。存在しない記憶。

「……な、なんでもないの。最近は難しい仕事をしていて、少し疲れているだけ」

眉間を指で押さえた赤坂は、気分悪そうに髪を揺らした。

僕は思う。ああ――最悪だ。

元の世界のことを覚えているのは僕だけだと思っていた。だけど、違う。本当は赤坂も忘れているだけで、覚えている？　そしてそれは……ふとしたきっかけで蘇ってしまう？

だとするならば赤坂は、壊れてしまわないだろうか。《更新》を繰り返し、その度に存在しない、本物と矛盾する記憶が三分ずつ蓄積されていく。それはきっと苦痛だ。

何より避けなければいけないのは――赤坂が死んだ時の、痛ましい記憶が蘇ること。

「大丈夫なのか、赤坂、その」

「そんな真っ青な顔しなくても、平気よ。それよりあなた、秘密をバラしたって――」

「……ああ、あれは嘘だよ。本当は君のしょうもない失言をなかったことにしただけ」

突然の前言撤回に、赤坂は「え？」と、ぽかんと口を開けた。

「これで分かったな赤坂。僕はいくらでも君を騙して利用できるんだよ。君が僕を信じて未来を変える限り。だから……次に《更新》を起こしたら、僕を信用したものだとみなす」

「なっ、なっ、なっ――あなたのことなんて、誰が信用するものですかっ！」

赤坂は吠えるように言い捨てると、踵を返してすたすたと行ってしまった。

せっかく少しはマシな関係になれたと思ったんだけど、これでまた、元どおりかもしれない。でも……これでいい。もう二度と、過去を変えてはいけないから。

＊＊＊

絶対にもう二度と、過去を変えてはいけない。

そう心に誓った二日後にはもう、僕は過去を変えたくてたまらなかった。

「ねーねー、やっぱりユズるんって心を読めるんじゃないの？」

教室前の廊下で横並びになった皐月が、悪戯っ子のような仕草で、だけど本気の瞳で、僕に問いかけてきたからだ。

「な、何を根拠にそんな。僕はただ、赤坂の体調が悪いって言っただけで」

「だって、かなたゃ普通だよ！　普通に授業も受けてるし、当てられても普通に答えてたし、さっきも普通に話したし！　普通に仕事もしてるし！　なんでわかるのさ！」

教室の左隅、赤坂彼方はいつもどおり、授業合間の休憩時間中にキーボードをぱちぱち打ちこんでいる。確かに見た目は変わらない。だけど。

「それは強がってみせてるだけで、明らかに弱ってるだろ。タイピングの速度も落ちてるし。息もちょっと荒いし。歩幅も瞬きの回数も座るときの姿勢も何もかもが違う。なにより僕に全然突っかかってこない！」

「わお。かなたゃクイズ日本代表だ」

「流石に今のは自分でも気持ち悪かったけど……」

今朝のことだった。僕は赤坂の心の声を受信して、彼女の状況をすぐに理解した。

――《情けないわ、階段を上っただけで息が上がるなんて》

普段の赤坂のものとは全く違う、力のない声だった。六年間《交信》する中で何度か聞いたことのある、無理をして体調を崩した時の声。

だが、赤坂のことが心配なわけではない。僕らは運命共同体。頭の回っていないであろう赤坂が迂闊な言動をしないよう、見守る必要がある。それでこっそりとフォローしていたら……皐月に勘ぐられてしまったというわけだ。

「まっ、細かいことはいっか！　私も心配だし、なるべく注意して見ておくよ。急に倒れたら危ないもんね？」

「皐月……ありがとう。今度お礼はするから。……あ、いや、もちろん赤坂がな」

「いいってことよ旦那！　でもその代わり、分かってるよねん？」

　僕の肩に、皐月が気安く腕を回す。頬がくっつきそうな距離に、流石にドキドキしてしまう。《いや、ちょ、近……》と漏れた心の声を聞いてか聞かずか、赤坂がギロリとこっちを睨んだ。違う、誤解だ。体調不良の君を差し置いて楽しそうにしてるわけじゃない。

「かなたゃとの間に秘密があるんでしょ～？　ほらほらいい加減吐けよう少年。私の耳を色恋エチケット袋だと思ってさあ！」

「ないって！　というかなんだよ色恋エチケット袋って！」

「ほ～～んとに～？　かなたゃのこと、好きなんじゃないの～？」

「は？　天地がひっくり返っても——いや、赤坂タワーが大爆発したってありえないね」

「誤魔化すな誤魔化すなって。ふっふーん、皐月のまかろんちゃんはぜ～～んぶお見通しだぜい？　なんと！　じゃじゃーん！　偶然にも映画のペアチケットがありまして。期限が明日までなんだけどさ。これかなたゃと二人で——」

「むっ——無理無理無理無理っ！」

勢いよく皐月の拘束から抜け、首をぶんぶんと振り回す。赤坂と休日に出かけるなんて地獄で鬼とジェットコースターに乗る方がずっとずっとマシだ。

「わお、そんな恥ずかしがらなくても！　おふたりさん、最近ますます良い感じじゃん。校外学習くらいからだよね？　なんか二人で内緒話してるし……あっ。だからユズるんが心を読んでるっていうより、二人の心が通じ合ってるっていうか？」

皐月が後ろで手を組んで、前傾姿勢で僕と同じ目線でにやりと笑う。

「――っ！　い、いや、何言って」

「隠さなくてもいーのに。皐月のまかろんちゃんは、本当に全部お見通しなんだよ？」

皐月は「むう」とむくれっ面で、ツートーンのツインテールを顎の下でクロスさせた。

「節穴だよ、それ。本当に」

まさかバレてるわけがない。皐月も冗談で言ってるだけだ。分かってるのに、秘密を隠すのに精一杯で少しぶっきらぼうな言い方になってしまった。

「あ。ごめんねユズるん。これさ、冗談っていうか、ただの願望だから。もしも、もしもだよ？　二人が不正能力者（ジュリエット）だったら安心だな～って思っただけだから！　二人ならきっとさ、悪用なんかしないで……世界平和のために使ってくれそうじゃん？」

皐月の表情は、今までのひょうきんな百面相とは違って、滅多（めった）に見せない陰影の形で。

僕は皐月の瞳を見つめて、思う。皐月の真意はどこにあるのだろう、と。

「ま、そーいうわけだからさっ、頑張りたまえよ、おふたりさんっ」

昼休みが開始して五分。購買で色々買ってくる間に、赤坂は教室から姿を消していた。

弱った猫みたいだ、と思った。教室移動であんなにつらそうにしてたくせに、いったいどこへ行ってしまったのか。

「まったく、世話の焼けるお嬢様だ」

この学園は途方もなく広い。だけど赤坂グループの強がりな令嬢が、誰にも弱みを晒さず休める場所となれば候補はかなり絞られる。保健室、いや——第三茶道実習室だ。あそこなら畳があるし、ついでに罠もある。

中高棟から特別棟へと渡り、階段の手摺りから身を乗り出し階下を覗くと……いた！

階段の中腹、赤坂の姿があった。背筋は弱々しく縮こまり、重い身体を引きずるように、覚束ない足取りで一段ずつゆっくりと下っている。手摺りを握る力すらないらしく、彼女を支えるのは細い指にかかる摩擦だけ。こんなふらふらな状態じゃ今にも——と危惧した瞬間。赤坂の身体は大きくバランスを崩し、ぐらぐら揺れて。

《なにやってるんだよ！》

「——赤坂っ！」

落ちるように階段を駆け下りて、落下しそうな赤坂を、間一髪、なんとか支える。

少し触れただけで分かる。すごい高熱だった。つらそうな吐息はこっちまで苦しくなりそうで、意識も明らかに朦朧としている。すぐに背中におぶって、慎重に下りる。

「まったく、こんな状態なら素直に休めばいいのに」

「……このくらいで、休むものですか」

荒い吐息に阻まれつつも、台詞はいつもどおり強気だ。振動でずり落ちそうになるのを支え直すたび、「ん」とつらそうな声が肩越しにこぼれ落ちる。

「強がるのは勝手だけどさ、余計に体調が悪化するリスクくらい考えなよ」

「でも、あなたなら……このくらいの無茶するわ」

「それは……まあ、そうだけど。僕に対抗意識を燃やすのもいい加減やめなよ」

「…………っ！　ね、ねえ、あなた、どさくさにまぎれて私をおぶっていない!?」

階段を下りきった揺れで、赤坂がハッとして暴れ出す。が、弱った身体を少し捩ったくらいじゃ抵抗にもならない。

「いまさら気付くって、相当参ってるじゃないか。それにおぶってない。これは運搬だ」

「屁理屈、捏ねないで。いいから、下ろしなさい」

「それが罰ゲームの命令？」

「そうではない、けど、下ろしなさい」

言われなくても。第三茶道実習室の奥側の戸を引いて、畳の上に赤坂を寝かせる。

「ほら、解熱剤に冷却シートに桃のゼリー、スポーツドリンクと、ウェットティッシュもあるから適当に使いなよ」

ビニール袋からひとつずつ取り出してずらりと並べる。とりあえず冷却シートをおでこに貼り付けると「んっ」と艶っぽい声がした。

「……あなたから施しを受けるなんて、自分が許せないわ」

「いいや、これは施しじゃなくてビジネスだ。ほら借用書。利率は一日十割でどうだ？」

赤坂（あかさか）は弱々しく「暴利もいいところね」と笑って、僕のタブレットに指で署名した。

「ま、せっかくだから暴利の分くらいは働くよ。一人で食べられそうか？」

ふるふる、と赤坂が僅かに首を横に動かしたので、僕はゼリーの蓋を開け、プラスチックのスプーンで口元へ運ぶ。素直にぱくりと食べるのが可笑（おか）しかった。

「私のこと嫌いなくせに、どうして放っておかないの？」

不満げに僕のことを睨（にら）むのを忘れずに、僕の手の動きに合わせて口だけはちゃんとあーんと開ける。言ってることとやってることがバラバラだ。

《どうしてここにあなたがいるのよ》――と、三分前の、僕に運搬されていた時の赤坂の心の声が届く。本当に、どうして僕はここにいるんだろうな。

「……私の看病をしたって、あなたに何のメリットもないのに」

「メリットならある。今の契約で儲（もう）かるし、嫌いな僕に看病されて困惑する君を見るのは

気分がいい。君の体調不良が《交信》で僕に届けば僕だって不快だ。それに、そもそも病人を放置するなんてできないし——」

全てのゼリーが赤坂の胃の中に収まるまで、僕はそれらしき理由を並べ続けることができた。だけど、そのどれもが腑に落ちなかった。ぜんぶが僕の本心のはずなのに、嘘みたいに聞こえた。核心だけを隠した言い訳みたいだった。僕らは嫌い合ってなきゃいけなくて、なのに、なんだよこの状況は。

だいたいメリットがないっていうなら、君の方こそどうして僕を庇って——

ああ、胸が苦しい。いったいどうなっちゃったんだよ、僕の心は。

拳をぎゅうと握る。落ち着け。まさかありえるわけがない。僕が赤坂彼方にほだされるなんてこと、絶対に。僕は赤坂彼方が嫌いだ。僕は赤坂彼方が嫌いだ。ほらちゃんと自信を持って唱えられる。大丈夫だ。

「……横になったら、少しマシになったわ。褒めてつかわすわ、有栖川譲」

いつもとは違うどこか気の抜けた微笑みで、赤坂が僕を褒める。それだけじゃない。僕の頭にふわりと手を乗せて、重力に任せて撫でた——瞬間、僕は。

《うわあああぜんぜん大丈夫じゃないじゃないか——！》

なんでドキドキするんだよ。やっぱりおかしい。唇を噛んで首に力を入れて俯いて、平静を保つ。だけど赤坂は僕の気持ちなんか知ったこっちゃなしに、追撃してくるんだ。

「ねえ。明日の、土曜日。予定を空けなさい。二人きりで……会いたいの」

なんだなんだなんだコイツは何を言っている！　それってつまりつまりつまりデートじゃないかっ！　なのに赤坂の表情からは恥じらいの一つも感じない。どうしちゃったんだよ君も。気付けよ引っ込めろよ君の発言デートの誘いだぞ！

「――っ、なに意識しているの。それってデートじゃないか、みたいな顔はやめて。デートじゃないわ。ただあなたに、見せたいものがあるだけ」

「見せたいもの？　なんでわざわざ学園の外で」

「理由があるのよ。予定を空けないならあなたを誘拐するから」

「んな無茶な。そもそも土曜は朝からバイトが――」

いや、待てよ。頭の中で赤坂イズムを演算する。赤坂の誘いよりもバイトを優先する＝不敬↓バイトがなくなればいい↓バイト先を潰せばいい↓～BAD END～

「あー、バイトないんだったなー、ちょうどないんだったなー、バイト」

「嘘吐いたって分かるわよ。そこは……なんとかしておくから」

「なんとかって、頼むから穏便な方法にしてくれよ。というか、体調戻るのか？」

「今日休めば……充分よ。例の難しい仕事で少し、無理してしまっただけ、で――」

――すう、すう。喋っている途中だっていうのに、寝息を立て始めた。僕の前で無防備に眠るなんて、しかもメイドに撫でられずに寝付けるなんて、よほどしんどかったんだろう。これで僕の役目も終わりかな。立ち上がって背を向けると。

「あり、がとう――」

弱々しくも確かに聞こえた感謝の言葉。まったく、本当に素直じゃないな。隠すようにはにかんで、引き戸の取っ手をぎゅうっと掴む。

「――兄、さん」

最後の一言は聞かなかったことにして、秘密基地を後にした。

明日はドラマの撮影で営業は昼までだ、と言われ度肝を抜かれたバイトからの帰り道、冷静になった僕は、なんで赤坂なんかと約束をしてしまったんだと後悔する。勉強よりもバイトよりも優先して、休日に赤坂と会うなんて。

赤坂はいったい、僕に何を見せようというのか。ここのところずっと、分からないことだらけで……なんだかモヤモヤする。

いつもどおり、郵便受けを開く。何も入っていないと分かりきっていた――はずなのに。そこには一枚の紙があった。宛名も切手も消印も何もない、直接投函された紙が。

「なん――」

慌てて口をきつく噤む。

《なんでこれが、僕んちの郵便受けにあるんだよ》

あり得ない。あり得たらまずいんだ。だから僕はいつもどおりを心がける。周囲をチラチラとなんて見ない。こんなの投函する理由は一つ。僕の反応を窺（うかが）うためだ。

『【極秘】赤坂百年史編纂（へんさん）にあたり削除すべき部分について』

そのタイトルに続く文面を、僕はよく知っている。赤坂文書——三年前にリークされ、三分で抹消された赤坂グループの内部文書。不正能力者（ジュリエット）の存在を世間に対して最初に示唆したフェイク。陰謀論を立派に咲かせるため、何者かがネットに蒔（ま）いた悪意の種子。

『赤坂百年史編纂担当者　各位
先日提出のあった「赤坂百年史」の仮原稿について、幾つか公開禁止情報を含む箇所があったため、訂正を求める。
なお、担当者は該当部分作成の際に参考にした文献を直ちに遺漏なく提出すること。
該当部分は以下のとおり。
二十二頁（ページ）
一九三一年　五月三十日　当主、門前に倒れていた一人の少女を保護。

一九三一年　六月十三日　少女はイギリスの情勢について子細に語る。
一九四四年　一月四日　ジュリエット死亡。

五十二頁（ページ）から五十四頁にかけて
赤坂（あかさか）家隆盛の歴史はその少女なしには語れない。保護当時十二、三程の可憐（かれん）な少女で、英語が堪能であったことから、本人の希望もあり通訳補助としての役を与えた。保護から二週間後、彼女はイギリスの政治・市場の状況を子細に語り始めた。その情報は見事に正しかった。当主はこの千里眼にも似た能力を信用し、少女を重用。国内で最も早く情報を得た当主は、（中略）そうして赤坂家ではシェイクスピアの作品からちなんで、少女のことを「ジュリエット」と今後呼称することとした。

六十三頁
ジュリエットの死後も当主は彼女に代わる能力を持つ人間を探したが、終（つい）ぞ見つけることは叶（かな）わなかった。ジュリエットの脳構造を徹底的に調べるも、尋常と比し特別に異なる点を持つことは認められなかった。

訂正箇所は以上である。』

これは、有栖川譲（ありすがわゆずる）と赤坂彼方（かなた）が不正能力者（ジュリエット）だと疑う者によるメッセージだ。

――《僕は君が嫌いだ、大嫌いだ》

――《だけどこれだけは約束する、君のことは絶対に守る》

当たり前だろ。君を守らなきゃ、僕の身も守れないんだから。

これもまた、核心だけを隠した言い訳のようだった。

＊＊＊

「こんなもの、誰にでもできるくだらない脅しよ」

赤坂は例の手紙を破り捨てテーブルの端にまとめるとすぐ、熱々のナンを同じような手つきで千切り、カレーの海ですいすいと泳がせた。

Q．若い男女が初めて休日に一緒に出かけるのにぴったりな雰囲気のお店は？

A．もちろんインドカレー屋である。――なんて、嘘八百（うそ）もいいとこだ。

嘘八百もいいとこなので、僕らはこの店を選んだ。これはデートじゃないから。

「誰にでもできる脅しじゃないよ。わざわざ僕に宛ててきたんだ。これは明らかに――」

「ええ、何者かが私達の正体に勘づいている可能性もあるわ。けれど本気で私達を狙うつもりなら、脅迫文書なんて送るかしら」

「それはそう、だけどさ」

「それに、いざという時は守ってくれるのでしょう？　そういう約束だものね？」

顎に指を当てた赤坂(あかさか)が、僕を試すように微笑(ほほえ)む。昨日の弱々しくて素直な態度とはうってかわって可愛(かわい)げがない――いやいやいや、昨日だって別に可愛げなんてなかった。

天井を見上げれば謎のシャンデリアが煌々(こうこう)と光り、スパイシーで陽気なＢＧＭが左耳から右耳へ抜けていく。息を強く吐いて、僕はやれやれと額に手を当てる。

「三年も前の話を引っ張り出すなよ。君を守るって言ったって、僕にできることなんてないよ。というかほら、君くらいの身分なら当然、護衛とかついてるんだろ？」

「いないわ」

「……は？」

「いえ、誤解しないで頂戴。普段はいるわよ。学校に行くとき以外は、迷惑なくらいに護衛されているわ。けれど今日はいないの。撒(ま)いてきたから」

真顔で、いやむしろ得意げな顔で、赤坂のお嬢様は平然と言い放つ。

「なっ――ななっ、なんでそんなことを！」

「本当に大変だったのよ。商談と嘘を吐いて車を出させて、トイレで変装をして、区営リニアに乗るのも初めてで、恥を忍んで駅員に聞いたのよ？　ＧＰＳで追跡されないようスマホも捨ててきたから、とても困ったわ。あなたよくスマホなしで生活できるわね」

「スマホありじゃ生活費が払えないんだよこっちは。じゃなくて、そこまでして一人で来た理由を聞いてるんだよ！」

「あなたと本気で向き合うためよ」

らしくない言葉をノータイムで返した赤坂は、脇に置いていたアタッシュケースをぽん、と軽く叩いた。赤坂が待ち合わせの時からずっと持っていた代物だ。

「それずっと気になってたんだけどさ、この後裏取引でもするのか？」

「大したものではないわ。あまりお行儀はよくないのだけれど——ほら、何の変哲もない三千万円よ」

赤坂の膝の上でぱかっと開いたケースがこちらに向けられる。彼女の言葉に偽りはなく、一万円札が雁首揃えて並んでいた。確かになんの変哲もない三千万円だ。

「……いやいやいやいや変哲しかない！　仕舞え今すぐ仕舞え誰にも見せるな危ないから」

数人の客と、「サンゼンマン」と呟く店員さんからの視線が集まる。それでも赤坂は盗まれるとは思っていないようだったし、僕も思っていない。ここは特区で、特区での犯罪検挙率は百パーセントだからだ。

「それで、その三千万円が僕に見せたいものってこと?」

「ええ。あなたの留学資金よ」

「……え? いや、どういうことだよ」

全然話が見えない。びっしり並んだ一万札は、黙して何も語らない。

「有栖川譲(ありすがわゆずる)。あなたはいい加減、置かれた状況から逃げるべきよ。ハッキリ言って異常よ」

「そんなこと——分かってるよ。簡単に逃げろって言うけど、……逃げたって何も解決しない。逃避は、誰にも褒めてもらえない選択だ」

「けれど、あなたの夢は有栖川家の再興なのでしょう? 本当に今の状況が最善だと思っているの? 今日なんか特にひどいクマよ。碌(ろく)に寝ていないのがバレバレ」

確かに今の家庭環境で勉強に専念できているとは言えない。でも仕方ないじゃないか。

「それを、赤坂(あかさか)にいる君が言うのかよ」

「だから護衛を撒(ま)いてきたんでしょう」

「それは——そう、だけど」

僕と本気で向き合うために。何不自由のない安全地帯から無責任に押しつけるんじゃなく、一時的にでも赤坂から抜け出した、ありのままの赤坂彼方(かなた)として、逃げろと言ってくれている。逃げる先も、その方法も提示して。それは紛(まぎ)れもなく赤坂の誠意だ。

「そもそも頌明(しょうめい)はあなたに向いていないわ、トクタイセー君。確かに『恒久的履歴閲覧制(プログラム・オブ・プル)

度』は魅力的よ。けれど経営を学ぶなら特区なんて作って企業を保護している日本よりも海外の方が進んでいるし、あなたの実力ならなんの問題もないわ」

「だからってそんなお金受け取れるわけないだろ。君から施しを受けるなんて」

……あれ、なんだか似たような台詞を昨日も聞いたような。赤坂も思い出したらしく「ふふ」と可笑しそうに髪を揺らした。

「そうよ、これはあくまでビジネス、融資の提案よ。利息だって払ってもらうわ。これは同情でも施しでもなく、私に利のある取引」

赤坂の話は分かった。僕を心配してくれていることも。でも、分からないのは。

「君は……僕のことが嫌いなんじゃないのかよ」

「嫌いだからこそよ。あなたを学園から追い出せるし、生活リズムがズレれば《交信》の煩わしさも減る。あなたをこの手で借金漬けにできるという点でも素晴らしいわね」

赤坂は「それに」と呟きながら、びりびりになった赤坂文書を指でスライドさせる。

「私達はやはり距離を置くべき。それが私の出した結論よ」

教室でいがみ合って注目されて、皐月には面と向かって疑われて、しかも過去まで変えてしまって。今まではなんとか関係を隠し切れていた。だけどこれからはいつ綻びが生じてもおかしくない。

「……分かった、考えてみるよ。ありがとう赤坂。僕の幸せを考えてくれて」

「あなたの幸せになんて猫の毛ほども興味ないわ。あくまで私自身のためよ」

僕は頷いて、差し出されたアタッシュケースをいったん借り受ける。思ったよりも軽かった。海外なんて急に言われても、正直想像もつかない。

赤坂の提案は合理的で、何も間違っていないように思える。だけど……本当にそれでいいのだろうか。逃げても、いいのだろうか。

「それじゃあ有栖川。今日は一日、私を守ってくれるのよね？」

食事を終えると、赤坂がぴらっ、と何かを取り出した。映画のチケットだ。それも二枚。なんだかとても見覚えがあるような……。

「昨日、皐月さんから貰ったのよ。折角だから付き合いなさい。まさか護衛のいない私を一人にする気じゃないでしょうね？　誘拐でもされたら、責任を取るのはあなたよ」

「特区内で赤坂彼方を誘拐するなんて、命知らずにも程がある」

「なら、見知らぬ男から声をかけられたり、赤坂に恨みを持った人間からいきなり殴られてしまうかも。か弱い箱入り娘の私はきっと抵抗できず、つらい思いをするでしょうね」

「あーもう。わかった、わかったよ、付き合う。でも今日だけだからな！」

これじゃあ拒否しようがない。騙された。こんなの詐欺だ。

「というか、君はわざわざ僕と恋愛映画を観るつもりなのか？　正気か？」

赤坂の持つチケットで観られるのは、『君はときどきネコよりかわいい』という、多くの場合においては猫の方が可愛いと主張する題名の映画だ。

「ええ。だってあなた、恋愛モノは好きじゃないでしょう？　私も好きじゃないの。これは決してデートではないのだから、どちらか一方でも楽しい気持ちになったら駄目なの」

「極めてロジカルだな。どう考えても本質を見失っている点を除けば」

　まあ実際、赤坂と二人で楽しい時間を共有する、なんて想像もできないし、赤坂だけが楽しむのも癪だ。恋愛映画こそ最適解。ようし、絶対に楽しまないぞ。『君はときどきネコよりかわいい』にはまったく罪はないけれど！

　と、意気込んだ約二時間後。

「……なんというか、結構面白かったな」

「……いいえ、つまらなかったわ」

「何言ってるんだよ。君だって途中ドキドキしてただろ。《晋太郎は想いを伝えられるのかしら》って！」

「何を言っているのあなたのせいよ。《鷲見さんがまさか化けネズミだったなんて！》とかネタバレしてくるなんて最低、最低の極みね！」

「ぐっ、いやネタバレじゃないだろ。ほうらＣＭでもやってる！」

　僕は足下のフロアビジョンを指差す。ちょうど『君ネコ』の宣伝が流れていて、鷲見さんがネズミから人間になる問題のシーンも映っている。

「CMなんて見ていないんだからネタバレよ。あなただって知らなかったくせに！」

「そもそも君、《ポップコーンはいつ食べればいいのかしら》ってなんだよ！　映画館が初めてならそう言えよ！」

「あなたが先に《映画館なんていつ以来だろう》と勝手に緊張するから言えなかったの！」

「ち、違っ！　それはそもそも三千万円を膝に抱えてることに緊張して――」

ふと、赤坂の足が止まる。立体歩道の中央デッキ、空中噴水の前でショートヘアの女性がバイオリンの演奏をしていた。ストリートパフォーマンスだ。特区内で許可が下りるなんて珍しいと思ったら、隣のサイネージによると『赤坂ロボティクス・フューチャー株式会社』の宣伝だった。彼女の右手はロボット技術を応用した義手らしいが、信じられないくらい繊細な動きで、楽しそうに、躍るように、弦の上で弓が跳ねる。

赤坂はうっとりとした表情で目を瞑り、女性と同じリズムで身体を揺らし始める。

「知ってるのか、この曲」

「ええ。『ヴァイオリン協奏曲ニ長調　作品35』。……誰かさんの間抜けな心の声で台無しになった、私の最後の演奏曲よ」

「ああ――」

僕は苦々しい記憶を思い出す。僕らが中学校に上がる前だ。赤坂は習い事の中でも特にバイオリンを頑張っていて、全国レベルの結構凄いコンクールに出るという話だった。僕はその日、彼女の邪魔をしないように仮病で一日中家で寝転がっていた。

だけど運の悪いことに、とびきり大きな蜘蛛が出て、驚いて《交信》が発動してしまった。そのせいで大きなミスをしてしまったと、激怒された。

やがて演奏が終わり、女性が一礼。ぱちぱちぱちと鳴る拍手喝采の中、僕は呟く。

「あのさ赤坂。その節は悪かったよ」

「どの節のこと？　たくさんありすぎて分からないわ」

「その、分かるだろ、タイミング的に」

だけど赤坂は目も合わせずに、僕の言葉をスルーした。謝罪を受け取るつもりはないようだった。

「……有栖川。この私に付き合わされて光栄でしょう？」

「……まあ、気分転換にはなったかな」

どうして赤坂は今日、僕を連れ出したのか。留学の話をするためだけじゃなく、中間試験の勉強で根を詰めすぎた僕を、一時でも現実から逃がすため、だったんだろうな。

逃げたって何も解決しない。現実は変わらない。だけど……僕の心は今、確かに軽い。

本当に、逃げてもいいんだろうか。逃げたとしても、誰かに褒められるんだろうか。

分からない。でも、赤坂彼方との一日限りの逃避行は、正直楽しかった。絶対口にはしないけど。

逃避行は終わりに向かい、日も落ちてきて、現実が近付いてくる。二人でこんな風に出かけるのは今日だけだ。この先一生、君と一緒に出かける機会もつもりもない。

なのに、ああ、こんなこと思うなんて、どうやら心のどこかの回路がバグってる。

「あの……さ、赤坂。この後なんだけど——」

踵をくるりと回転させ、赤坂に向き直った、そのタイミングで。

サイネージの脇に演奏中から佇んでいた五十代程の男性が、いきなり声をかけてきた。

「お忙しいところすみません、赤坂彼方様……ですよね？」

「……何？　悪いけどプライベートを邪魔しないで頂戴」

「本当に申し訳ございません、デートの最中に」

「デートじゃないと言っているでしょう——いえ、なんでもないわ。それで突然どうしたのかしら、赤坂ロボティクス・フューチャー株式会社代表取締役、風間紀一」

相手が名刺を取り出す前に、赤坂がそれを手で制する。男は大袈裟に驚いたような表情を作り、深く頭を下げた。

「まさかお嬢様に覚えていただけているとは——光栄なことで」

「勘違いしないで頂戴。いい？　あなたが特別なのではなくて、グループ会社の幹部を全て覚えている私が特別なの」

風間と呼ばれた男は少し困ったように愛想笑いを浮かべる。というか会社でもこのノリなのかよ、気難しすぎる令嬢だ本当に。

「妃鞠ちゃんはお元気かしら。今年はいよいよ受験でしょう？　受かるといいわね」

「もったいないお言葉をありがとうございます」

「謙遜しないで、あなたの娘に失礼よ。それで用件は？　手短に頼みたいのだけれど」

赤坂は手首を指でとんとん叩く。風間社長はちら、と地上に停まった車を見下ろした。

「内密な話で。ここではちょっと」

「……承知したわ。有……あなたは少しここで待っていて。忠犬のようにね」

ほんの僅かな躊躇いを飲み込み即断した赤坂は、余計な一言を付け加えながら僕に待機を命じた。「はいはい」と答える頃には赤坂はもう僕の前から離れていた。

僕は仕方なく、赤坂の背中を目で追う。手近なビルから出て、後部座席に乗り込む。ばたん。ドアが閉まった直後。当たり前のように車が発進し、猛スピードで遠ざかった。

「……へ？　はあっ⁉」

一瞬、こちらを見上げた赤坂がリアガラスをガンガンと叩くのが見えた。ぽかんと口を開けてる場合でも、忠犬として信じて待ちぼうける場合でもない。僕は慌てて駆け出して、アタッシュケースも置いたまま、絶対に追いつけない追いかけっこを開始する。

「おいおいおいおいなんだなんだなんなんだよこれは――⁉」

白昼堂々、赤坂彼方が誘拐された。

第三章　デートじゃないデートは終わらない

《どうしてこの私が逃げなきゃならないの！》

「僕も分からないよ！　なんなんだよこの状況はっ！」

　地上三階の高さ、ビルとビルの間を全速力で走りながら、三分前の赤坂に返事をする。目の前で赤坂が連れ去られてすぐ、僕は《風間社長が君を誘拐する！》と心の声を送信した。その瞬間《更新》が起こり——気付けば僕は無我夢中で走っていた。

　赤坂は今、僕の隣で走っている。誘拐は回避した。だけど全くピンチは脱していない！

　後ろを振り向けば、サングラスをかけた黒いスーツの男が三人、すぐそこまで迫ってきていた。伸びてきた手を受け流すように振り払って、赤坂が声を張る。

「風間よ！　風間を無視して逃げたらこうなったの！」

「じゃああの男達も風間社長の仲間なのか!?」

「知らないわっ！　だけどあの男達がつけているバッヂ、赤坂グループの社章よ！」

　なんだ？　何が起きている？　どうして赤坂グループの人間が、赤坂彼方を誘拐しようとする？

　目の前のビルに飛び込んで、エスカレーターを駆け下りる。円柱型の清掃ロボをアタッシュケースでなぎ倒して後ろに転がし、自動ドアの小さな隙間を縫って地上に出る。

「もっと速く走れないの？　そんなアタッシュケース早く捨てなさい！」

「いやこれ三千万円だぞ！　君こそその可愛いヒールの靴を脱ぎ捨てろよ！」

「私より小さいくせに命令しないで！」

「それこそヒールのおかげだろっ！」

やけくそに叫んで、信号機の防犯ベルを通りすがりに鳴らす。歩行者通路は狭く、肩と肩が度々ぶつかる。追手の足はさほど速くなく、振り返ると徐々に引き離せてはいる。けど一瞬の油断が命取りだ。《交信》の発動条件は心拍数の急上昇。全力疾走の状態からはすぐに《更新》できない。

「君はグループ会社から恨みでも買ってるのか!?」

「ええ、もしかするとね！　最近難しい仕事をしていると言ったでしょう？　あれ、うちのグループ内での不正会計の調査なの」

「不正会計？　あの社長が着服してるってこと？」

「そうよ！　私も偶然気付いたのだけれど、毎月多額の資金がどこかへ流れていたの」

「それ、君のお父さんには？」

「報告したら、この件は危険だから手を引くようにと言われたわ。でも私は父に黙って、調査を続けていたの。私の能力を試す良い機会と思ってね！」

「ははっ、そりゃえらいな！　じゃあアイツらは、不正会計を隠蔽するために君を狙ってるってことか？」

「としか思えない……けれど、こんなのあまりにお粗末よ！」

赤坂(あかさか)の言うとおりだ。不正会計を疑われた結果、グループの娘を誘拐する。なんの解決にもならない。ただ罪に罪を塗り重ねた、日本一の命知らずになるだけだ。

ビル陰からこちらをじっと見つめる男女と目が合う。僕らは減速することなく正面衝突――するが、衝撃はない。防犯用ホログラムだ。この二人を目隠しにして進路を曲げ、細い路地に入る。

「なら他に目的があるんじゃないのか!?　そっち関係とか！」

郵便受けに入っていた赤坂文書のことを思い出す。この騒動と無関係とは思えなかった。

「そんなわけあるはず――」

「たとえば、そうだ！　不正能力者(ジュリエット)と不正会計に何か繋(つな)がりがあるとか！」

「……まさか、六本木(ろっぽんぎ)開発部長――いえ、あり得ないわ」

上空から飛来した浮遊する小型球体が、僕らをいきなり取り囲む。『ＢＵＧ』だ。

「なんでこっちなんだよ！　明らかに後ろの男達だろおいっ！」

ＢＵＧは不審者に集まる自立型監視カメラだ。追い払うが、何故(なぜ)か後ろにはＢＵＧがついていない。赤坂グループのバッヂをつけてる人間は対象外なのか!?　この特権階級め！

「前を見なさい有栖川、分かれ道よ、選ばせてあげる」

赤坂の声に向き直れば、十字路が僕らの選択を待っていた。

「左だ!!」

僕が直感で叫ぶと、赤坂は当然のように右に舵を切る。やると思ったよ！　男達は一瞬止まってから、三手に分かれた。この選択が吉と出るか凶と出——凶と出た。いや早いな行き止まりになるの！

「まったく、あなたのせいで大ピンチね」

「僕のせいなのかこれ？」

両脇はビルの壁面。正面は更地だが、2メートル程の金網が立ち塞がる。背後にはスーツの男。袋小路だ。フェンスには上れそうだが……乗り越える前に追いつかれるだろう。

赤坂と顔を見合わせる。言葉にせずとも作戦は伝わった。心拍が落ち着くまで待ち、《更新》で別の道を選び直す。僕はフェンスにもたれて座り込み、息を深く吸って吐く。時間を稼ぐぐらい、普段から稼ぎまくりの赤坂彼方なら訳ないだろう。

残り二人のスーツ男が合流してきたところで、赤坂がケースをゆっくりと開いて掲げる。

「ここに三千万円あるわ。これは手付金。私を見逃して首謀者の名を吐けば、さらにこの百倍。破格の取引だと思うけれど」

しかし三人は首を横に振り、じりじりと距離を詰めてくる。

「そう。あなた達はお金ではなく、もっと別の理由で私達を襲っているのね？」

「……俺達は対価など求めません。ただ大義のために動いているだけです」

ゆっくりと。男らの中で一番体格の良い男が詰め寄りながら、赤坂に恭しく答える。一歩、一歩、赤坂は退きながら、しかし余裕の笑みを崩さない。

「困るのよね、経営者の端くれとしては。最も扱いにくい部下はね——対価を求めない人間よ。といっても、そこで呑気に休憩している男よりはマシだけれど」

「失礼だな、褒められるのだって立派な対価だ！」

赤坂の軽口を合図に立ち上がると、僕は一目散に右端の男に突っ込んでいく。敵を眼前にして、心拍数が上昇する。

右は行き止まり。左か真ん中の二択。あの男達の中で、左を選んだ男が最もここへ来るのが遅れた。つまり左に逃げるのが生存率が一番高いはず。

《赤坂、右だ！》

さっきは「左」と言ったら赤坂は「右」を選んだ。だから今度は「右」と伝える。これで逆張りプリンセスの赤坂は思いどおりに左に行くはずで——

「……あれ？」

脇腹に容赦ない蹴り。あっけなく地に伏した僕は、情けない声を出した。《更新》が起こらない。どういうことだ？　見上げた先の赤坂は、気まずげにアタッシュケースを静かに閉めた。まさか右って聞いて、本当に右に来たのか！

「……一つ言い訳をさせて頂戴。これはあなたが悪いわ」

「言い訳って言わないいんだよそれ。いや僕も悪かったけど。で、どうする？」

「絶対に行き止まらない究極の方法があるわ。なんだと思う？」

「どうせ君のことだ。壁をぶち破るんだろ」

「お見事、１００点の答えね」

赤坂の作戦は、背後のフェンスを乗り越えて逃げること。狙われているのは赤坂だけのはずで、つまり足止めするのが僕の仕事だ。赤坂はふっと笑ってくるりと振り返ると、三千万を持ったまま、しかし軽やかな動きでフェンスを上り始めた。

男達は赤坂の動きにすぐに反応し、一斉にフェンスへ詰め寄るが、僕が間に割り込んで、とにかく踏ん張る。蹴られても、殴られても、地に叩き伏せられても。生憎とさ、僕はこういう理不尽にはめっぽう強いんだ。男の足を引っ張って、また踏みつけられて、フェンスから引っぺがして。なんとか時間を稼ぐ。稼ぎきる。なのに、何してるんだよ君は！

フェンスの上まで到達した赤坂は、向こう側へと下りない。赤坂が怖じ気づいたと判断した男達が、一瞬動きを止める。そのタイミングを待っていたかのように赤坂は振り向いて、高らかに、そしてどこか楽しそうに宣言した。

「残念だったわね、有栖川譲！　これが１２０点の答えよ！」

赤坂がフェンスからこっち側へ飛び降りる。そして——アタッシュケースに落下速度を乗せて、真ん中にいた男の頭を思いきりぶん殴った！

男は呻きながら倒れ、着地した赤坂はそのまま、一人分が空いた道を走り抜ける。僕もすぐに後ろについた。絶対に行き止まらない究極の方法は、元来た道を戻ること。

「まったく、お嬢様のくせに随分無茶するな」

「あなたはいつも考えすぎなのよ」

「君がいつも考えなさすぎなんだよ！」

大通りに戻るとちょうどタクシーが通りかかった。すぐに手を振って呼び止め、開いたドアに飛び込んだ。

「飛ばしなさい。赤坂タワーまで！」

「お客さん、急ぎですか」

「ええ、ちょっと人から逃げているの」

ネズミのように路地から出てきた男達の姿がバックミラーに映る。諦めたのか、もう追いかけてくる素振りを見せることはなかった。

なんとか逃げ切れた——

僕らは揃ってシートにもたれかかり、目を瞑って、荒い息を整える。今までにないくらい心臓がバクバク言っている。身体の奥底から出てきた感想は「生きてる」だった。

なんなんだよ、あの男達。赤坂の跡継ぎを誘拐するほどの大義って、そんなの——最悪の思考から目を逸らすように窓の外を眺める。そこには顔色一つ変えずに浮かぶ黒い穴と、その真下に屹立する赤坂タワーがあって、僕は思う。ああ、もっと最悪だ。赤坂タワーは今、僕らから遠ざかっている。

そもそもこの運転手、運転席の裏に貼られた色白中年男性の写真とは似ても似つかぬ別人だ。まだ二十代くらいで、肌は色黒で、髪はワックスで固めた清潔感のある短髪。

「ちょっ、運転手さんっ!? あの、違いますよね。違いますよねぇ色々と！」

僕の慌てた声で瞼を開いた赤坂もすぐに「どういうこと？　戻りなさい」と男に命ずる。しかしハンドルを握る手は言うことを聞きそうもなかった。もったいつけたリップノイズがして、僕らはバックミラー越しに、男の几帳面そうな目を見つめ返す。

「……赤坂彼方と、有栖川譲で間違いないな？」

《どうして僕達の名前を!?》

僕は赤坂の顔を見るが、諦めたように首を振るだけ。タクシーに乗ってからもう三分以上経っていて、乗らなかった世界には《更新》できなかった。

僕らは罠にかけられた。散々追いかけ回して、最後の最後に油断させ、本命の罠に誘導する——用意周到な罠。なんだよこれ。いつになったら終わるんだよ、この悪夢は。

ちらりと赤坂の側を見る。冷静な彼女は、視線だけで語る。どうやらドアはロックされてないらしい。これもまた罠かもしれない。だけど、まだ状況は変えられるってことだ。今はとにかく落ち着いて……情報を集めよう。

「あの、貴方はいったい――」

僕の問いかけを気にする様子もなく、男は「ほう」と感心したように喉を鳴らした。

「俺がお前達の名前を呼べたということは、やはりタイムリープ可能な時間は大して長くないわけだな」

頭が真っ白になった。

走行音もなにも、聞こえなくなったような、気がした。

……なんだって？　タイムリープって言った、よな、今。

僕達の《更新》の能力は過去改変、あるいは未来予知だ。だけど第三者から見たら僕らがタイムリープしているようにも見えるはずで、ということは、だ。

この男は、僕らが不正能力者だと確信している。

「……えっと、すみません運転手さん。何の話ですか？　意味分からないですし、こっちは見ず知らずの人にいきなり名前を当てられてただただ気持ちが悪いんですが！」

僕も赤坂も警戒心をむき出しに、すぐに後部ドアを開けられるように構える。しかし男は顔色一つ変えずに、こっちが悪いことをしたのかと思うくらい偉そうに、口を開いた。

「お前達、逃げ出すつもりか？」

「何を言うの。当たり前でしょう、こんな気味の悪い状況」

「まあ、もう少しくらい話を聞いていけ。運賃は特別にサービスしてやる」

「タクシー免許も持っていないくせに？」

「痛いところを突くな。メーターの使い方も分からずお前達を乗せる前から回りっぱなしだ。このままじゃ法外な額を請求しなければならなくなる。それは俺も本意ではない」

なんだよこの男、真面目なんだか真面目じゃないんだか分からない。

「お金なら売るほど持っているから安心しなさい。それで、あなたはどこの誰なの？」

「こういう者だ」

男は振り向かずに一枚の名刺を素手で渡してきた。赤坂と同時に手を伸ばし、二人で奪い合うように受け取る。

『警察庁公安部　不正能力者対策第二課　旭司馬（あさひしば）』

いわゆる公安警察。つまりこの男は……さっきの男達とは関係がない？

赤坂と顔を見合わせる。この肩書きを信じるかどうか。赤坂は信じるわけないって顔で、僕も同感だった。普通に考えて、この旭という男はさっきの男達の仲間だ。

「存在が秘匿されている部署だ。くれぐれも落としたりするな」

「公安警察……って、いいんですか？　こんな高校生に顔と名前を簡単に明かして」

「お前達に顔と名前を明かして信頼を得るのが仕事だからな」

「ならしっかり仕事をしなさい。タイムリープなんて意味の分からない発言をして、私達からの信頼が得られるわけないでしょう？」

「先程から頑張ってとぼけているところ悪いが、調べはついている。お前達が不正能力者(ジュリエット)であることも、その能力で時を遡っていることもな」

僕は言葉に詰まる。どうすればいい？　向こうはどこまで確信がある？　不正能力者(ジュリエット)と認めたらどうなる？

「不正能力者(ジュリエット)ってあの、赤坂(あかさか)文書の？　僕には思い当たる節はないですけど」

「そもそも赤坂文書はでたらめよ。不正能力者(ジュリエット)なんてこの世に存在しないわ」

旭(あさひ)が溜息(ためいき)を吐(つ)くと同時に、ぎゅん、と車が加速する。

「子供というのは面倒だな。大局が見えず現実から逃げてばかりだ。……いいか有栖川譲(ありすがわゆずる)。正しい答えを教えてやる。お前が本当に不正能力者(ジュリエット)でないならこう言うべきだった。『なら、あの手紙を入れたのは貴方(あなた)か』とな。分かるか？」

ああ、そうか――ただただ嘆息するしかない。あの手紙は脅迫でも警告でもなく、僕らの嘘(うそ)を暴くためにこの男が打った布石だったんだ。僕は無意識にあの手紙のことを隠してしまったが、その嘘こそが僕らが不正能力者(ジュリエット)と裏付ける根拠となる。

こうなったらもう開き直るしかない。ここで弱気になったらそれこそ負けだ。

「……分かりました。話を聞きましょう、公安の旭司馬(しば)さん」

「そうだ、子供はただ素直であればいい。まだ態度が悪いが大目に見よう」

旭は満足げに答えると、かっちりした手つきでウインカーを出して静かに右折した。

「俺の仕事はお前達を保護することだ。とある事情により、お前達は公安の監察対象から保護対象へと引き上げられた。この決定は覆らない」

この場合の保護というのは、僕らを守ってくれるって意味ではなく、どこかに閉じ込めて誰の手も届かないようにするという意味だろう。それがいつまで続くのかも定かじゃない。もし旭が本当に公安だとしても、安心して保護されるって選択肢はないだろう。

「ならあなた達は、私達のことをずっと監視していたの？」

「ああ、時折様子を確認する程度だがな。ただし――緊急時は別だ。世間に不正能力者(ジュリエット)の存在がバレれば影響は計り知れない。必要な措置だ」

「必要な措置？　そんなのお断りよ」

「ならどうする？　俺から逃げるか？　だが逃げたところで――」

「それよりも詳しく教えなさい。とある事情というのは六本木(ろっぽんぎ)開発部長の動きのこと？」

勝手に話を進める赤坂に対し、旭は「ほう」と感心するような声を上げる。

「ご明察だ。どうやらただの箱入り娘というわけではなさそうだな」

「六本木……って、さっきも口走ってた名前だよな？　誰なんだよ、それ」

「六本木珀(はく)。赤坂ロボティクス・フューチャーの開発部長、稀代(きたい)の天才よ。三十年後から来た女、なんて言われているほどにね。あの義手も彼女が全て一人で開発したのよ」

「ああ、なるほど。三十年後から来たと思うくらいすごい技術力を持ってるってことか」

「それだけじゃないわ。とにかく頭が回るのよ。まるで未来が見えているかのように。だから一つも証拠は残していないけれど……不正会計の首謀者と私は見ているわ」

「その六本木(ろっぽんぎ)って人が凄(すご)いのは分かったけど、それがどう不正能力者(ジュリエット)と関係するんだよ」

「彼女は元々別の仕事をしていたのよ。本来の専門は理論物理学で、彼女は赤坂(あかさか)グループ横断のタイムマシン事業のプロジェクトリーダーだったの」

「タイムマシン事業って、赤坂グループ百周年記念の？　でも確かあれは、ただのジョーク企画だったはずじゃ」

「ええ。赤坂文書の影響を受け、一年で終わった企画よ」

赤坂グループ屈指の有識者を集結させて、タイムマシンを作る。大衆の興味を引くためのプロモーションだ。ニュースで少し話題になって、論文を二本くらい出して、それがかなりガチだってまた話題になって、幕を引いて、度々黒歴史と揶揄(やゆ)される。そんな企画だ。

「一つ、お前達の間違いを正そう。そのタイムマシン事業だが、裏ではまだ動いている」

「何を言っているの？　この私の前でよくもそんな嘘(うそ)が吐(つ)けるわね」

「そもそもアレはジョーク企画ではない。赤坂の娘なら理解しているはずだろう。赤坂グループは本気で過去を変えたがっていると」

旭の言葉で、赤坂は硬直する。遠くを見るような瞳。まるで身体を握り潰されそうな苦悶の表情。そして一瞬、唇を固く固く結んで、弱々しく開く。

「け、けれど、実際あの事業にはもう予算はついていない――」

反論の途中で、赤坂は天を仰ぐように、力なく座席にもたれる。僕も理解した。不透明な金の流れ。その行き着く先。ああ、ああ、もしこれが本当なら、本当の本当に、最悪だ。

「……つまり、不正会計は赤坂グループ会長の指示で、赤坂グループは、赤坂の父親は、僕らが不正能力者だと既に突き止めている。そして……僕らを研究材料にして、何か過去を変えようとしている。そのために、タイムマシン事業のプロジェクトチームが裏で動いている。そういうことですか、旭さん」

こんなこと赤坂の口からは言わせられない。確認すると、旭は少し溜めてから答えた。

「まだ裏は取れていないがな。今は憶測に過ぎないが、限りなく真実に近いだろう」

「……信じないわよ、私は」

どこまでが本当で、どこまでが嘘かも分からない。

この男は本当に公安警察なのか。それとも赤坂グループの刺客なのか。いずれにしたってここは、相手に話を合わせるしかないだろう。

「分かりました。僕は旭さんに従います」

「ちょっ――あなた馬鹿なの？　なんでこんな話を信じるの！」

「だって、ほら、この人どう見たって公安警察だろ。信じるしかないじゃないか」

「はあ。無能な味方ほどの敵はいないわね」

「いや、違っ。僕だって本当は信じてないけどここは、あ。じゃなくて——ああもう！」

もうめちゃくちゃだ。台無しだ。赤坂と一緒だと何もかも上手くいかない。

そんな僕らの様子を見た旭は、苛立つでも反論するでもなく、ただ、鼻で笑った。大人の余裕を見せつけて「まあいい」と呟き、赤坂タワーから離れる速度を上昇させる。

「生憎とお前達には拒否権はない。お前達の存在自体が脅威で、異端で、不正だ。……いいか、この世界にお前達の居場所はもうない。子供は子供らしく、素直に大人に従え」

これが最後通牒なのだろう。旭は左手でポケットから拳銃を取り出して、僕らに見せつける。これ以上なくわかりやすい脅しだ。

それでも赤坂の蒼い瞳に、反抗的な光は灯ったままで。

「……有栖川。私の嫌いなもの、覚えている？」

「え？　いや、何言ってるんだよ」

「私の嫌いなものよ。まさか忘れたなんて言わないわよね」

覚えてるに決まってる。だけど僕が言いたいことはそうじゃなくて……《ああもう、本っっっ当に仕方ないお嬢様だな！》と僕は覚悟を決める。

「君が嫌いなものは、有栖川譲と、それから——」

こめかみに冷や汗を感じながら、流れる景色とサイドミラーを注視する。さあ、今だ。

「『命令されること！』」

声が揃うと同時に、僕らは左右の後部ドアを思いっきり開け、時速五十キロで流れていくコンクリートの地面に飛び降りる！　ほんっと、めちゃくちゃだ！　頭を守りながら身体を丸め、慣性で後方へと転がり……すぐに立ち上がる。

「大丈夫か赤坂！」

「当たり前でしょ！」

赤坂は傷のついたアタッシュケースを掲げ、全速力で走り去る。ちらと振り返るが、タクシーは停車することなく、ドアを全開きにしたまま僕らの視界から消えていった。

「まったく、あなたって騙されやすいのね。私がいなかったらどうなっていたか」

「信じてないって言っただろ！　あんな怪しい奴！」

反論しながらも、思う。赤坂がいなかったらきっと、考えすぎて逃げるタイミングを失っていた。さっきの行き止まりだってそうだ。赤坂の突破力は頼りになる。

「……………助かったよ、感謝してる」

「受け取らないわ。そんな嫌々な感謝なんて。それより、これからどうしようかしら」

赤坂は、遠くに聳え立つ赤坂タワーを見つめる。日本の全てを手中に収める赤坂グループが敵だなんて、到底信じられない。

「まださっきの男達がいるかもしれない。安全な場所に隠れて、君の父親に連絡を――」

『どうか、どうかお願いします。私のたった一人の娘を、彼方を――返してください』


絞り出すような悲痛な声が、上空から聞こえた。

二本の商業ビルの間に投影された、宙空に浮ぶ光学ビジョンを見上げれば、緊急会見を開いた赤坂グループ会長――赤坂彼方の父、赤坂奏鳴の姿が映っていた。

テロップにはあろうことか、こう表示されている。

『赤坂ＨＤ次期跡継ぎ赤坂彼方さん　誘拐される
犯人はクラスメイトの男子生徒　怨恨によるものか』

「嘘、だろ――」

僕は確信した。確信させられた。僕らの居場所はもう、どこにもないって。

「有栖川、まずいわ」

赤坂彼方の顔写真が光学ビジョンに映し出される。それだけじゃない。広告塔に、サイネージに、町中のありとあらゆる場所に。一斉に赤坂彼方が表示され、僕らを取り囲む。

気付けば立体歩道は、僕らを指差し写真を撮る人間でごった返していた。群衆の合間を縫って乗り出した警察官が二人、僕らに向かって動くなと叫ぶ。

僕らは駆け出した。行く当てもなく、ただただ特区から、世界から追い出されるように。

＊＊＊

僕らは三つの幸運により、ひとまず逃げ切ることに成功した。

電動キックボードのレンタルポートをすぐに見つけられたこと。

赤坂が顔を隠せる目深のキャップを変装用で持っていたこと。

白銅駅から最速で出発する、北陸行き特区動脈（アーテリー）ライナーに飛び乗れたこと。

おかげで僕らは警察の追跡を逃れて特区を離れることができた。束の間（つかのま）の逃避行のはずが、これで本当の逃避行になってしまった。

デートじゃないデートは、しばらく終わってくれそうにない。

「まさか君と一緒に旅ができるなんて最高だな」

「あなたと一緒に特区ライナーに乗ることほど楽しいことはないわ」

ごう、という音とともに窓の外が暗くなって、ガラス越しに目が合う。互いにぶつけるように同時に溜息（ためいき）を吐（つ）いた。最高の旅になりそうだ、なんてもちろん皮肉だ。

「……どうしてこうなったんだろうな」

正直、状況がまだ飲み込めていない。現実味がない。隣で窓の外を見つめ続ける赤坂(あかさか)はたぶん、もっと飲み込めていないことだろう。

足と腿(もも)にじんわり広がる疲労感と喉の乾きが、僕らを現実につなぎ止める。

『赤坂彼方(かなた)さんは本日十一時ごろ、外出中に行方が分からなくなりました』

片耳のイヤホンに流れ込むラジオの音声が、赤坂彼方誘拐事件について語る。ちなみにもう片方は、赤坂の耳に詰め込まれている。安物のコードに引っ張られた頬(ほお)の距離は赤坂の体温を感じるくらい近く、今にもドキドキしてしまいそうだった。

『監視カメラの映像から、彼方さんのクラスメイトが容疑者とみられています。身代金などの要求は現時点でなく、怨恨の線もあり、慎重な捜査が進められています』

「どの監視カメラを観(み)たらそうなるんだよ。結論ありきだこんなの」

「私と一緒にいる時の顔がよっぽど不審者に見えたのでしょうね」

「だいたい、あの赤坂が無防備にも誘拐犯と映画なんて観るわけない」

「私の優しさにつけ込んで連れ回すなんて最低ね、その誘拐犯」

「優しい？　おかしいな、僕は赤坂彼方誘拐事件について話してるんだけど。なんなら連れ回したのは君の方じゃ？」

僕らは努めていつもどおりのフリをして、小声で軽口を叩(たた)き合う。幸いにも周りは空席ばかりで、まさか僕らが天下の赤坂グループから逃げてる不正能力者（ジュリエット）だなんて、誰も気付きはしないだろう。

「警察も愚かではないわ。すぐに疑いは晴れるはずよ」

「そう……だな。すぐに家に帰れるよ、お互い」

「じゃないと困るわ。あなたと二人旅なんて黒歴史もいいところよ」

「僕の方こそ絶対に嫌だね。君と二人旅なんて人生の汚点でしかない」

僕も赤坂も、分かってる。分かりきっている。

この報道はおかしなことだらけだ。赤坂が護衛の前から姿を消して、まだ六時間。誘拐事件と決めつけられる段階にすらない。碌（ろく）に捜査もせずに警察は僕を容疑者だと決めつけ、多忙のはずの赤坂会長はすぐに会見を開いた。あまりにも展開が早すぎる。

赤坂グループの跡継ぎが誘拐されたなんて重大事項をこうも簡単に発表するのもおかしい。月曜日の日経平均株価はとんでもないことになるだろう。

何もかもおかしい。そのおかしさが明確に物語っていた。赤坂グループは僕らの敵だと。

ライナーがトンネルを抜ける。夕陽（ゆうひ）に染まる田園風景。隆々とした山脈。高速で進んでいるはずなのに、外の景色は何故（なぜ）だかゆっくりと時間が流れているようだった。特区を出発して一時間。遠くまで逃げてきたという実感が湧いてきた。

赤坂奏鳴（そなた）会長は、僕らが不正能力者（ジュリエット）と知っている。

僕達の能力を利用してタイムマシンを完成させるために、僕達を捕まえようとしている。

「ぜんぶ勘違い……だったりしないかしら」

世にも珍しい赤坂の弱音に反応すべきか、イヤホンをくるくる巻きながら悩む。

「だって、本当に私達を捕まえたいなら、記者会見なんて開く必要なかったじゃない。あれじゃあ私達の警戒心を高めただけ。父は本当に心配性なだけで、それで――」

「君が護衛を撒いて逃げ出したのは、君がタイムマシン事業の真実に気付いたから。君の父親はそう思ったんだろうな。だから君と僕を追跡するために誘拐事件を作り上げた……ごめん、こんなこと言ったってしょうがないな」

「そうよね。分かっているわ。分かっているのにね」

赤坂は膝の上で組んだ手を、ぎゅう、と強く握り締める。僕は彼女に対して、どうしたらいいのか分からない。家族に裏切られ、生まれ育った場所を追われ、頼れるのはたった一人、六年間いがみ合ってきた大っ嫌いな男だけ。

そんな風に娘を追い詰めてまで、赤坂奏鳴は何がしたいのか。何を考えているのか。

「そこまでして変えたい過去があるのか？　だって赤坂グループは完全無欠だ。莫大な利益を安定して生み続け、追い迫るライバルもいない。不正に縋る理由がない」

強いていうならば――赤坂文書の流出を防ぎたい、とか。赤坂グループが近年負った唯一の疵だ。だけど赤坂の反応を見るに、きっと違うのだろう。

「……どう、かしらね」

あからさまに誤魔化す赤坂は、あのタクシーで何か気付いているくせに、僕には教えるつもりはないらしい。……というより、赤坂自身も認めたくないんだろう。

「あー、赤坂。まああれだ。とりあえずお菓子をたくさん食べて、ジュースを飲もう」

「脈絡もなく、いったいどういうつもり？」

「お菓子パーティーだよ、妹の誕生日に毎年するんだ。食べきれないくらいのお菓子を並べて、ビュッフェみたいにして食べて、それですっごく喜ぶんだよ、冠は——妹はさ。だから、その……元気出しなよ。君らしくない」

「私のこと小学生だと思っているの？　でも……そうね、車内販売がそろそろ来る頃だから、沢山買いましょうか。あなたがどうしてもそのパーティーを開きたいのなら」

赤坂の握った両手は緩んで、強ばっていた背筋は少し伸びたようだった。僕はほんの少しだけホッとする。

「ところで有栖川、行き先に当てはあるのかしら？」

「……いや特には。この北陸行き動脈ライナーだって一番早く出発するから選んだくらいだし。とりあえず逃走資金は潤沢にある。ほとぼりが冷めるまではホテル暮らしかな」

僕は足下に置いたアタッシュケースをぽん、と叩く。

本当に、このお金があってよかった。赤坂のクレジットカードもキャッシュカードも止められていて、これがなければ一文無し。逃避行は二日ともたなかっただろう。

「いつか冷めるといいわね、そのほとぼりが」

僕は押し黙る。過去を変えるなんて野望、ほとぼりというよりもはや炎そのものだ。いつまでだって冷めることはないかもしれない。

でも、でも……ほかに何ができるっていうんだよ。僕は、僕らはアリンコだ。大きな力の前にはただただ無力で、じっと震えてやりすごすしかない。

「またそんな不貞腐(ふてくさ)れたような顔。あなたの不快な顔の中でも特に嫌いよ、その表情」

「僕だって嫌いだよ、君の顔なんて」

「あら、見苦しい嘘(うそ)ね。きれいだ、って思っていたじゃない」

「しつこいな。綺麗(きれい)なことと嫌いなことは別に両立するだろ。次言ったら例の秘密をバラすからな。——あ」

ふと、気付く。僕らが追われずに済む方法が、あるかもしれない！

「あのさ赤坂(あかさか)、気付いたんだけど、いっそのこと、僕らの能力を追手にバラしたらいいんじゃないか？　三分しか遡れないタイムリープなんて、大した意味がない」

もちろん三分という短い時間でも使いようはあるだろう。だが、実用的なタイムマシンとは言いがたい。これなら赤坂グループも、僕らのことを諦めるかもしれない。

「……それこそ意味はないわ。六本木(ろっぽんぎ)木珀(はく)は天才よ」

「聞いたよそれは。三十年後から来た天才だって」

「彼女は既に、独自のタイムマシン理論を完成させているわ」

「え!? それなら僕らを追わなくたっていいじゃないか」

「そうもいかないのよ。完成させたのはあくまで理論。幾つもの非現実的な前提の上で成り立っているもので、三十年どころか、千年後にだって実現できるか分からない内容よ」

「あー、あれか。ワームホールとか、そういう系のやつ」

「ええ、そうね。だから六本木にとって、いいえ、人類にとって『現実的に可能』であることがとてつもない発見なの。そして彼女は必ずメカニズムを解明し、応用し、完璧なタイムマシンを作るでしょうね」

「そ、っか。じゃあ、やっぱり……僕らはどこまでも、逃げるしかないんだな」

そんな天才・六本木珀に追われて、逃げ切ることなんてできるのだろうか。

希望を見つけたはずが、結局絶望を深めるだけだった。僕らは互いに沈黙し、窓の外をまた眺める。肌寒いのか、赤坂は座席備え付けのブランケットの袋を開封して、肩から纏(まと)った。

しゅう、と空気が通るような音がして、前方のドアが開く。

「お。来たんじゃないか? 車内販売——って、赤坂!?」

突然、赤坂がブランケットを被(かぶ)って僕の腿(もも)に伏せた。予想外の重みが預けられ、ちょっと高い体温が、速い吐息のリズムが、ズボン越しに伝わる。なんのつもりだよ一体！

「な、なななな、んな、どうしたんだよいきなり！」

「黙って。今来たのが六本木(ろっぽんぎ)よ。あなたもほら、顔を隠して、早く！」

「いや、そんなことしたって隠れられるわけないだろ、ちょっと落ち着けって」

赤坂(あかさか)らしくない不自然な怯(おび)えようだ。僕の膝の上で、どんどん彼女の息が荒くなる。

「あ、有栖川(ありすがわ)。そこにいるの？　ここはどこ？　なんで私、車に乗って、嫌、どうしてこんなに震えが止まらないの！」

ガタガタと震える赤坂の脳裏には、消えた過去が——車で連れ去られた時の記憶が蘇(よみがえ)ってるんだと思う。捕まるかもしれないという恐怖をトリガーにして。あまりにも痛ましくて、最悪な気持ちで、許せなかった。赤坂にこんな思いをさせる、この世界が。

「ねえ。助けて、有栖川——」

「大丈夫だよ赤坂。僕はここにいる」

覚悟を決めて、前方を見る。こちらにじりじりと迫ってくる女性の姿を捉えた瞬間、僕は本能で感じた。あれは関わってはいけない人間だ、と。

長い白髪の内側、毒々しいグリーンのインナーカラーも、気怠(けだる)げな三白眼も、足まで全身覆った漆黒のロングコートも、周囲を威嚇するシグナルのようだった。

最も驚くべきはその上背で、僕の身長はもちろん、皐月(さつき)のさえも超えていた。被(かぶ)った帽子の分を差し引いても180センチはあるように見える。

逸らそうとした目が、ぴったりと合ってしまう。それでもう、離せなくなった。一瞬でも彼女から目を離したら、それが命取りになりそうで。

どくん、どくん、どくん、どくん――

六本木と目を合わせているだけで、信じられない速度で心拍数が上がっていく。

《今すぐ逃げろ、前方列車から六本木が来る！》

心の声が二重にブレる。空間が無限に引き延ばされるような感覚が、吐き気とともにやってくる。目の前で幾重にもブレる六本木は、不気味な笑みを浮かべ、別れを惜しむように帽子を脱いだように見えた。

「オイ臆病者、聞いてるかァ？　テメェどうせ過去に戻るんだろ？　なら精々楽しむがいいさ、束の間のクソみてェな旅をよ」

遠い空から、或いは地面の底から聞こえた声を最後に、世界が書き換えられる。

こうして僕らは四度目の《更新》を使って――六本木の追跡を振り切った。

「あはははは！　逃げ切ったわ、逃げ切ってやったわよ、有栖川譲！」

赤坂が両手を思いっきり上げて、駅の前で絶叫する。まばらに通る人はチラリとこちらを見るだけで、特に僕らを気にする様子はない。赤坂は更に機嫌を良くして、何度も何度も深呼吸する。僕も合わせて、吸って吐いてを繰り返す。まるで自分が生きてるってことを、執拗に確認するように。

「んー、地方は空気が美味しいわ。やっぱり特区は駄目ね。そう思うでしょう?」

「ああ、特区はダメダメだ。とっとと滅びればいい」

「そこまでは言ってないわ。でもあのタワーがぶっ壊れたら痛快でしょうね!」

「まったくだな。帰ったら是非やってくれ」

「ええそうね、帰ったらやるわ。あなたに全ての罪を着せてね!」

赤坂のテンションが異様に高い。軽快な足さばきでくるくると回転し、スカートがふわふわと揺れる。遠くへ来た解放感というやつだろうか。あるいは……横顔から少しだけ漏れた、孤独感の裏返しのようにも思えた。

「あなたの《交信》、タイミングが良かったわね」

六本木に見つかっての《更新》の直後、ちょうど停車駅に止まるタイミングだった。僕らは最後尾の車両にいて、六本木に追いかけられないよう扉が閉まるギリギリでホームに飛び降り、それから更に念のため乗り換えて、鈍行列車で五駅先までやってきた。僕と赤坂が注意深く観察した限り、追手は完全に撒いた。ひとまず一晩分の猶予は稼げたと思う。

「そうだな。でもまさかあんな柄の悪そうな人が天才だなんて……信じられないな」

「私も未だに信じられないわよ。十代のうちに海外の博士号を取得し、二十代で前代未聞の部長昇進。意味が分からないわ」

「でも、なんでそんな人材が赤坂グループの子会社にいるんだ」

「それはうちが……彼女の就職を条件に、多額の奨学金を貸し与えたからよ。もともと彼女は貧しかったの。それこそあなた並みにね。けれど赤坂グループに見出(みいだ)されて、才能を開花させた。想像を遥(はる)かに上回る才能をね」

　僕はアタッシュケースを握り締める。赤坂グループに見出され、奨学金を借りて――自分の今の状況に少し似ていて、連想する。僕は将来本当に、夢を叶(かな)えられるのだろうか。

　時刻は午後六時。これからのことも色々と考えるべきだけど、ちょっともう限界だった。一刻も早く一息つくべく、僕らは真っ先に目についた大きなホテルを訪ねた。

「一泊したいのだけれど、二部屋空いているかしら？」

　フロントの女性は僕らをじっと見てから、カウンターの下にちらりと目線をやる。どこか目線が泳いでいて、緊張しているようだった。

「は、はひっ！　た、た、ただいま確認しますので少々お待ちくだしゃいっ――」

「彼女、新人かしら」

　慌ててバックヤードに戻っていくスタッフを見て、赤坂が小声で訊(たず)ねる。僕も一瞬、そう思った。彼女は新人でただ不慣れなだけだと。そう思いたかった。

「……違う」

ああ、最悪だ。僕は赤坂の腕を掴んで、一目散にホテルの外へとダッシュで逃げ出す。

「え、ちょっと、いきなりどうしたのよ有栖川！」

「《駄目だ、このホテルは罠だ！》」

ああもう、早く休ませてくれよ。心の声がブレて、世界が揺れて、やがて赤坂の腕を掴む感覚が消える。不安になって振り返ろうとしても、どっちが後ろか分からなくなり——

ハッと視界が開けると、駅前のコインロッカーに移動していた。

正面に立った赤坂が腕時計から視線を上げて、沈んだ表情で僕に訊ねる。

「もしかして、既に赤坂グループの手が回っているの？」

「ああ。あのホテル、多分だけど、僕らの写真がカウンター下に貼られてた。僕らが来たら連絡するよう言われてるんだと思う」

「そう。だとしたら……他も同じような状況かもしれないわね」

「でも不自然だと思わないか？　いくら赤坂グループが大きいからって、この短時間で全国各地のホテルに連絡を回せたとは考えにくい」

「そうでしょうね、普通なら」

歯切れの悪い言い方だったが、すぐに僕も理解した。普通じゃないことが起きてると。

目についた他のホテルも、少し離れたホテルも、カラオケも、ネットカフェも。ありとあらゆる宿泊可能な施設が、既に赤坂グループの手に落ちていた。

十回以上《更新》を繰り返して、おかしくなりそうだった。繁華街を呆然と立ち尽くす僕達を、まばらに通り過ぎる人々がじろじろ見ている。

こんなの、おかしいだろ。

僕らは特区から逃げてきたんだぞ。二時間近くかけて、誘拐事件なんて何も関係ない場所までやってきたはずだ。なのに、なんでここでも同じなんだよ。

気付けば僕の足は、一歩も動かせなくなっていた。

ああ、頭が痛い。心臓が痛い。足腰も痛い。お腹も空いたし、眠くてたまらない。もう嫌だ。今すぐぶっ倒れて明日になったら全部解決していて欲しい。そんな現実逃避を頭から追い出して、認めたくなかった考えを言葉にして纏める。

「なあ赤坂。僕らは今、六本木の手の平の上なのか？」

「私は……そう思うわ。私達がこの町に来たから包囲網が張られたのではなく、包囲網を張った町に、私達が誘導されたのよ。言ったでしょう。六本木は頭が回ると」

「そんなこと！　あの動脈ライナーに乗ることも、六本木を見て過去を変え、直後の駅で降りることも。更にそこから乗り換えて、ある程度栄えてるこの町まで来ることも、全部、読まれてたなんて！　そんなの！」

信じられない。信じなくたって、現実は変わらない。もうどこへ行っても行き止まりにしか思えなくて、逃げることすらできなくて、僕らはただただ、立ち尽くす。

「赤坂(あかさか)。この町に留(とど)まるのは危険だ。でも移動するのも危険かもしれない」

隠れられる場所はどこにもない。駅に戻っても待ち伏せされているかもしれない。この先に進んだとしても、やっぱり待ち伏せされているかもしれない。

「そ。ならこの町に留まりましょう」

即断即決。赤坂は後ろ髪を手で払いながら、極めて平静に言い切った。

「いや、そんな簡単に決めるなんて」

「あなたはいつも考えすぎなのよ」

「君が考えなさすぎなんだって」

「ええ、そうかもね。……だから私一人ならきっと、もうとっくに捕まっているわ」

赤坂は真顔で答えると、僕を背にしてすたすたと先へ進んでいく。なんだか今の台詞(せりふ)には、隠された続きがあるような。もしかして、僕のこと――

「なあ、今、もしかして僕のことを褒めなかった？」

「あれが褒め言葉に聞こえるの？　帰ったらすぐに鼓膜を取り除いた方がいいわよ」

「声を聞かれることまで拒絶するなよ」

「くだらないことを言っていないで、早く来なさい。置いていくわよ」

いつもの不機嫌そうな顔で、赤坂が僕を手招きする。彼女を追いかけて、一歩、二歩。進んでから、自分の足がまた踏み出せるようになっていたことに気付く。

「……僕の方こそ」

《結構頼りにしてるのよ、あなたのこと》

赤みがかった後ろ髪は、ほんの一瞬だけ、機嫌よさげに跳ねたように見えた。

たまには素直に、言葉にしてみるのも悪くなかった。

＊＊＊

僕らはそれから一時間ほど歩いた。繁華街を抜け、住宅街を抜けて、大通りを渡って、たぶん、隣町まで辿り着いたと思う。ここなら大丈夫だろうとカラオケ店に入って——また《更新》を使う羽目になった。どこまで行っても、六本木珀の手の平から脱出できない。

だからといって、こんな強引な解決法があってたまるか。

「意外。チョコレートと塩って合うのね。この組み合わせも知らずにマリアージュなんて気取った言葉を使っていた自分が恥ずかしいわ」

赤坂の目の前には、コンビニで買った十種類のお菓子が並んでいる。もちろん全て開封済み。ペットボトルのコーラをぐびぐび呷って「ぷはぁー」と気持ちのいい声を出した。

「そういえばあなた、印刷機で何をコピーしていたの？」

「まあ、ちょっとね。というかお菓子パーティーって提案したのは僕だけどさ、こんな夜にやるのは健康に悪いんじゃ」

「これから野宿をしようというのに、健康のことを気にする？」

「そうだけど、まさか偉大なる赤坂家令嬢の君が野宿を提案するなんて思わなかった」

赤坂彼方主催お菓子パーティーは、公園のドーム型遊具内で開催されることとなった。

僕らは宿泊施設を諦め、公園のドーム型遊具を宿と呼ぶことにした。半球状に僕らを覆う壁には、外を覗く穴がぽこぽこ空いている。幸いにも地面はゴムチップ製で、寝るのにも抵抗がない。不便なのは座ってもギリギリな高さくらいだ。

「野宿なんて嫌よ、嫌に決まっているでしょう！　こんなのもう人生終わりよ！」

「ちょっ——そんな大声出すなよ。追手に見つかるかもしれない」

この辺りは暗いから見つかりにくいけど、音には気をつけないとまずい。注意されたのが気に障ったか、赤坂は膝を抱え、むくれっつらの上目遣いを覗かせた。

「うう……どうして私、こんな狭くて暗いところにいるの。こんなのありえないわ。許されないことよ。帰りたい、今すぐ帰って天蓋付きのベッドで眠りたいのにどうして……」

疲れているせいだろう、赤坂がぐずっている。ぐずりながら、バクバクとスナック菓子をハムスターみたいに頬張っている。

「だからこうしてやけ食いしてバランスを取ってるわけだ」

「やけ食いじゃないわ。頑張った自分へのご褒美よ。逃げ切れて偉い、って」

「自分で自分を褒める、か。あんまり分からないんだよな、そういうの」

「そう？　だって社会って複雑じゃない。誰かが褒めてくれるようなことも、他の誰かにとってはケチのつくことだったりして。この立場になると嫌でも実感させられるわ」

僕らは不正能力者（ジュリエット）ってだけで排斥されて、でも一方では追いかけられて。なんだかそれと似ているかもしれない。なんて、曲解しすぎか。

「だから私はね、大事なのは自分の気持ちを大切にして、貫いて、その結果を自分自身で評価することって、そう思っているわ」

「……そういう考え方もあるんだな」

自分の気持ちを大切にする、か。つま先からひっくり返したって、そんな考え方はきっと僕からは出てこないだろう。だからちょっとした反抗心で、赤坂彼方を褒める。

「君も頑張ってると思うよ」

「赤坂家の跡継ぎとして当然よ」

「継がないのに」

「……それとこれとは別」

不満げな瞳で、赤坂が呟く。そもそも今は赤坂家を継ぐ継がないとか言ってる場合じゃない。だけどそれを口にするのは絶対に野暮だ。僕も赤坂も、今だけは、全部忘れて過ごすと決め込んでいた。そうしなきゃ、明日のことすら分からない現実に握り潰されて、おかしくなりそうだったから。特区の黒い穴の中にいるような気分だった。

暗澹とした気持ちを吹き飛ばそうと、赤坂の言葉どおり自分で自分を褒めてみる。

「……逃げ切れて偉いぞ、有栖川譲」

口にしてみれば、当たり前にも思えた。自分の身を守るために逃げたのだから、自分を褒められるのは自分だけだ。でも、それがどこか……寂しいような気もした。

「素直に言うこと聞けて偉いわね」

「うるさいなあ」

ぼやいた僕を、赤坂は上機嫌にけらけらと笑う。

「しかし、あなたとこんな風に一夜を過ごすなんて、思ってもいなかったわ」

「安心しなよ。一生涯にこれっきりだ」

「もちろんそのつもりよ。同じお化け屋敷で新鮮に怖がれるほど器用じゃないもの」

赤坂はとても上手に微笑んで、ペットボトルの水滴をそっと指で撫でる。無言の時間を葉擦れの音が優しく埋める。夜風はすぐに凪いで、彼女の細くて白い指も動きを止めた。

「……ねえ有栖川。あなたって、好きな人はいる？」

「——っ!?　げほっ、ごほっ、いきなり何!?」

あまりにもな質問に、僕は口に含んだジンジャーエールを教科書どおりに咽せてしまう。

「何？　おかしい？　昔はたまにしていたでしょう、こういう話も」

僕は「たまーにね、たまーに」と曖昧に答える。僕らだって年中無休でずっといがみ合っていたわけじゃない。年の近い男女として、互いのあれこれに興味が湧くことや、愚痴を聞いてもらうこともあった。最終的には喧嘩に発展していたのは当然として。

「覚えているわよ。中学生の頃にあなたが想いを寄せていた先輩のこと」

僕は「うげえ」と露骨に嫌そうな顔を見せつけ、額に手を当てる。

「私、有栖川君のこと好きかも。……でしょう？」

「やめろやめろやめてくれ。思い出したくもない」

中学時代、褒められたがりでクラスで空回っていた僕は、情熱の矛先を定員割れの生徒会選挙に向けた。そこで出会ったのが、生徒会長だった。彼女は僕の働きぶりを実によく褒めてくれた。彼女の思わせぶりな言動を根拠に告白して——あっけなくフラれた。

「これからも会長の隣に立ち続けたいです。副会長としてでなく、恋人として。……初心者のくせに捻りすぎ。三十点」

「採点するな。それ以上やったらタダじゃおかないからな」

当時フラれた瞬間、脳裏に浮かんだのは赤坂彼方のことだった。よりにもよって、どうしてアイツの心の声だけが聞こえるんだよ、って。逆恨みだった。

「……告白する勇気があるのはすごいことよ」

「その時も君に言われたよ、それ。君に褒められたってちっとも嬉しくない。だいたいこんな話意味ないよ。僕に好きな相手がいたら、君には《交信》で分かる」

「そうだったわね……でもほら、皐月さんとか、あなた好きそうよね。ああいう屈託のない笑顔をするタイプ。落ち着きがなさすぎというか、もはや滅茶苦茶だけれど、どこか包容力があるというか」

「確かに皐月は魅力的だとは思うけど……そもそも相手がいるから」

　皐月は僕らのニュースを見てどう思っているだろうか。心配してるだろうか。いや「ちょっとちょっと急激に急速に急展開に駆け落ちじゃんユズかなコンビ！　キスくらいはして帰ってくるんだろうな～？」とか言ってそうだ。

「それよりさ、そういう君こそどうなんだよ。社交界で気になる相手とか」

　いないことは知っている。これはただの戯れだ。赤坂がつまらなそうに首を横に振ったところで、何の意外性もなかった。

「だって私より優れた人間なんてこの世にいないもの」

「優れてるかどうかで決めるものでもないと思うけど」

「なら付け加えるわ。私が庇護する価値のある人間もいない」

　僕の呆れたような表情を「ふふ」と笑い飛ばしてコーラを呷り、赤坂は続ける。

「年頃の女の子らしく恋に憧れる気持ちも、なかったわけではないけれど。それでも結局、意識的にも無意識的にも、恋愛とは縁遠かったわね。色々あるのよ、私にも」

本当に、色々あるのだろう。赤坂家跡継ぎとしての立場。日々の忙しさ。いつか現れると薄々分かっていただろう許嫁。なにより——最大の理由に僕が思い至ったタイミングで、赤坂が不服そうに膝を抱えて縮こまる。

「そうよ、一番の理由はあなたよ。恋をして……いちいちくだらないことでドキドキするようになったら、そのたびに私の、しかも浮かれた心の声が、あなたに届くのよ？　嫌に決まっているわ。手を繋いだ緊張のときも、素敵なデートの楽しみのときも、想いを伝える怖さのときも、それに……それ以上のドキドキの、ときも」

自らの膝に顔を埋めた赤坂が、上目遣いで僕をむすっと睨む。

「ぼ、僕だってそんなの聞きたくないよ！」

「ふうん。男の子はそういうの、聞きたがると思ったけれど」

「君のが絶対に嫌なんだよ！　じゃあ逆に僕のはどうなんだよ！」

「え、少なくとも片思いの段階で普通に気持ち悪かったけれど。売れないシンガーソングライターの薄っぺらい歌詞みたいで」

「あああああああああっ!!」

僕は少しベタッとした髪をぐしゃぐしゃかき回して、絶望する。なんだよこれ。

「けれどもし——……あっ」

「どうしたんだ？　赤坂」

なんだか赤坂の様子がおかしい。その頬には暗闇でも分かるくらいに赤色が差して、頭を抱えて「やってしまった」と言わんばかりの気まずげな表情をした。

「ね、ねえ。有栖川――？」

かと思えば、うわずった声で僕の名を呼ぶ。どうしたんだよいきなり。動揺したように目を泳がせながら、赤坂は僕の背後に片腕を伸ばし、前屈みになって迫ってきた。

「わっ、私にこうされると、その……ドキドキ、する？」

「は、は――はあっ!? な、なな、何の話だよいきなり！」

ちょっと視線を下げれば胸元が見えてしまいそうで、僕は必死に赤坂の綺麗な瞳を見つめて離さない。ギリギリだ。ギリギリでなんとか留まっている状態。

「いっ、いいから答えなさい。ドキドキするの？　しないの？」

「そりゃ、ちょっとは？　君だって可愛らしい女の子なわけだし」

「はあああっ!?　あなたこそ何言って、……じゃなかった。嬉しいわ、あ、ありがとう？」

全然取り繕えていない赤坂は「じゃあ、これはどう？」とますます混乱したそぶりで僕の顎をくい、と上げた。そしてとろんとした瞳で、顔を近付けてくる。え？　なんで？

ドキドキするよりも、現実に理解が追いついていない。理解不能な接近は、僕の呼吸を止めさせた。鼻先が当たりそうで当たらないくらい近付いて。

え？　え？　え？

ちょっと待て。いや待たなくていい。いやいや待て。いいのか？　これいいのか？　駄目じゃないのか？　だって僕は赤坂が嫌いで、そうだよ嫌い同士で！　嫌い同士でこんなこと！　こんなこと、しちゃっていいのか!?

赤坂が顔を傾ける。僕らの顔の凹凸が、ぴったり嵌まってしまう角度に。そして目を瞑り、でも見開き、やっぱりぎゅうっと力強く瞑り。……いいのかもしれない。

ああ誰か、誰か止めてくれ。僕の顎を支える赤坂の指が、緊張した鼻息が、自信満々の睫毛が、震える。その間にも、唇は互いを探して、僕も、知らぬ間に目を瞑っていて。

衝突寸前の赤坂彼方の顔が——ぴたり。眼前で止まったような感覚があって。

《けれどもし、私達がそういうことをしたら、どうなるのかしら——》

頭の中に赤坂の声が響いた瞬間。急に自分の役割を思い出したかのように、心臓がばくばくばくと強く僕を殴り始めた。え。あ。な——何やってるんだよ僕は！　というか！

《は!?　な、な、な、何考えてるんだよ赤坂！》

三分前の赤坂、とんでもないことを考えてるぞ!?　だってだってだってそんなこと、したら、こんな風にドキドキと感情が呼応して、相乗効果でああ考えるだけでヤバいだろ——なんて、《更新》のノイズの中でも世界と一体になりながらドキドキし続けていたら。

気付けば、真顔の赤坂に首を絞められていた。

「さて、そろそろ宴もたけなわね」

待って、どういう状況？　僕、死ぬのか？　宴って僕の人生のこと？

「そんな目をしなくても、安心しなさい。あなたの記憶を消そうとしているだけだから」

その言葉で全てを理解する。さっきまでの赤坂の急接近は、三分後に僕に届く失言を誤魔化すための行動だったのか。僕がドキドキして、心の声が失言した時より前に届けば、《更新》が起こり——失言そのものをなかったことにできるから。

だが、そうはならなかった。失言を聞いた僕の心の声が届き、赤坂は作戦が失敗する上に恥ずかしい行為も僕の記憶に残るという、恥が上塗りされる未来を知った。故に赤坂は、僕の記憶そのものを消そうと決心した。なんとロジカルだろうか！

「……はっ。私、なんてことを。大丈夫？　生きている？　死んでる……」

「生きてるよ！」

いくら僕の目に精気がないとはいえ、ひどい扱いだ。赤坂は僕の首から手を放すと、顔を真っ赤に染め直し、顔を覆って身体を丸めて小さくなった。

「い、い、言っておくけれど、あなたに興味があったわけではなくて、私も、そのっ！」

「わ、分かってるから、皆まで言うなって。約束する。君の妄想のことは忘れる——」

赤坂が「言及するなあ！」と僕の頭をぐらんぐらん揺らした。動揺しすぎて喋り方すら変わっていた。

食べ尽くしたパーティーの残骸をゴミ袋にまとめ、濡らしたタオルで身体を拭いて、歯もちゃんと磨いて、背中を向け合い横になって。こうして僕らの、長い長い長い、最悪の一日が終わる。

はず、だったのだが。

「……ねえ、起きている？」

小声だったのは、らしくない僕への気遣いだろうか。

「……どうしたんだよ」

「……その、寝付けないのよ」

僕は息を呑んで、黙り込む。何を言ってるんだ、このお嬢様は。

「だろうな、こんな固い床で寝るなんて生まれて初めてだろ？」

「そうだけれど、その、そうじゃなくて……分からないわけないでしょう？」

もちろんだ。なにせ脅しに使ったネタなのだから。赤坂彼方は頭を撫でられないと寝付けない。けど、それを僕に頼むっていうのか？

「……ま、まあ、いいけど。でもさ、そういう行為を君にするのは僕としても不本意なわけで。態度というものがあるんじゃないのか？」

にやにや。胡座をかいて見下ろすと、赤坂は悔しそうに唇を噛んだ。

「それとも罰ゲームの命令か？」

「どうして私があなたにそんな恥ずかしいことを命じなければならないの」

僕はにやつきながら「じゃあ相談には乗れないなあ」と意地悪く返すと、赤坂は「どうやら死にたいようね」と殺気を向けてきた。はい僕の負け。

「冗談だよ。君が寝不足じゃ困る。自主的に撫でさせて貰う。それじゃあ失礼」

「ひゃっ!? ど、どうしてあなたまで一緒に横になるのよ！」

赤坂の正面に頬杖をついて寝そべると、赤坂が警戒するように身体を丸めた。

「あ。……いや、そっか、ごめん。他意はなくてさ、妹がこうすると落ち着くんだよ」

赤坂は「ふうん、そう」と承知したようで、撫でやすいように頭の角度を調整した。

「じゃ、じゃあ、いくぞ。後で訴訟とかするなよ?」

恥ずかしそうにほんの小さく頷いた赤坂の頭におっかなびっくり触り、ぎこちなく撫で始める。赤坂の身体はかなり強ばっていた。

「……もっとゆっくり。違う。アンダンテで。そこはもっと緩急をつけて」

「なんだよアンダンテって。そこってどこだよ」

「駄目、全然なってないわ。もっと強く。そこの丸みの部分は少しスローに。最後にちょっとだけ指を立てて、角度は——」

ご指導ご鞭撻を受けながら、僕は綺麗な髪を梳くように、赤坂の頭を撫でる。そのたびにふわっと良い香りがする。一日中駆け回ったはずなのに、いったいどういう仕組みでそ

うなるんだよ！

「……ん。そうよ、少しよくなってきたわ」

《というかなんで僕は赤坂にこんなことしてるんだ⁉》

何故か急に我に返ってしまう。え、これまずくないか？　ドキドキしているのは僕だけか？　だとしたら、それはそれで腹が立つな。僕だけが意識してるみたいじゃないか。いや僕も意識なんかしてないけど？　でもこれ本当に寝付けるのか？　逆効果なんじゃゃ？

《うう……なんでこんなことに、屈辱よ》

三分前にはそう考えていたくせに、今は僕に頭をリラックスした状態で預けてくれている。一時的とはいえ、気難しい猫が懐いてくれたような気分だった。

すう、すう――やがて赤坂の呼吸が、安心したような鼻息に切り替わる。心地よい呼吸のリズムにつられて、僕もすぐに気を失うように眠りに就いた。

＊＊＊

ぷに。ぷに。ぷに。ぷに。ぷに。ぷに。さっきから何か、頬に何かが刺さる感触がする。

――ふふ。案外可愛い寝顔しているのね、譲。

優しい声がする。ちょっと、やめろよ、くすぐったいぞ赤坂――ぱちりと目を開くと、首を傾げた鳩がいた。覚えのあるリズムで嘴を前後させている。

「……なんか一瞬、最悪な夢を見た気がするな」

ドームの穴から差し込む朝日を浴びながら、上体を起こして伸びをする。

なんだか不思議な気分だった。まだ夢の中にいるような。ここが現実じゃないような気分。というか、現実であってたまるか。こんな、理不尽に追い立てられる世界が。

なんて考えて、思わず笑いそうになった。

だって僕は今までも毎朝毎朝、同じことを考えてたんだから。

いや……むしろ今の方がマシかもしれないぞ、有栖川譲。だって今は一人、心強い味方がいるんだ。世界で一番憎いけど、可愛いところもあるヤツがさ。

「赤坂。おーい、赤坂」

ゆさゆさと肩を揺らすが「んぬん」「んなふ」「ふぉふ」と唸るだけでちっとも起きる気配はない。そういえばこのお嬢様、低血圧だった。もう少し寝かせてあげたいところだけど、いつまでも同じ場所に留まるのは危険だ。

「赤坂っ。あーかーさーかー。いい、加減、起きろよっ」

気持ちよさそうにゆるんだ頬をつねると、思ったよりも柔らかい。チーズみたいによく伸びた。ぱちりと指を放すと、ぱちりと赤坂の瞼が開いた。

「んぐ……、ふあ。……どうしたの、譲」

赤坂は眠い目を両手でこすりながら、ひどく気怠そうに起き上がる。ぺたんこ座りしながら船を漕ぐ姿は、自然界では到底生きていけない小動物のようだった。

「な、なに寝ぼけてるんだよ赤坂」

ゆさゆさと肩を揺らすと、まだ夢見心地のようで、こてんと首を傾げる。くう、くう、と船を漕いだあと、ぶるぶると眠気を追い払うように小刻みに顔を震わせ、眉をひそめた。

「ちょ、ちょっとゆず……有栖川、いくら私の寝顔が天使みたいに綺麗だからって頬をツンツンするのはやめなさい！　お陰で変な夢……見ちゃったじゃない」

「ツンツンはしてないよ、ツンツンは」

まだうろちょろしてる鳩を横目で見る。でろーんとはしたけどさ。でろーんとは。

赤坂はそっぽを向いて、しきりに指でゴムチップの床をいじる。怒っているのかと思ったけど、どうやら違う。多分、僕と同じ理由だ。互いの顔をまともに見られない。

「あの……その、おはよう、有栖川」

「お、おう……赤坂」

なんだか、こう、気恥ずかしい。昨日頭を撫でたことを……どうしても意識してしまう。

膝先がくっつきそうなことに気付き、僕らは無言でじりじりと、距離を取る。

目が合って、「――っ」と息が止まって、不自然なタイミングで逸らす。いや、なにやってるんだよ僕らは。照れるほどのことじゃ……ない、だろ、あんなの。

「そっ、それよりほら、出発するぞ。とりあえず朝ご飯食べて、できればシャワーも浴びたいな。あとほら、着替えも用意しないとな」

「嫌よ。私に命令しないで」

「ああ、そうだった。すっかり忘れてたよ、君はそういうヤツだった」

「はあ？　そういうヤツって何？　馬鹿にしたような口ぶりね。もう知らないから――」

「ちょ待っ、先に周りを確認して――」

ドームから出て、すぐ。

影が差した。

まさか、まさか――そんな。見上げると、そこには。

「よーォ。バッドモーニング、不正能力者（ジュリエット）」

ドーム型遊具の上に立った六本木珀（ろっぽんぎはく）が、お辞儀するように前傾して、僕らに顔を近付けていた。三白眼を細め、不気味に笑って。

「どうせまた逃げるつもりだろォ？　やれよ、ほら早く見せてみろ」

《まずいまずいまずい、六本木に見つかった――！》

早鐘を打つ心臓に導かれ、僕はすぐに《更新》を起こした。

一晩明かしたドームが、あまり美味（おい）しくない水飲み場が、座り心地の悪いベンチが、呑気（のんき）な顔した鳩が、伸び縮みの振動を発散させてブロックノイズに変換される。

とにかくすぐにドームから出て、逃げるんだ。三分あればきっと公園から離れ、大通りまで出られるはずだ。

なのに。なのに、なんでだよ。

確かに《更新》は起きた。でもノイズが開けた目の前にはまだ、六本木珀が立ち塞がっている。ドーム型遊具の上に仁王立ちして、何が可笑しいのかキッキッキと一人で笑いを噛み殺している。

「オイオイ、また経っちまったなァ、三分」

「あら。誰が三分だなんて言ったのかしら。三分だと見せているだけかもしれないのに」

いったい二人は、何の話をしている？　なんで六本木に《更新》で変えられるのが三分間ってことまでバレてる？　胸に手を当てれば、心臓が痛いくらいバクバク言っている。

もしかして……僕らはもう、詰んでいる？

「三分だと見せてるだけ？　アタシに対してそんな安易な反論は通らねえぜ？」

六本木は右ポケットからスタンガンを取り出し、僕らに向ける。

「社長の車に連れ込まれる未来が分かってて、テメェは変わらずあの立体歩道にいた。あの時点で予想は立ってんだよ。テメェが遡れる時間は精々三分」

僕らは答えられない。それだけで六本木は悟っただろう、その仮説が正解だと。

本当に信じられない。化け物だ。たった一回で、そこまで分かるっていうのかよ。

「ゆえに。アタシはテメェらを見つけてから三分待つことにした。その結果、三分待たずともテメェらが慌てて這い出てきた。クッソおもしれえ現象（インタレスティング）だと思わねえか？」

つまり僕らが六本木に見つかった三分前にはもう、六本木はこのドームの真上にいたんだ。だから僕らは三分前をどう変えようが、六本木に見つかることは避けられなかった。

赤坂（あかさか）が肩を竦（すく）め、長い溜息（ためいき）を吐（つ）く。

「流石（さすが）はタイムマシン理論を完成させただけのことはあるわね」

「けっ、あんな汎用性のない力業（エレファント）な屁理屈（へりくつ）、褒められたってなァんも嬉（うれ）しくないね」

「あの天才、あなたみたいに面倒ね。イライラするわ」

「……僕はもっと素直だよ。君以外にはね」

赤坂は僕を向くと、視線で訴えかけた。ああ、分かってる。僕らにはまだ一手残されている。昨日の時点で準備しておいた、最後の一手が。

「それで、六本木部長？　どうしたら私達を見逃してくれるかしら？」

「はーあ？　見逃すわけね〜〜〜〜〜〜〜だろ？　テメェが不正能力者（ジュリエット）である限りよお！」

六本木がドームからジャンプして、勢いよく腕を伸ばす。スタンガンがジジジッ――と鋭い音を立てるが、ひらり。赤坂は華麗に躱（かわ）し、カウンターで回し蹴りを喰（く）らわす。一瞬、六本木が怯（ひる）んだ隙に。

「行くわよ有栖川（ありすがわ）！」「分かってる！」

敵が天才で、常に策を上回られて、手の平の上で。それで諦められるほど僕らは素直じゃない。限界は超えてからが本番だ。全速力でまっすぐダッシュし、向かう先は電動キックボードの販売店。店頭に置かれた電動キックボードに息ぴったりに前後で飛び乗り起動ボタンを押す。普通ならロックされていて動くはずはない。だけど――ぎゅん、とトップスピードで車道へ飛び出した。

「ほら正解だったろ！　昨日の時点でキャッシュで買っておいて！」

「先に見つけたのは私よ！」

「昨日のうちに買っておこうって言ったのは僕だ！」

「お金を出したのは私！」

「閉店作業中にどうしても買わせてくださいってお願いしたのは僕！」

世にも醜い言い争いは、風に乗って後ろへ流れていく。

なにはともあれ、逃げ切れてよかった。

だけど、次はもう駄目かもしれない。三分という制限を見抜かれてしまった以上、六本木は、赤坂グループは、更に強固な策を練ってくるだろう。それまでになんとか、こっちも相応の対策を立てないと――

「ハハハハハッ！　運転上手だなァテメェ！」

最悪な声が聞こえた。しかも最悪なことに、僕らの真隣から。

「なんで――そうなるん、だよっ！」

六本木はどういうわけか、直立したまま滑るようにして僕らに並走している！

驚く僕らの隙をつき、再びスタンガンが振りかざされる。が、赤坂が足技でかろうじて防ぐ。カーブで得意のドリフトをかまし、なんとか距離を稼ぐ。

「なんだよあれ、聞いてないぞ！」

「だってあんなの知らないもの！」

10メートル後方、六本木珀の姿を振り向いて観察する。やはり六本木は直立したまま走っている。恐らく秘密は足にある。ロングコートから少し覗く黒い靴には小さな車輪がついていた。何かエネルギーを噴射して推進力にしている？　だとしたら、コートの中にも何か隠している？

なんにせよ、素の速度は六本木の方が速い。直線道路じゃすぐに追いつかれる！

このまま逃げ切るにはどうしたらいい？　何か使えそうなものは？　見回すが、何もない。特区とは違って、地方都市は作りがシンプルだ。

「ところで有栖川。話は変わるけど――もう決めたかしら？　留学するかどうか」

「はあ!?　今はそんなこと話してる場合じゃないだろ！」

「いいから答えなさい」

「僕は頌明に残る。恋の一つもできない君を、一人きりになんてさせられないからな！」

「な、なな、何言ってるのよあなた！　それ、どういう意味でしょうね⁉」

「君こそ何言わせてるんだよ！　べつに大した意味じゃない！　単純に！　僕らは一緒にいないと、こういう時に――不便だろっ！」

僕らは二人一緒だったからこそ、こうしてここまで逃げられたんだから。

「なら――このお金は返して貰うわね」

赤坂はアタッシュケースを開き、札束を取り出して、手際よく帯を切り、一切の躊躇なくばら撒いた！

百万円が。二百万円が。四百万円が。八百万円が。風に乗って公道に降り注ぐ。

「なッ、テメェら、何してやが――ッ！　クソッ、最悪だ！」

一万円札のカーテンで視界を遮られた六本木がバランスを崩し、重なった紙幣で足を滑らせ転倒する。

「ははは、こっちは久々に最高の気分だよ！」

なるほど、間違いない。逃亡資金とは逃亡のために使う金だ。あまりにも洒落が利きすぎていて、もう――笑うしかなかった。

＊＊＊

六本木の魔の手から逃れて三時間後、特区方面へと道路沿いに50キロほど南下した地点に僕らはいた。

小高い丘の上にある、自然に囲まれた別荘地。その一番奥に構えた家屋は、整然と並ぶ他の家屋を差し置いて大きな敷地を囲っていた。錆(さ)びて嫌な音が鳴る門の先、広い庭は鬱蒼(うっそう)としていて、聳(そび)える二階建ての壁の半分以上が蔦(つた)に覆われている。写真でしか知らないけれど、多分ここだ。

「当てがないなんて、よくもまあ嘘(うそ)を吐(つ)けたものね」

「僕だって本当は、近寄りたくもなかったんだよ。こんなところ」

「それでこの実に立派な邸宅は何かしら？　見たところ誰かの別荘のようだけど」

「地元で有名な呪いの家なんだよ。またの名を、旧有栖川(ありすがわ)邸。差し押さえられて、何度競売にかけられても売れることのなかった家だよ。赤坂に潰(つぶ)された家なんて、誰も手を出したくなかったんだろう」

「あなたの旧家ということ？」

「まあ、ある意味ね。両親が結婚した時に建てられた家で、僕は生後三ヵ月くらいしか住んでないけど。なにせ僕が生まれる前にはもう差し押さえられていたからな」

「さっきからビービービービー言っているのは？」

「セキュリティだよ。さっきの正門をくぐると、この虹彩(こうさい)認証で解錠するまで鳴り続ける」

ドアの前のカメラを覗き込む。ピピッ、と思ったよりも半音低い音が鳴り、ガチャ、と解錠された。まさかセキュリティが生きてるとは思わなかった。そもそも設定を切ってないのにも驚きだけど。たぶん、電気もガスも水道も全部契約そのままなのだろう。

「あなたの虹彩、いつ登録したのよ」

「一応、そのあと五年くらいは年一で管理してたみたいだから、多分その時に。いつか帰って来られると信じてたんだと思う」

ドアを開く。外観と比べ、中はまあまあ綺麗に見えるが、やや饐えた臭いがする。廊下の先にはリビングが見えた。家具もぜんぶ、そのまま残っている。家主を再び迎える日を待っていたように。

「「お邪魔します」」

僕と赤坂の声が重なって、赤坂が嫌そうな顔をする。

「あなたは『ただいま』でしょう?」

「全く記憶にないし、若い両親の家に居候するって感じなんだよな。……それより赤坂。君の考えを聞かせて欲しい。六本木はここまで読んでると思うか?」

「どうかしらね。あの反応からして、私達をここまで誘導したとは考えにくいわね。ただ、この家のことは有栖川譲の身辺を調査すれば辿り着けるでしょうね。……せいぜい、もって十日というところかしら」

「なら一週間だ。一週間で反撃の準備をする」

リビングを一通り確認する。キッチン、ソファー、テーブル、それから……ベビーベッド。消臭消毒すれば住めるくらいの環境だった。とりあえず換気したかったが、窓は立て付けが悪いようで開かない。

「反撃？　反撃ってどういうこと？」

「逆に罠に嵌めるんだよ、向こうを」

「そんなことしてなんの意味があるのよ。六本木珀はあくまでタイムマシン事業のリーダーとして出張っているだけ。バックにいるのは赤坂グループそのものよ？」

「でも一生、このまま逃避行するっていうのかよ」

ちょこんと僕の後ろに立った赤坂は、何も答えない。

「僕は御免だね。僕には夢がある。有栖川を立て直すって夢がさ。それに君にもあったはずだろ。赤坂を出て、自分の力を試したいって夢が」

「……そんなの、もう無理よ」

「無理じゃない。六本木が言ってただろ。僕らが不正能力者じゃなくなれば、追うのをやめるって」

ガラスに反射した赤坂が、不思議そうに首を傾げた。

「どういうこと？　自分の意思でやめられるなら、とっくにやめてるわよ」

「そうじゃない。前提をぶち壊すんだ。僕らが狙われるのは、僕らが不正能力者だから。なら——赤坂グループに、僕らが不正能力者ではないと認識させればいい」

「確かにそうかもしれないけれど……どうやって？」

「そもそもどうして僕らが不正能力者だとバレたんだと思う？」

「私の父が信じるに足る証拠があったから、かしら？」

「僕もそう思う。確かな根拠がなければ、こんな無茶はできない。でも僕らが一昨日までに《更新》したのはたったの二回。校外学習の時と、学園の廊下で。その映像や……僕らの会話が記録されていたら、ある程度の証拠になるんじゃないか？」

もちろん確信に至ったのは、僕らが誘拐騒動を実際に回避したからだろうけど。

「ということは……父に情報提供した人間が、頌明学園にいるということ？」

「そうだ。だから僕らは情報提供者を特定して、ねつ造だったと証言させればいい」

「そのために六本木を捕まえて、情報提供者が誰か吐かせるのね」

「ああ。具体的にはまだ決まってないけど、この家に誘い込んで、罠を張ろうと思う」

「悪くない案ね。けれどその前に、一つ問題があるわ。お金は……その、どうするの？」

赤坂は上目遣いで訊ねてきた。やりすぎたという自覚は一応あるらしい。だから僕はしたり顔で、ポケットから折り畳んだ現金を取り出してみせた。赤坂ならやりかねないと思って、事前に少し抜いていたんだ。一ヵ月分の生活費くらいはこれでもつ。

「感謝するんだな、僕の心配性に」

「ええ、感謝しなきゃね、あなたの貧乏性に」

「そうじゃないだろ！」


こうして僕らの楽しい楽しい共同生活が始まった。もちろん皮肉だ。

皮肉の、はずだったのに。


共同生活も三日目ともなれば案外慣れてくるものだ。

最初は不安だらけだった。長く続いた緊張に二人とも気が立っていて、ちょっとの物音で喧嘩（けんか）。「ティッシュは保湿のものがよかったのに」と喧嘩。「これ？　黒毛和牛よ。どうしてって、ステーキにするから買ったに決まっているでしょう」と喧嘩。「まさかあの不衛生なベッドをそのまま使うつもり？」と喧嘩。「どうして食後にすぐお皿を洗わないの？ステーキソースが固まるでしょう」と喧嘩。とにかく何かにつけて喧嘩。

そのうちに僕らは、余計な一言を飲み込むとどうやら喧嘩になりにくいと気付き始め、余計な一言が《交信》で伝わりまた喧嘩して、それでもなんとか上手（うま）くやろうとしていた。

もちろん、周囲の警戒も怠っていない。一日三回周辺を歩いて変化がないか観察し、坂道を下った先の商店街でも、買い物のついでにそれとなく情報を集めている。黒いスーツの男や背の高いロングコートの女が現れればそれなりに目立つだろう。

　そうして僕らは逃亡者として気を張りつつも、時には気を休める余裕を持てるようになってきた。多分、闇雲に逃げるのでなく、「六本木を返り討ちにする」という目的を持っているおかげだ。


　お昼の鐘が、ぽーんと壁時計から鳴った。二人がけの小さめのテーブルに向かい合って座って、揃って両手を合わせる。

「「いただきます」」

　二人で声を揃えて、皿に盛ったカレーを口に運ぶ。

「……ん。すごく美味しいな、これ。よくできたじゃないか、僕達」

「ええそうね、スーパーのお惣菜や焼いただけのお肉とはまた違うわね。お店で食べるような味とも。こういうのを家庭の味というのかしら」

「かもね。愛情的なやつが混入してるのかもしれない。僕は入れてないけど」

「私も入れていないわ。つまりこれはあなたの……。消毒液を飲んだら死ぬと思う？」

「拒絶のレベルが高すぎる」

「冗談よ。でも本当に……食べるのがもったいないくらいね。私、初めてだったのよ。誰かと一緒に料理をするなんて。あなたは？」

「僕は一応あるよ、母とね。結構小さい頃だけどさ。献立がハンバーグの時だけは毎回一緒に作ったんだ。僕はタネを捏ねる担当と、ソースを作る担当でさ。あと卵も割ったな。それでさ、殻が入っちゃって――」

とりとめのない昔話を、赤坂は物珍しそうに聞いてくれた。あの頃は楽しかったなと懐古しつつ、そのうちまたカレーの話題に回帰する。

「そういえばなんでいきなり、料理を作りたいなんて言い出したんだ？」

「何言ってるの？　カレーが食べたいって言ったのはあなたでしょう」

「いや、僕は言ってないよ。何かの聞き間違いじゃ？」

「言ったじゃない。昨日、カレーの匂いがした時に『いい匂いだ』って！」

「それは単にいい匂いがしたからそう呟いただけで、別に食べたいって――」

ヒートアップしそうになったところで、互いを落ち着かせるように両手を広げて、どう、どう、とゆっくり手の平を突き出す。吸って、吐いて、オッケー。喧嘩を回避した。

「しかし、つまらなかったわね、あなたの変幻自在のピーラーさばき。もっと不器用だと面白みがあったのに、残念」

「そりゃどうも。僕は勉強熱心で、当然家庭科もばっちりだからな。君の方こそ、令嬢のくせに危うさの欠片もない完璧な包丁さばきだった。まったく可愛げがないね」

「当然よ。一通り花嫁修業を受けさせられたもの」

赤坂は本当に危なげなく、レシピを忠実に守り、臨機応変に火加減を調節し、綺麗に盛り付けをしてみせた。非の打ちどころを血眼になって探したのに、不覚にも十回以上褒めてしまったと思う。

「ごちそうさまでした。じゃあ、上で作業の続きをしてくる」

食事を終え立ち上がると、赤坂が「ちょっと」と窘めてきて、気付く。「ああ、ごめん」と台所へお皿を持っていき、汚れが乾かないうちに手洗いする。

「きちんと洗えてえらいわね」

「だろう？　……って、子供扱いじゃないか。褒められなくたって習慣化できる」

「そ。それより罠の方は順調なの？」

テーブルにかけたまま寛ぐ赤坂が、僕の背中に声をかけた。

「ああ、うん。二階は忍者屋敷みたいになってるから、近付かない方がいい。そっちの調子は？　例の仕掛けはできそうか？」

「ええ。難しかったけれど、なんとか完成にこぎ着けそう」

「それはなによりだ。期待してるよ」

流水に手を打たれながら、ぼんやりと考える。勉強もせず、学校も行かず、こんなことをしていてもいいのだろうか、と。もちろん、これは仕方のないことだ。だって僕らは不正能力者で、赤坂グループに狙われているから。こういう生活をするしかない。

今はとにかく、この逃避行を終わらせることを考えよう。六本木を捕まえ、赤坂グループの持つ証拠を否定し、僕らの潔白を証明できれば、月曜からの欠席で喪われた特待生資格だって取り戻せるはずだ。

午後には、赤坂を連れて巡回がてら散歩をした。もちろん最低限の変装はした上で。見回るのは主に別荘地帯の入り口と、家の裏側一帯だ。不自然に折れた木だったり、足跡だったり、落ちている物がないかを入念にチェックする。地味だが重要なミッションだ。

「慣れない場所を散歩するのって、なんだか……いえ、なんでもないわ」

赤坂が何かを言いかける。僕が「なんだか？」と聞き返しても、頑なに無視してずんずんと先に行ってしまった。

追手の痕跡がないことを確認した僕らは、商店街を軽く見て回る。

「ねえ有栖川。この喫茶店。『貸し切りアフタヌーンティー』ですって！」

「……げ。十万円って、凄いな。というかなんで『完食おめでとう！』って写真が貼ってあるんだよ。大食い枠のアフタヌーンティーなんて聞いたことない」

「腕が鳴るわね」

「いやそんなお金ないからな!?」

「冗談よ。私達の懐事情くらい把握しているわ。……あ」

歩き出した赤坂は、とても嬉しそうな声音で、隣の僕と夕景の空を交互に見た。

「綺麗な夕焼けね」

空の青と絵の具で混ぜて作ったような赤色が、鮮やかに広がっていた。束の間の輝きをたたえた夕陽は、暗がりに雲を取り残し、遠くの町に隠れている。

「……ああ、そうだな」

思ってもないことを口にした。僕は本当は、夕陽が嫌いだ。上手く説明できないけど、夕陽を見ると、大切な何かに置き去りにされたような気持ちになる。

「スマホを持っていないのが残念ね。写真に残したいくらい綺麗」

「『シュースタ』とかにアップするのか？」

「いいえ。私はそういうの、興味ないのよ。うちのメイドは若者からお年寄りまで皆やっているようだけれど。あなたも好きそうね、そういうの」

「間違いなく好きだと思う。あいにく機会も機械もないけど」

画像投稿ＳＮＳ『シューティングスター』は、有栖川譲が自由にお金が使えるようになったらやってみたいことランキング、堂々の一位を飾っている。

「妹にも、やらせてあげたいな」

頌明で今まで以上に頑張って、いい大学に入って、夢の端っこくらいは掴んで。そこまですれば、冠はもっと自由に生きられるだろうか。僕みたいにつらい高校生活を送らずに済むだろうか。

「妹さん、あなたに似ずに可愛いんでしょうね」

「なんだよその言い回し。いや実際僕に似ずに可愛いけどさ！　この前だって——」

「はあ。あなたって結構シスコンなのね。妹の頭を撫でたりしているようだし？」

「んなっ、そんなことない。兄界ではこれがスタンダードだ」

「そんなことより有栖川。あれ。あのケーキ屋の幟——」

赤坂の興味は、めまぐるしく変わり続けた。気まぐれな野良猫みたいだ、と思った。

夕食後、古めかしいテレビをつけると、ニュースはまだ僕達のことを報道していた。捜査は難航しているらしい。警察よりも六本木の方が動きが早いから、あまり参考にはならなかった。

それと『君はときどきネコよりかわい』が大ヒットロングラン上映中らしかった。

「ほうら、だから面白いって言ったじゃないか」

「私はつまらないと言っただけで、売れないなんて一言も言っていなかったけど？」

なんだよその強がりは、と呆れてつい笑ってしまう。赤坂は不機嫌に「なんで笑うの」と口を尖らせる。それがなんだか——

「さっきから何？　ニヤニヤして、気味が悪いわ」

「いや、なんでもないよ。というかニヤニヤしてるのはどっちだよ」

テーブルの上に置かれた箱をちらりと見る。赤坂は僕に取られるとでも思ったのか、素早く箱を引き寄せて、隠すように両腕で囲った。

「取るわけないだろ。君がどれだけ楽しみにしてたか知ってるんだから」

「んなっ――この私がケーキごとき楽しみにするわけないでしょう！」

「なら僕が二つとも食べていいんだな？」

「ぜっっったい駄目！　だってこれ、有名なホテルのケーキなのよ！　まさかこんなところで出張販売されているなんて、ああ、ああ――これはもう運命ね！」

赤坂は両手を揃えて胸に置いて、身体を左右に揺らす。まるで恋する乙女だ。

「ほら、やっぱり好きなんじゃないか、そのケーキ」

「ええ、ええ、そうよ大好きよ！　本当に美味しいんだから。このケーキのためだけにホテルを買収してと父にねだったくらいよ！」

爛々と目を輝かせて、見たことないテンションで赤坂は語る。なんだか微笑ましい。

「ああ、うん。美味しいよな、これ」

「有栖川も食べたことあるの!?」

僕の相槌が予想外だったのか、赤坂はがたりと立ち上がって前のめりになる。

「あ、ああ、うん。実は僕も一度だけ、そのホテルに泊まったことがあるんだよ。まだ両親が失職してなくて、冠——妹も生まれる前だから、十年くらい前かな」

「随分と思い切ったのね。一泊でちょっとした家賃になるじゃない」

「それがさ、何かのキャンペーンで凄く安く泊まれたんだ。合計何円得をしたって三人で計算してさ。楽しかったな、あの頃は。……いや、また僕の話になっちゃうな。今度は君の話を聞かせてよ」

「私の話？　そうね……小学校に上がって最初の誕生日、このホテルで誕生日のディナーをしたの。お祖父様と、お父様と、お母様と、それから——」

　不自然な間があってから、赤坂は言葉を続ける。

「それから、毎年このホテルで誕生日を祝ったのよ。私が大層喜んだものだから」

　赤坂の笑顔は、どこか寂しげだった。いや、当たり前か。赤坂の置かれた状況は、僕とは全然違う。赤坂は無事に家に帰れたとしても、きっと家族と元の関係には戻れない。今のは配慮に欠けていた。でも謝るのはもっと違う。だから僕は「また行けるといいな」と、本心から口にした。


「……ねえ、起きている？」

　電気を消して、しばらくしてから聞こえる小声。それが暗黙の内に決まった合図だった。

僕は暗闇の中で静かに移動して、赤坂と同じ布団を共有する。

「なんでいつも入ってくるのよ」

「この前別の体勢でやったら時間がかかったからな」

僕は慣れた手つきで、赤坂の頭をアンダンテで撫でる。そろそろ何も見ずに頭の形を描けると思う。

「最悪よ、本当に。自分が嫌になるわ……。いい？　こんなことで私が心を許したなんて思わないことね。赴任当日のメイドにだってやらせていたわ」

「分かってるよ。後でお給金が振り込まれるんだろ」

赤坂は答えずに、恥ずかしさからか身を縮めた。え、じゃあただ働きってこと？　って聞こうとしたところで、「有栖川」と真剣な声で呼びかけられた。

「こんな私を……滑稽だって思う？」

幼い頃から厳しく育てられてきて、跡継ぎとしての重圧を抱えて。周囲に甘えることなんてできなかったのだろう。だからこうして子供っぽい部分が残ってる。

「冷静に考えて、滑稽に決まってる」

「はあ!?　滑稽な顔しておいて偉そうに！　表出なさい、今日はあなた一人で野宿よ」

「……でも、僕も同じだからさ」

自分にだって思い当たる節はある。赤坂と僕は、少し似ている。だからだろうか。

《こんな大変な状況なのに——いいのかしら、これで》

楽しいとさえ、思ってしまう瞬間があった。

＊＊＊

電話が鳴った。

共同生活四日目のことだった。まさか電話まで生きてるとは思わなかった。

「どうなっているの？　何もかも解約せずに夜逃げして、そのままなの？」

「僕だって聞きたいし、無駄遣いだって両親を問い詰めたいよ！」

怯（おび）えて縋（すが）り付いてくる赤坂を軽く抱き留めながら、僕は逡巡（しゅんじゅん）する。出るべき……だろうか。爆弾を相手するかのようにじりじりと近付き、ナンバーディスプレイを覗（のぞ）き込む。

表示されていた十桁の羅列を見て、すぐに受話器を取った。

「もっ――もしもし、母さん!?」

『譲（ゆずる）？　譲なのね？　よかった！　今そっちにいるのね？』

懐かしい声だ、と思った。どうしてだろう。まだ特区を追われて一週間も経（た）っていないのに。ああ、違う。母の心配するような声を聞いたのが――久々だった。

「ごめん、ずっと連絡できなくて。こんなことになって、心配させたよね」

『それより、赤坂の娘はどうしたの？』

「え？　ああ、うん。今一緒にいるところだよ。色々ニュースになってるけど――」

『大丈夫。お母さんは全部、分かっているから』

「……母、さん」

包み込むような優しい声音だった。嬉しくて、声が震えた。誰も味方してくれないと思っていた。でも母は……信じてくれた。

「そうなんだよ。誘拐っていうのは赤坂グループに仕組まれたことで、濡れ衣を晴らして戻ってくるつもりだから」

『赤坂グループに仕組まれたって、どういうこと？』

「ニュースも全部嘘なんだよ。僕と赤坂は事情があって、特区を追われてて」

『事情？　ねえ譲、誘拐じゃないならどうして赤坂の娘と一緒にいるの？　赤坂に復讐するためじゃないの？』

「そ、そうじゃない。僕は赤坂彼方を助けたくて――」

ああ。電話越しなのにすぐに分かる。空気が変わった。僕はまた間違えたんだ。

『――――の』

「え？　今なんて」

思わず聞き返して、でもすぐに後悔する。聞き返したところで、言葉が変わったりはしないのに。

『なんのためにあなたを育ててきたと思っているの』

「い、いや、頌明には必ず戻るよ。全部終わったらこれまで以上に頑張るから。絶対に有栖川家を復活させてみせるよ。だから――」

『違うわよ！　赤坂を、見返すためでしょう？』

「え……？」

『赤坂の跡継ぎよりも優れてるって証明して！　私達をこんな目に遭わせた悪魔の家系をぶちのめして！　鼻を明かしてやるためでしょ！　なのにそれを、間違っても助けるだなんて！　そんなの、そんなのないじゃない！　これを親不孝って言わずに――なんて言えばいいのよ！』

ぐにゃりと世界がねじ曲がる感覚。ああ、ふらふらする。僕の居場所はどこにあるんだろう。ただただ心拍数が、上がっていく。ああ、逃げたい。逃げ出したい。今すぐここから逃げ出したい。

《こんな電話、取らなきゃよかった》
失意のままに過去へ飛んだ《交信》は、やがて《更新》を引き起こす。
家ごと全部潰れるかと思う揺れと、衝撃と、身体が粒子にまでちぎれる感覚。きらきらと何かの光を反射し煌めくノイズが、遊ぶように飛び跳ねて、僕の意識を新たな器に閉じ込める。そうして気付けば――

　僕はリビングではなく、廊下に立っていた。

どうして？　母からの電話はどうなった？　リビングと隔てるドアを押しても、何故か開かない。いや違う、赤坂が扉を押さえつけて、僕を閉め出してるんだ。

「ですから、何度も言っているとおりです。二度と有栖川譲に関わらないでください」

　扉越しに、赤坂の苛立った声が聞こえる。なんで君が僕の母と話をしてるんだよ！

「ちょっ――赤坂！　赤坂、何を言ってるんだよ！　おいっ！　開けろよ！」

「はあ？　そんなこと知りません。悪いですけど、こっちは星の数ほど会社潰してるので。ええ、ええ。よく分かってるじゃないですか。理不尽なんですよ、この世界は。その理不尽を良しとしてきたのはあなた方も一緒なのに、負けた途端に不平を言うんですか？」

《開けろ、開けろよ、なに勝手なことしてるんだよっ！》

　ガンガンとドアを叩くが、びくともしない。赤坂は淡々と、でも段々と燃え上がるように、電話口に言い返し続ける。

「そもそも、あなたの存在は悪影響なんです。あなたのせいでどれだけ彼が消耗してるか分かってるんですか。あなたは大人のくせに、どうしてよ。どうしてそんな――」

　バキイッ――！　僕の全力の体当たりで、蝶番が壊れた。赤坂は驚いてドアから離れたようで、僕は勢い余ってドアごと床に倒れる。が、すぐに起き上がり受話器を奪って、電話を切った。

「あなた、どうして」

「どうしてはこっちの台詞だよ！」

怒号だった。喉が切り裂けそうなほどの声だった。赤坂は叱られた猫みたいに、怯えたような、それでいて不服そうな目をしていた。

「……いや、悪い。君が僕のためにやってくれたのは分かってるよ。でも非常識だ。これは僕と母の問題で、そんな、勝手に――」

言葉に詰まる。あれ？　あれ？　何かがおかしい。急に赤坂が見えなくなる。世界がにじんでかすむ。なんで、なんで僕は、泣いてるんだよ。

――なんのためにあなたを育ててきたと思っているの。

母が僕に吐いた言葉は、なかったことになった。

でも、なかったことにはならないんだ。僕の心のことだけは、決して。

母にとって僕の存在意義は、赤坂に復讐することだった。もはや有栖川の家を取り戻すことですらなかった。僕の夢だったものは結局、褒めてもらえるものじゃなかった。

薄々気付いてたのにな――なんて浮かんだ言葉は、強がりだろうか。

「じゃあ僕は……これからどうしたらいいんだよ」

痛かった。ぱちぱちと身体中が痛む。周りの全てが僕を否定するようだった。だから必死で自分を守るように頭を抱える。しゃがみ込んで、縮こまる。

「なんで、だよ。なんでなんだよ……」

「落ち着いて。落ち着きなさい、有栖川」

びくり。その名で呼ばれただけで、自分が否定されたような気がして、肩が震える。

赤坂の気持ちはありがたい。だけど今は……気にする余裕がない。

「……ごめん。今は一人にしてくれないか」

僕にはもう、今までの努力がなんだったのか。どうして必死に逃げてるのか、この生活の意味も、何もかも分からなくなって。ぐちゃぐちゃだった。

こうして何かが壊れて、共同生活は五日目に差し掛かる。

ズレた歯車は、もはやどうにもならない。ひとりでに直ることはなく、ズレは増していくばかりだった。

「ねえ、夜トイレに行くのはやめて頂戴。足音がうるさいわ」

「……充分静かに歩いたつもりだけど。これ以上静かにできるのは忍者くらいだ」

「ええ、だから忍者並みに静かにしなさいと言っているのよ」

「そういう君だって、もうちょっと声のトーンを落とせないのかよ」

「そっちも朝から辛気くさい顔しないで頂戴。それよりあなたの分のトーストあるから」

「気分じゃない。……後で食べるよ。先に外見てくるから、放っておいてくれ」

「何？　せっかく私が気を回してついでに焼いてあげたのに。なりなさいよ気分に」

「要らないって言ってるじゃないか！」

ハッとして、反射で「ごめん」と呟き着席する。バターたっぷりの食パンを齧るも、視線は終始皿の上。会話もない。昨日からずっと、些細なことですれ違い続けている。赤坂の言動からは常に苛立ちが漏れ出ているが、僕だって怒りたいことはたくさんあって。

「ちょっと、食べ終わったらお皿を――」

「いいじゃないか。どうせ仮住まいだし、そのお皿を使うのは僕だ」

「何？　昨日からなんなのあなた？　ずっと不貞腐れたような顔して。自分だけが悲劇の主人公ぶって、いい迷惑よ」

吐き捨てる。怒らせるだけと分かってるのに、我慢ができない。

ああ、これじゃあ結局、あの六年間と同じじゃないか。

なんにも変わってない。少しは大人になって、だいぶマシな関係にまで近付けたと思っていたのに、磁石が反発するみたいに、結局こうなってしまうんだ。

「もう、もう、もう限界よ！　知らないわ。あなたのこと、やっぱり嫌いよ、嫌い、大嫌い。あなた一人で勝手にすればいいでしょ！」

「ちょっと待——赤坂(あかさか)、おいっ！」

伸ばした手は赤坂の背中にかすりもせず、ダッシュで外へ飛び出していった後ろ髪を、ただ眺めることしかできなかった。

……ふん、清々する。なんて思ったのは本当の本当にほんの一瞬で、すぐに僕の顔が青ざめていく。赤坂を一人にしてしまって、これで何かあったら取り返しがつかないじゃないか！

《どうしてこうなるのよ、どうして、私達はこんなにも——》

《どうして僕達はこんなにも、上手(うま)くやってけないんだよ！》

赤坂を探して坂道を下り、小さな商店街を駆けずり回る。いない。いない。どこにもいない。まさか六本木(ろっぽんぎ)に捕まった？　そんなはずない。あの赤坂が簡単に捕まるわけない。すれ違う通行人が、立て続けに足を止める。不安げな声が連鎖する。いったいどうしたんだと振り向くと、すぐに理由が分かった。

煙が立ち上っていた。

あの距離と方角は——間違いなく、僕らの家だ。

まずい、まずいまずいまずい——

火事じゃない。これは狼煙(のろし)だ。万が一の時のためにセキュリティシステムを応用して赤坂が作ってくれていたもの。虹彩認証に失敗すれば速やかに煙が上がり、危険を報せる仕組みだ。予想よりもずっと早く六本木珀がやってきたということだ。

いつの間にか、赤坂が目の前に立っていた。ぜえはあと息を上げて、毎日綺麗に梳かれていた髪も、すっかり乱れきって。

「……逃げるわよ、有栖川」

赤坂が僕の首根っこを掴む。

「逃げるわよ！　早く！」

＊＊＊

僕らが向かった先は、電動キックボードを駐車した場所だ。特区外でこんな目立つものを置いていたら、すぐに僕らがいるとバレてしまうので、わざわざ徒歩三十分も離れた国道沿いの山道の脇に隠していた。

「――っ、どういうこと!?」

そこには確かに電動キックボードがあった。ただし、無残にも破壊された状態で。

「なんで、なんでこんなに先回りされてるんだよ……」

愕然として、目眩がして、その場に倒れそうになるのを堪える。

信じがたい現実に晒されて、僕は改めて六本木の恐ろしさを思い知った。

公園で僕らを見つけて、《更新》を封じて追い詰める。それだけでも脅威だったのに、六本木は僕らが電動キックボードで逃げることまで想定していて、事前に発信器をつけていたんだ。そしてこの場所から逆算して、僕の潜伏地点を割り出した。なんだよそれ、もう笑うしかない。

「とにかく……戻るしかない」

「何言ってるの。戻ったら六本木がいるのよ？」

「だからだよ！　僕らは国道を歩いて逃げるよう誘導されてる。この先には罠がある」

僕は踵を返す。赤坂は不本意そうに、僕の後ろをついて歩く。

「戻ったところで身を隠す当てはあるの？」

「ないよ。……もう駄目だ。勝てない」

「何を弱気になっているの。すっかり昔に戻ったみたいね。私の大嫌いな、縮こまってるだけのあなたに」

「だって、無理だろ！　僕らが必死に向こうの裏をかこうとしても、その更に裏をかかれるだけだ。もう、限界だよ」

「限界は超えてから本番って言ったのは誰？」

「それは……僕だよ。夢のために頑張っていた僕だ。でも今の僕は違う」

「ああそう。分かったわ。もうたくさんよ。あなたと一緒にいるなんて。あなたがやめるって言うのなら勝手にすればいいわ。あとは……私一人で逃げるから」

町へ戻る僕とは反対方向に、赤坂の足音が遠ざかっていく。かと思えば、少し離れた位置で足音が止まって、背中越しに偉そうな声がぶつかってきた。

「最後にチャンスをあげる。三十秒。今から三十秒で、六本木に勝つ方法を考えなさい」

「そんな――」

そんなの無茶だ。無茶ぶりだ。だけど考えるしかない。考えなきゃもう人生終わりだ。頭を回して回して回しきって、全ての記憶を走馬灯みたいに辿って、気付く。

――テメェどうせ過去に戻るんだろ？

――見逃すわけね～～～～～だろ？　テメェが不正能力者である限りよお！

「あ。……そっか」

僕はゆっくりと振り返り、赤坂を指差す。ずっと違和感があったんだ。

「六本木珀は、君が不正能力者だと思ってる」

「何言っているの。そんなこと、最初から分かっていたことじゃ――あ」

気付いてしまえばなんて単純な、と思う。

六本木はずっと、赤坂だけが不正能力者という前提で喋っていた。

「気付いたな、赤坂。僕らに残された道は一つだ」

「ええ。今すぐあの男に電話をしなさい」

「……でも、問題はどこから電話するかだ。この近くに電話が借りられて、あの人が来るまで身を隠せる場所なんて――あ」

あの町の、あの商店街の中で、身を隠す場所。一つだけ、当てがあるのを思い出した。

『ようやく信じる気になったか』

タクシーで聞いて以来の、生真面目そうな声。自称公安警察の旭司馬(あさひしば)は『迎えに行く。どこにいる？』と僕の返事を待たずに続けた。

旭はあの時、僕ら二人のことを不正能力者(ジュリエット)と呼んだ。

つまり、赤坂(あかさか)一人を不正能力者(ジュリエット)と思っている六本木(ろっぽんぎ)とは仲間じゃないってことだ。敵じゃないのなら味方、とまでは言えないが、敵の敵は味方って考え方ならだいぶ一般的だ。

「まだ信じてませんよ。信じるかは次の質問で決めます。僕らにしか見えない物を、貴方(あなた)は知ってますか？」

『黒い穴だ』

「分かりました。今から言うお店に来てください。信じることに決めました」

旭司馬という人間を信じたわけじゃない。信じるのは旭司馬の価値だ。彼は確実に僕らよりも不正能力者(ジュリエット)に詳しい。敵だとしても十二分に協力する価値がある。

僕は電話を切って、店主にスマホを返した。

「ありがとうございます。助かりました」

「いいってことよ。それよりお嬢さん、心の準備はできてるかい？」

「心の準備なんて不要よ。この私を誰だと――いえ、知らなくて結構よ。調べないで頂戴」

どの店に身を隠しても、六本木達が探しに入ってきてしまえばおしまいだ。だけど僕らは一つだけ、合法的に他の客をシャットアウトできる場所を知っていた。

貸し切りアフタヌーンティー。お値段十万円は……きっと旭が払ってくれるだろう。

「それよりあなた、気付くのが遅いわよ」

「君は気付かなかったくせに」

「なによ、私が追い込んであげたから思いついたんじゃない！」

「なんだよその言い草！　絶対手伝ってあげないからなこれ全部食べるの」

「あなたになんか一口たりとも分けてあげないから！」

赤坂はお洒落（しゃれ）なティーカップに優雅に口を付けた。アフタヌーンティーのスタンドにはあり得ない量のマカロンがところ狭しと詰め込まれている。その周りを、衛兵のようにぎっしりとケーキが、カヌレが、パンケーキが、その他見たこともないスイーツ達が取り囲んでいた。

こんなもの、食べきれるわけがない。僕が恐れおののいてから僅か一時間後――赤坂は

「大したことなかったわね」といたく満足げにお腹を撫でていた。

その時、シャッターを十度、等間隔に叩く音がした。電話で取り決めた合図だ。店主に開けて貰うと、ちりんちりんと音を鳴らし、約束の人物が現れた。

「着くまでに捕まっていたらどうしようかと思っていたが、無用な心配だったようだな」

外の張り紙を見たのか、少し引いたような顔をした旭司馬。そして――

「――――え？」

僕らは二人揃って、思わず固まってしまった。旭は僕らの反応を見て機嫌を良くする。

「そう、それだ。俺が見たかったのは、そういう素直なリアクションだ」

だってそれは――おかしいだろ。

旭司馬に対してではない。

その後ろにいた人物を見て、僕らはただ、あんぐりと口を開けるしかなかった。

「おっひさしぶり〜、元気で良かったよ！　どうどう？　もうキスくらいはした？」

皐月まかろん――僕と赤坂の、クラスメイトだ。

第四章　ジュリエット・シンドローム

「それで、不正能力者について教えて欲しいんだったな？」

ホテルの一室、僕らに背を向けた旭司馬は、手元からコーヒーの香りをさせている。

椅子に座った僕は、壁際に立つ赤坂に目を向ける。が、あからさまに目を逸らされる。

ずっとこんな感じだ。共同生活のいざこざが尾を引いている。

「ついに教えてくれる気になったんですか。移動中はさんざんはぐらかされましたけど」

ダブルベッドに仰向けで寝転がった皐月が「はいはいはい！」と挙手した。

「あっさひぃ、今日は角砂糖五個でよろ！　あ、ユズるん……はなんかブラックって感じだよね。かなたゃ……もブラックって感じだ！　あっははは、おっとなぁ～！」

「ほら、こんな風に」

「失礼なぁユズるん！　私はただユズるん達とひっさびさに話したかっただけでさぁ！」

足を振り下ろした勢いで上体を起こすと、皐月は胡座をかいてにひひと笑った。

旭が喫茶店に来て、何故か皐月を連れてきていて、「同僚の皐月だ」なんて言い放って。

僕らは完全にペースを乱された。じゃあ皐月は潜入捜査してたのかとか、実年齢はいくつなんだとか、どこまで僕らのこと分かってたんだよとか、新たな情報を整理できないまま、僕らは旭の運転する車に乗った。だいたい二時間ほど、ゆるやかに特区へ近付くような経路でここまで来た。ここからなら特区ライナーで三十分くらいで帰れるだろう。

旭はドリップコーヒーを注いだマグを僕らに配り、水温計をハンカチで丁寧に拭いた。

「俺達から話す前に、聞こう。不正能力者について、お前達はどこまで知っている？」

「私達の持つ情報に価値があるか分からないうちに、ペラペラと喋るメリットがあるかしら？　あなた達のこと、まだ完全に信用したわけではないのよ」

壁にもたれかかった赤坂が、マグ片手に首を傾げる。旭はダブルベッドに腰掛けて、応えるように肩を竦めた。

「それを言い出したら、俺達の持つ情報はお前達にとって価値がある。お前達にタダで教えてやるメリットがなくなる」

赤坂の言いたいことも分かるが、ここは旭の方が正しい。僕らは今、対等に交渉のテーブルにつける状況じゃない。

「悪いな、つい正論が出た。お前達を取って食いたいわけじゃない。単に前提知識を確認した方が説明がしやすいというだけの話だ」

「なによ正論って、偉そうに。私達は話をただ聞くだけ。ここは譲れないわ」

「僕は最初からどっちでもいいんだけど……」

ぼそりと呟くと、すぐさま睨み付けられた。

「……分かった。そこまで警戒するならコインを投げて決めよう。表が出たらお前達が先に話す。それでいいな？」

旭（あさひ）はチラ、と皐月（さつき）を見てからジャケットに左手を突っ込む。取り出した財布の中から右手でコインをつまんで「こっちが表だ」と見せ、指で弾（はじ）く。その結果は——

「よし、表だ。——いや待て、これだと俺がイカサマをした可能性が否定できないな」

「あの。そこまで厳密じゃなくてもいいんで。僕がもう話すんで」

「しかしこの結果には疑問が残る。やはり公正にもう一度……」

ぶつぶつと言う旭。なんだか面倒くさいなこの人。変なところで真面目というか。

「まーまーまーいーじゃん旭。もう素直に話しなよう。減るもんじゃあるまいしさぁ～」

ぐらぐらぐら。旭の肩を背後から掴（つか）んだ皐月が力任せに揺らす。旭は真顔で、やめろの一言すら言わなかった。皐月のテンションに完全に慣れきっているようだった。流石（さすが）は同僚……にしては少し、距離感が近いような気もするような。

「分かった、分かった。面倒だが一から話してやる」

旭は溜息（ためいき）を吐（つ）くと、サイドボードに置いていたマグをゆっくり口に近付ける。

ああ、ようやく。生唾を飲む。六年越しに、この能力の謎について知ることができる。

散々嫌な思いをさせられてきたこの現象の正体を暴くのは、少し楽しみで、少し怖かった。

「まず、不正能力者（ジュリエット）とはこの世の理（ことわり）に反する能力を持つ人間のことだ。能力には様々な種類があるが、共通点は二つ。心拍数の上昇がトリガーとなること。そして、男女二人一組で発動すること……ここまでは分かっているな？」

僕らは頷(うなず)く。必ず男女二人一組、というのは初耳だったけど。

「不正能力者(ジュリエット)は日本国内に確認できるだけで現在十組いる。そのうちの一組がお前達だ」

「確認って、どうやって見つけているの？」

「それは機密事項だ。独自の情報網で、としか答えられない」

そのうちの一つが、潜入捜査なのだろう。今思えばかなり露骨だったけど……皐月みたいに不正能力者(ジュリエット)と思われる人物に接触して、見極めているんだと思う。僕の視線を感じ取った皐月が、こっちに手を振る。

「ちなみにちなみにっ、その十組ってみ〰〰んな、フッツーに暮らしてるんだよ！　日本政府は意外と不正能力者(ジュリエット)に寛容なんだ、今のとこはね」

「だとするなら、私達を保護するという話はよほどの異常事態ということね」

「そのとおりだ。ここまでの危機的状況は今までにない」

「そもそも、なんなんですか、この能力は。どうしてあんな非現実的なことが引き起こせるんですか」

「『黒い穴』だ」

いたって冷静に、旭は天井を指差した。

「人類には観測できない未知のエネルギー。未だ詳細の一つも掴めない理外の力が、あらゆる不可能を可能に書き換えている。あくまで仮説に過ぎないが」

「じゃあ……あの黒い穴は、六年前に僕らが見えるようになる前から、ずっとあの場所にあったってことですか？」

俯いて、問いかける。マグに入ったコーヒーは、まるで黒い穴のように見えた。

「そういうことになる。まあ、他の不正能力者達から聞いた内容での憶測だがな」

「よりにもよって、うちのタワーの上にそんな得体の知れないものがあるなんてね」

赤坂はコーヒーを高く掲げて、うんざりしたような顔をする。

「けれど、疑問ね。黒い穴がどこにあったって、同じように能力は使えるわよ」

確かにそうだ。黒い穴が能力に必要なエネルギーなら、特区から離れれば能力にも制限がかかりそうなものだ。

「はいはいは——い！　皐月のまかろんちゃんはズバリ、こう予想してます！」

と、そこへ突然皐月が会話に入ってくる。元気よく声を上げ、旭の右肩に顎を乗せた。

旭はなお気にする様子はない。やっぱり距離感が近くないか!?　僕はちらりと赤坂に目線をやると、赤坂も同じ感想なのか、目が合った。……が、ギスギスしていたことを思い出したように目を逸らされる。

「アレはそもそも私達の世界とは次元が違うモノなんじゃないかなって。だからたまたま赤坂タワーの上に一部が見えてるだけで、アクセスはどこからでもできる、みたいな？」

「なるほど、そうね……」

赤坂は神妙に頷く。次元が違うとかそういう話は感覚的には理解できないが、エネルギー体にアクセスする、という言い方はなんだかしっくりきた。だとしたなら。

「そもそも、僕らはどうして黒い穴にアクセスできるようになったんですか」

「それは分からない。だが……こういう話がある。とある女性が偶然、心臓移植手術を受けた。彼女は不正能力者だったが、手術後、黒い穴が見えなくなり、能力を失った。今から十年前のことだ」

旭の試すような目線が、僕らを貫く。この意味が分かるか、と言わんばかりに。

僕も、赤坂も、自分の胸に手を当てる。どくん、どくん——鼓動と、異常。スペクタクルな遠回りをしたけれど、結局のところ、直感的にとても分かりやすい答えに辿り着いた。

「この能力は、心臓の異常によって引き起こされるということね」

赤坂の出した答えに、旭はしばし無言になった。吟味するように。採点するように。おもむろに立ち上がり、窓へとゆっくり歩を進め、ぴたっと立ち止まる。

「政府はこの一件から、不正能力者を原因不明の心臓病患者と認定した」

しゃっ、と勢いよくカーテンを閉めきって、旭司馬がこちらを向く。

「病名は――ジュリエット・シンドローム」

目を見開いた赤坂(あかさか)の手から、マグカップが滑り落ちる。残っていた僅かな水滴が、カーペットにじんわりと染みた。

「不正能力者社会病理仮説(ジュリエット・シンドローム)――陰謀論の名前じゃない、それ」

社会に隠れた不正能力者(ジュリエット)が、企業の庇護(ひご)下で不正に利益を生んでいる。それは、赤坂文書によって噴き上がった陰謀論。

そして、その不正能力者(ジュリエット)への変異を引き起こす病名でもあるという。

偶然の一致とは、到底思えなかった。

「つまりこの陰謀論を作った人は、この病気を知ってる人……なんですか？」

「ああ、そうなるが、特定はできていない。この情報は本来国家機密。知る者は限られるはず。にも拘(かか)わらずこの名を使うのは、政府への明らかな挑発だ」

ジュリエット・シンドローム。この病名を元に、赤坂文書に『ジュリエット』という名の千里眼の少女を登場させ、不正能力者(ジュリエット)の存在そのものが社会に巣喰(く)う病という皮肉を込め、陰謀論に名前を付けた。

……本当に？

疑問が頭をもたげた。これってそんな単純な話なのか？

そもそも――赤坂文書は、偽物なのか？

だって、不正能力者（ジュリエット）は実在するんだぞ。むしろ赤坂文書が本物だからこそ、赤坂グループ会長は不正能力者（ジュリエット）の存在を確信していて、だから僕らを追っている。そう考えることはできないだろうか。

陰謀論は、誰がなんのために生み出したものなのか。気になるところだが、今重要なのはもう一つの疑問――不自然だったあの話についてだ。

「説明は一旦これで終わりだ。他に質問はあるか？　俺がどこまで本当のことを言っているか分からないだろうが、一応、答えてはやる」

「もう、意地悪だなあ旭（あさひ）は。気にしないでね二人とも。こういうヤツなんだよ」

僕が「じゃあ」と口を開くと同時に、赤坂が小さく手を挙げた。邪魔をしないで、と言わんばかりに冷たい視線が僕を刺したので、お嬢様のご要望どおり口を閉じる。

「一ついいかしら。手術の話って、そもそも本当なの？」

「……どうしてそう思う？」

「ジュリエット・シンドロームがもし心臓移植手術で治るのなら、もっと早く私達に告知すべきよ」

さらりと赤坂が告げる。僕も同じ意見だった。旭は満足げに頷（うなず）くと、再びベッドに座りマグカップを傾けた。

「いいだろう。及第点をやる。記録上、完治事例が一件あることは事実だ。しかし……倫理的にあまり気分の良い話ではないが、既にジュリエット・シンドロームの治療を目的として、三度ほど手術が試されている。だがいずれも完治には至らず、心臓移植による治療には再現性がないと分かった」

「そ。まあ、初めから期待なんてしていなかったけれど。……ならやっぱり、この逃避行を終わらせるには、六本木を捕まえるしかないようね」

「なるほど。お前達はそれが目的で俺に電話したというわけか」

「ええ、そうです。僕達が不正能力者だと赤坂グループに知らせた情報源がいるはずです。六本木を捕まえてその情報源を聞き出し、情報がガセだと撤回させれば、この騒動は終息する」

「実にいい考えだ。だが俺達が協力するメリットは？」

　また、僕らをテストするような目。信じきってやるつもりはないが、こうして話していると、この男が、そして皐月が敵だとはどうしても思えなかった。

「僕らを保護するだけが目的なら、わざわざタイムマシン事業のことを話す必要もないし、最初から僕らが絶対に逃げられない状況を作るはずだ」

　公安警察の不正能力者対策室。そんな組織が実在するかはともかく、この男は僕達を保護するよりももっと大きな目的を持っている。

その全貌はまだ見えないけど——乗ってやるよ。

「旭さん。本当は貴方達も僕らに協力して欲しいんじゃ？　日本で最も強大な企業が、不正能力者の存在を確信し、狙っている。公安警察ならそんな状況、放置できるわけありませんよね」

旭も、皐月も、答えない。ベッドの上でアイコンタクトを交わし、僕の言葉を待った。

「僕らは貴方達に協力して欲しいんじゃない。貴方達に僕らが協力してあげると言ってるんです。公安警察の旭司馬さん。そして、皐月まかろん」

こっちには誰かの下につくのを物凄く嫌がる奴が一人いる。協力関係を組むにしたって、形は大事だ。赤坂は苛立ったように、でもどこか満足げに「ふん」と鼻を鳴らした。

それに僕も、今は偉そうな大人に反抗してやりたい気分だった。

旭は脱力したように「くくく」と笑いを噛み殺し、僕をまっすぐに見た。試すような視線ではなく、何かを隠すようでもなく、たぶん、素の旭司馬として。

「……いい目をしているな。有栖川譲」

「そうなんですよ。クマの方が目立ちがちなんですけど、実は僕の目ってすごく——」

「褒められたからって調子に乗らないで。こっちが恥ずかしいわ」

赤坂に横から一蹴されて、僕は「ハイ」と停止する。

「お前達の見立てどおりだ。こちらも既に、六本木を追い込む作戦を立てている。お前達の協力を前提としてな。タイムリープの不正能力者さえついていれば、負ける要素はない」

旭が僕に握手を求めた。右手で握り返そうとする前に、旭が「おっと」と制止した。

「協力関係を結ぶ上で、一つだけ聞いてもいいか？」

「いいですよ、一つだけ答えてあげます」

「お前達のタイムリープの能力は、どれくらい過去まで干渉できる？」

……まあ、聞かれるよな。作戦を立てる上では重要な要素だ。

逡巡する。ここで正直に答えるべきか。旭達を完全に信じることはまだできない。簡単に手の内を明かせば最後、命取りになるかもしれない。

まったく本当に、嫌になる。いつまで僕はこんな読み合いをしなきゃいけないんだろうか。なんて嫌な世界なんだろうか。うんざりしながら答える。

「……一分ですよ。僕と赤坂は、一分差で心の声がやりとりできます」

「いいだろう、それだけあれば充分だ。さあ、逆転劇を始めるぞ」

口の端を吊り上げた旭司馬と、力強く握手を結ぶ。こうして話がまとまったところで。

向こうで赤坂と握手していた皐月が「はいはいはいっ！」とうるさく挙手した。なんだか嫌な予感がしたが、もはや手遅れ。誰も皐月の暴走を止められない。

「私からの質問、まだ答えて貰ってないんですけど！」

「皐月さんからの質問……？」

困惑する赤坂よりも先に思い出した僕は「あ」と呟く。それは確か、待ち合わせの喫茶店に現れたときの第一声。

「と、いうわけで聞いてもいいですか〰〰っ！　おふたりさんって、もうキスしたの？」

無邪気で無関係で威勢のいい皐月の質問に、旭ははあ、と大きな溜息を吐いた。同僚が皐月だと、同級生が皐月の百倍くらい苦労しそうだ。

「していたら今ごろ彼の命はないわ。私の命もね」

キスされて無理心中するなよ。

「んーと、じゃあ、一緒のお布団で寝るくらいは？」

ぎくり。それは非常に心当たりがある。下手に答えるわけにはいかない……と赤坂をちらっと見れば、ちらっと視線を外された。

「……ばか。なんでこっちを見るのよ」

その反応がもう自白みたいなものだ。皐月は「ふ〰〰ん、へ〰〰〰え、ほ〰〰〰〰ん」と言葉にならない唸り声を上げながら、僕らをねちっこい視線でなめ回すのであった。

＊＊＊

旭の部屋を出て一時間後。赤坂とは別に与えられた自分の部屋で、天井を見つめながら、これからの動きについて、考えをまとめる。

旭達と共同戦線を結んで、皐月にひとしきりいじられた後、僕らは旭の立てた作戦を聞かされた。概要は極めてシンプル。六本木珀の襲撃を万全な状態で迎え撃つというもの。こちらの持つ武器を余すことなく全て使い、彼女を上回る。

そのための様々なパターンが精緻に練られていたものの、正直な所感としては。

……まだ足りない。

実際に六本木と対峙したからこそ分かる。旭の想定にはまだ甘い部分がある。六本木は合理的な読みの深さと、用心深さを併せ持つ。彼女を上回ったと思っている内は、まだ手の平の上で転がされている。対抗するためには更に深く考えなければならない――と頭を絞った末。僕は一つ、作戦を思いついた。

「さて、どうしたものかな」

呟くと、返事をするように部屋の内線が鳴った。旭の部屋からだった。ちょうどいい。受話器を取って、向こうの用件も聞かずに口を開く。

「旭さん、ちょっと聞いて欲しい話があるんですけど――」

『ちょ～いとユズるん！　友達の電話越しの息づかいも忘れちゃうなんてひっどいなぁ！』

勘違いから始まった電話を終えると、エレベーター前でむくれっ面の友人、皐月まかろんと合流する。本当に……今も友人と呼んでいいのだろうか。よく分からない。

「やっほ、ユズるん。おっそいよー、どんだけ旭と話してたの。私が電話したのにさ！」

「あー、ごめん。……それで、僕をどこに連れ出すつもり？」

「むふふふっ、それはもちろん着いてみてからのお楽しみ、ってね！」

エレベーターに乗り込むと、皐月は『閉』ボタンと『13』ボタンをポーズを決めながら同時に押した。こうして見ると、本当にいつもと変わらない。

皐月が旭の仲間だったと知った時、思った。ああ、彼女はずっと『皐月まかろん』を演じてただけだったんだ。僕は……裏切られてたんだって。今だって、いつもどおりに振まうので精一杯だ。でもゴキゲンでノーテンキな横顔を見ていると、どんどん分からなくなってくる。

「……皐月まかろんって、やっぱり偽名だったんだな」

「ん？　んー、まあね？　だけど意味ないよね、偽名かどうかとか。そういう意味を込めて、まかろんって名前をつけたんだ」

「え、どういうこと？」

「え、わかんない。それっぽいこと言ってみただけ！」

ちーん。目的階に到着して、ドアが開く。十三階はなんだか他と比べて薄暗い照明で、ジャズが微かに聞こえてくる。オシャレでオトナな雰囲気だ。ホールを曲がると、その理由が分かった。

「てなわけでっ！　バー！　お酒！　同級生！　今日はユズるんと同窓会、だよっ！　いやぁ八年ぶりだねっ！　今日は飲んで飲んで思い出を語りまくろー！」

「僕目線、年を取ったのは君だけだよ。え、というか皐月、本当は二十四歳ってこと？」

「ちょっとちょっとユズるん～？　女の子に年齢を聞くのは野暮じゃぞ、ふぉっふぉ」

「なんで老婆になるんだよ。そもそも敵が来るかもしれないのにそんな場合じゃ」

「ん～、大丈夫だよ。向こうも今日のうちには動けない、って旭が言ってたじゃん？」

「いや、まあ、そうだけど——って、引っ張るなよ！」

渋る僕の手を皐月が引いて、強制入店。奥にある小さな丸テーブルに対面で座る。店員さんがやってきて、スパークリングなワイン的なものが二つ置かれた。

「こちらカップル限定のサービスドリンクと、オリジナルコースターです」

「いや、あの——」

「ありがとうございまーす、ほらほら、ユズるんのクマに、かんぱーい！」

ちーん。有無を言わさず乾杯されてしまった。せめて瞳に乾杯してくれ、じゃなくて。

「いや僕らカップルじゃないでしょ、断らなきゃ」

「えー、貰えるものは貰っとかなきゃだよ。そーれーにー、お店の人だって今更返されたって困るじゃん？　そーゆーとこ、旭みたいだね、ユズるん」

「あの人と一緒にはされたくない。というか——」

「ま、大丈夫、だいじょ～ぶ。ユズるんのはちゃーんとノンアルだから」

「そうじゃなくて……悪いだろ、旭さんに」

なんとなく小声で確認する。皐月はきょとんとした顔で、ぱちぱち、と二度瞬(まばた)きして。

「げえええええっ、んな、なっ、なななな——んでバレてるの!?」

「そりゃそうでしょ……」

オーバーに仰(の)け反(ぞ)った皐月を冷静に眺めながら、グラスを傾ける。あ、これ美味(おい)しいな。

「えーっ、なんでよーっ、なんでなんで分かっちゃうのさー！　もっとこう、あとで発表して盛大に驚かせようと思ってたのにぃ！」

「雰囲気で分かるよ、流石(さすが)に。なんなら同僚とか以前に、もっと長い付き合いでしょ」

「そこまで分かっちゃう!?　旭はまあ、そのー、幼馴染(おさななじみ)、的な感じっていうか？」

「へえ。旭さんって昔からああいう感じなの？」

「そーそーそーなのそーなんですよっ！　昔っからあーんな馬鹿真面目っていうか、真面目馬鹿っていうか、可愛(かわい)げのない感じでさあ。あ、すみませんジントニック！」

皐月は早くも空になったグラスを通りかかった店員さんに渡した。

「ユズるんってさぁ～、旭のこと嫌いでしょ？」

「……まあ、好きか嫌いかで言えば嫌い、かな。なんか偉そうっていうか」

「あっははは、分っかるぅ。私も嫌いだったよ、旭のこと。旭ってばほーんと人生ヘッタクソだったんだもん。いじめっ子を助けて自分が嫌がらせ受けて、急病人を助けて第一志望を受験できなくなって、バイト先でミスを押しつけられた時も、謝って済ませればいいのに頑なに認めずクビになって」

カクテルを受け取っても、皐月のトークは止まらなかった。嫌いって言う割に、皐月は随分と旭のことを楽しそうに語る。当たり前か。「嫌い」っていうのはただの「好き」の裏返しで、僕と赤坂の言う「嫌い」とは別物なのだから。

「そんなアイツの将来の夢、なんだったか分かる？　警察官だよ、ケーサツ官！」

「叶えてるじゃないか」

「あははっ、確かにそうじゃんね！　旭ってば、やるじゃん！」

けらけらと笑って、膝をバシバシ叩く皐月。何がそんなに面白いんだろうか。

「──って、どしたのユズるん、そのやる気～のないパンダみたいな顔」

ひとしきり笑った後、皐月が突然僕の鼻をつんつんと指でプッシュした。僕はいったいどんな顔をしてたんだろうか。分からないけど、その理由に自覚はある。

「……僕はずっと追ってた夢を、落としてきちゃったから」

有栖川家を復活させると掲げていた夢。そのためだけにずっと頑張ってきた。叶えれば家族は元通りになると思ってた。めちゃくちゃ褒められると思ってた。だけど違った。

「これからどうやって生きてけばいいのか、分からなくてさ」

「ふ〜ん？　ま、ユズるんならなんとかなるよ。夢なんてさ、別になんでもいいからね」

あっけらかんと言い放つ皐月。僕は「え？」と聞き返す。

「夢なんてなくても生きてけるもん。だって今死んでないでしょ、ユズるん」

「……え？　え、まあ、たしかに？」

なんか無理矢理納得させられたような。

「あ、夢なんていらないってコトじゃないよ？　私的には、夢ってお守りなんだよね。安心するための道具。何やっててもさ、不思議と夢があるってだけで、自分はそこに向かって進んでるんだって思えるでしょ？　だから私的には、夢って地図なんだよね」

「いや変わってるんだけど」

「あれれ？　まあまあつまりさ、大事なのはもっと本質的なものだよ。夢そのものじゃなくて、その夢を選んだ理由、かな。それがね、ユズるんが本当に欲しいものだから。きっとさ、分かってない人の方が多いと思うけど。ユズるんはよーく考えるの、得意でしょ？」

本当に欲しいもの、か。もしそれが見つけられたら、こんなつらい気持ちも、簡単に飲み干せてしまえるだろうか。

「でもどうやって、見つければいいんだよ」

「んー？　わかんない。ちゃーんと自分と向き合って、探すしかないんじゃないかな？」

「そういう皐月はどうなんだよ。本当に欲しいものって、なんなんだよ」

「え？　ふふふん、なーいしょっ。でもね、夢なら特別に、教えてあげてもいいかなぁ」

皐月はだらーっとテーブルに乗せた腕を伸ばし、二の腕に頬を乗せて、流し目で僕を見上げた。恥ずかしそうにしているのがちょっと艶っぽく、一瞬、見惚れそうになる。

「…………世界平和」

……へ？　反応に困って沈黙してると、皐月はぷっくーと頬を膨らませて。

「なに？　なんですか⁉　なにかおかしいですかーっ⁉　公安の仕事ってそういう感じじゃないんですか〜〜〜〜⁉」

「いや、流石にちょっと面食らったっていうか」

――悪用なんかしないで……世界平和のために使ってくれそうじゃん？

皐月は以前、そんなことを言っていた。もしかしたら皐月はずっと、僕に本心を見せてくれていたのかもしれない。だから、もう一歩だけ。踏み出すきっかけが欲しかった。

「あのさ。皐月……これって同窓会なんだよね？　同窓会って何話したらいいんだ？」

「えー？　私もあんまりよくわかんないけど、答え合わせみたいな感じかな？　なんで喧嘩になっちゃったかとか、誰が好きだったとか、あとは――友達になった理由、とか」

「じゃあ、さ。皐月が僕に近付いたのは最初から、その、世界平和のためだった？」

「それは――」

皐月は珍しく無言になって、グラスの底から口まですーっと、水滴を指でなぞった。

「違うよ、それは。それだけは。監視対象だったのは彼方ちゃんだけで――や、かなたゃとお話しするのも楽しかったけどさ。二人がつながってるなんてホントに知らなくって。こんなの、信じてくれないかもしれないけど」

そうだよ。簡単に信じられるわけない。皐月は嘘を吐いていた。でもさ、それでも。

「僕にとって、君はやっぱり皐月まかろんなんだよ」

真実がどうあれ、皐月が僕に信じて欲しいって思ってくれていることは間違いなく本当で。それだけで僕は、皐月まかろんが大切な友人だったと確かに思えた。

「――っ、ユズるん！　ユズるんユズるんユズるん〰〰っ！」

感極まった皐月が、手元のグラスをぐいぐいと、ミントの葉っぱごと飲み干した。

「……けど余計に分からないな。皐月はどうして僕と仲良くしてくれてたんだ？」

「そっ、それは――そのっ」

皐月はなにやら照れた様子で、ハート形のコースターを右手でつまんで、ゆらゆらと揺らして――ぱっ。あっという間にコースターが消えた。

「じゃーん。タネも仕掛けもありません、ってね」

「おおっ、え、すごいな！　……って、なんで手品で誤魔化すんだよ」

皐月は少しもじもじした様子で「えっと」「その」と続きを焦らす。やがて諦めたかのように僕をじっと見つめると。

「ユズるんと一緒にいると、安心できたんだよ。すっごく」

「僕が、安心？　どうして」

「……嬉しかったんだ。ユズるんが私に、避難場所をくれたことが」

「避難場所って、第三茶道実習室のこと？　え、それだけ？」

「それだけって、ほんっとユズるんは分かってないなぁ～、潜入捜査するってことになって私がどんなに不安だったか。周りに嘘吐いて、バレちゃいけなくて、でも普通にしなきゃいけなくて……居場所のない中でさっ！　ユズるんが最初に友達になってくれたんじゃんもっとちゃんと感謝させろこのやろー！」

「え、ご、ごめん……？」

皐月が恥ずかしそうに、目を潤ませ、ぺちぺちと僕の腕を手の平で叩いてくる。

「それにね、ユズるんのことずっと心配だったんだよ！　昔の私に似てて！　理不尽な世界に怒ってて、諦めてて、不貞腐れてて！」

僕はじーっと考える。不貞腐れてる、か。炭酸が口の中ではじけるのを感じながら、言葉の意味を分解する。「そうかな」と呟いて、「そうかもしれない」と呟き直す。

「実は私ってユズるんよりもお姉さんだから偉そうに助言するけど。そんな風に不貞腐れないで、もっと向き合った方がいいと思うな」

「向き合うって、どういうこと？」

「つまり、世界は思ったよりも理不尽じゃないってことだよ。トクタイセー君？」

「……特待生じゃないし、あの教室は僕にとって、理不尽だった」

「でも彼方ちゃんが来て、全部壊してくれた。頑張ったら、ちゃんと報われるんだよ。そういう風に世界はできてるって、私は信じてる。頌明に帰ってみたらさ、きっと分かるよ」

「そんなことない。僕にはもう、あの学校に帰る意味なんてない」

「え～、でも他の学校に行く意味だってないじゃん？　そりゃ最初は皆、いけ好かないって思ってたかもだけど。でも。意外と、トクタイセー君のこと、認めてる人だっていたはずでさ、ユズるんが向き合ってなかっただけなんだよ」

「そんなの、嘘だ――」

「それにね、私はユズるんのいる学生生活が楽しかったよ。……普通の高校生活、送れなかったから。だからテスト勉強に苦しんだりとか、友達と噂話で盛り上がったりとか、授業中にあくびしたりとか、……それと、ちょっと良い感じの男子とこっそり会ったりとか」

皐月が僕の目をまっすぐ見つめる。え、それって僕のこと？　動揺する僕を見て悪戯っぽく笑うと、身を乗り出して、こそっと耳打ちする。

「惚れた？」

「ほっ――惚れないよ！」

《そりゃ、ギャップにドキッとはしたけど……》

「な〜んてね。ユズるんはちゃんと、かなたゃ……彼方ちゃんとも仲良くするんだよ？」

「仲良くなんて、今更だ。僕らは有栖川と赤坂で、六年間ずっといがみ合ってきて」

致命的に反発し合って、嫌いで、大嫌いで、最悪なことばっかり思い出して。気付けば感情がコントロールできなくなって。

「僕がもっと、大人になれればいいのにな」

「ならとりあえず、早くキスしちゃいなよ」

「なっ、なんでそんな話になるんだよ！」

「えー、だって大人になるといえば、ねぇ！　ま、ユズるんにはまだ早いか。だから君がいつか素直になれた時のために、人生の先輩まかろんお姉さんが極意を教えてあげるよ」

口の横に手の平を添えた皐月は、とっておきのアドバイスをささやき声で僕に授ける。

「子曰く、大事なのはシチュエーションと、勢いだよ」

おい。もっと大先輩の言葉を勝手に捏造するな。

バーの外にあるトイレに立って、席に戻る途中、僕は驚いて立ち止まってしまった。

「え、なんで二人がここにいるんだよ」

行きは気付かなかったが、バーカウンターに旭と赤坂がいた。しかも楽しそうに談笑し

ている！　あの堅物二人組が⁉

　立ち尽くしていると、顔を真っ赤にした旭が僕を見つけて超絶無邪気に大きく左手を振ってきた。いや、なんかめちゃくちゃ酔ってないか？

「よーお、有栖川譲！　お酒は二十歳になってからだ、帰れ帰れ！」

「ちょっ、旭さんっ、なんなんですか！」

　慣れ慣れしく肩を抱かれた。なんでこんなに仕上がってるんだよ。赤坂を見ると「偉そうだったから潰したのよ」と、決め顔でカクテルグラスを上品に揺らした。どろっとした赤みは、多分トマトジュースだ。

「なーなーなー、あの名刺、失くしてないよな？　漏れたらやべーんだよ、あれ。後で回収するからな！」

　右手に持ったハート形のコースターで、僕の頬をぺちぺちと叩く旭。

「何言ってるんですか。それより例の件は大丈夫なんですよね？」

「ははははっ、任せろ任せろ！」

　暢気で陽気に笑い飛ばした。もはや見る影もない。皐月の席を振り返れば……「ごゆっくり～」と言わんばかりにニッコリ笑って手を振ってきた。いや助けてくれよ。

「それでー、あー、そうだ。なんだ、その。……コイツと上手くやれよ、有栖川譲」

「……分かってますって」

僕の返事を聞いてか聞かずか、がくり。力尽きたようにカウンターに突っ伏し、速攻でいびきをかき始めた。あの、僕達これから夕飯だったと思うんですけど。……まあいいか。

僕は旭の遺言を受け、なんとなく赤坂の隣に座った。

しかし……いったいなんの話をすればいいのだろうか。無言の時間がむずむずして、浮いたつま先をこすり合わせる。

大事なのはシチュエーションと、勢い。

違う違う違う、脳にこびりついた皐月の極意を思い出してる場合じゃなくて。

「楽しそうにしていたじゃない。私に無断で」

「君だって楽しそうだった。僕に無断で」

「別に、楽しくなんてなかったわ。したり顔でコースターを出す手品をいきなり始めて、少し引いたわ」

「その割に僕には全然見せない表情を向けてたじゃないか」

「愛想笑いくらいするでしょう。そんな嫉妬じみた台詞吐かないで気持ち悪い」

「はあ!?　誰が嫉妬なんかするんだよ！」

「それよりサービスのドリンク、美味しかったわね」

「え？　ああ、うん」

「……へえ、飲んだのね。ふうん、そう。私達は固辞したのに」

「なんの誘導尋問だよ。そしてなんなんだよその含みのある感じは！」

赤坂は「べつに？」とトマトジュースを飲み干すと、バーテンダーに「ミルクを二人分お願い。カクテルグラスで」と注文した。

「なんでミルク」

「あなたにお似合いだと思って」

僕は「どこが」と目の前に置かれたグラスの脚を不器用につまむ。赤坂も「ふん」と鼻を鳴らしてグラスを掲げた。

「あなたの背が伸びますように」

「君の怒りっぽい性格が直りますように」

——乾杯。音も立てず、声も出さず。僕らはグラスを僅かに近づけ、ごくごくと飲み干す。カクテルグラスで飲む牛乳は、大人の味がする、気がした。それでもなお。

「あのさ、赤坂」

ごめん。たった一言、簡単な言葉も出てこない。代わりに出てきてしまったのは。

「明日さ、僕とデートしないか？」

ぽかん。赤坂の困惑しきった状況の原因は、僕だ。だって僕も今、ものすごく困惑した顔になっている。自分で自分が信じられなかった。なんでこんなこと言ったんだ？

確かに僕は、赤坂を外に連れ出すつもりだった。でも、デートなんて名目を使うつもりは全くなくて。こんなタイミングで誘うつもりもなくて。

「え、嫌よ」「え、嫌だな」

撤回しようとした言葉が重なる。ますます意味不明な状況になってしまった。

「どういうこと？　どうして誘った直後に嫌になるの？」

「理性で君を誘って、本能が君を拒んだ」

「こっちは理性と本能であなたを拒んだわ。私の方が拒絶度合いが大きいわね」

「なにで競ってるんだよ」

「そもそも、何を考えているの？　このタイミングで出歩くなんて危険でしょう。六本木に襲ってくださいと言っているようなものよ」

赤坂の考えは正しい。普通なら、こんな状況で迂闊に出歩くべきではない。

だけど、僕らが普通にして六本木に勝てる道理はない。

「そのことなんだけど……僕に考えがあるんだ」

＊＊＊

翌日、待ち合わせ場所——ホテルのフロントに五分遅れで現れた赤坂彼方は、なんでもないようにさらりと言ってのけた。

「ちょうど今来たところよ」

「それは遅刻された側が言う台詞だ」

「私が来た瞬間が待ち合わせ時間よ。ほら、早く行くわよ」

「出たよ、いつもの赤坂イズム」

「それで、今日はどこへ私を誘拐するつもり？」

悪戯めいた笑みを浮かべて、赤坂は僕をからかう。昨日よりもずっと上機嫌だ。だけどだいぶ、疲れが見えた。そういえば先週のデート……もとい、デートじゃないデートは、逆の状況だった。中間試験の勉強に疲れた僕を、赤坂が連れ出してくれた。

「ショッピングモールが近くにあるんだよ。歩くのは大丈夫か？」

「ええ、平気よ。……譲」

「…………え。今なんて？」

僕の聞き間違いでなければ、赤坂さんちの彼方さんは今、僕のことを下の名前で呼んだような。しかも僕の見間違いでなければ、このご令嬢、めちゃくちゃ照れているようかな。

そして僕の勘違いじゃなければ……僕の顔も熱い、ような。

「何？　悪い？　あなたのことをどう呼ぼうが私の勝手でしょう？」

「勝手じゃないだろ！　いや別に、悪い気はしない、けど……なんで急に」

「何か一つでもいいから変えてみろって、旭司馬に言われたから……。それにあなた、きっと今、有栖川なんて呼ばれたくないでしょう？」

赤坂は気恥ずかしそうに目を逸らし、ぶっきらぼうに説明した。正直、当たってる。今の僕にとって、有栖川って苗字は呪いみたいに思えていて。

だから悔しくて、嬉しかった。ああもう、なんだよ。普段はあんなに傲慢なくせに、なんでそういうところに気付いてくれるんだよ。

「そっ、そもそも、長ったらしくて嫌なのよ。あなたを呼ぶためだけに五文字も消費するなんて、もったいないないじゃない」

聞いてもないのに、つらつらと更に理由を述べる赤坂がなんだか面白くて、でも笑ったら本気で怒られそうで、なんとか堪える。

「確かにそうだな。いいアイディアだと思う……か、彼方」

恥を忍んで、ガチガチの声帯で、小声になって、僕は初めて赤坂を下の名前で呼ぶ――と、彼女は信じられないと言わんばかりに目を見開き、キッと睨み付けてきた。

「いや明らかにそういう流れだろ」

「違うでしょう！　あなたごときが私の名前を口にするなんて不敬よ！」

「なんで！　むしろ君の方こそ赤坂なんて呼ばれたくないんじゃないのか！」

「あなたから気安く呼ばれるよりはずっとマシ！　それよりゆ……譲。後ろに居るのはいったい何かしら」

赤坂が振り向くのに合わせ、僕も今一度20メートル後方を確認する。黒色の車が、僕らの後ろにつくように徐行している。

「何って、保護者に決まってるじゃないか」

「拳銃持ちの保護者が監督するデートなんて、どんな悪夢かしらね」

ホテルから十分の道程の間、僕らは終始無言だった。

順調だったのは出だしの会話だけ。やりとりが途切れた途端、僕らは上手く話せなくなって、ただ、歩く速さを揃えることに精一杯だった。つまり僕らは、この状況にとても緊張していた。


十階建ての巨大商業複合施設は、特区に比べればこぢんまりしているが、詰め込まれたような感じがなく、広々としていて新鮮だった。ショッピングセンターのある五階までは中央が吹き抜けになっていて、一階からでもたくさんの店が並んでいるのが見えた。全部見られるわけでもないのに、ワクワクしてしまう。

「え〜〜〜〜〜、ちょっと旭ってば、なんでそんなスタスタ行っちゃうの！　ほら！　ほら見て見ろ見やがれこのネックレスを！　ほ〜ら綺麗、ほ〜らほらほら綺麗で活きがいいなあ！　跳ねてるよぴっちぴちに！　跳ねてるってば！　ちょっと！　旭！」

と、皐月が旭にダル絡みしているのを横目に、宝飾品のショーケースを眺めて回る。

「君はあまりこういうの好きじゃないよな。令嬢のくせに」

「なんなのその偏見。この雨雫の意匠も、こっちの月のデザインもとても良いと思うわよ」

「でもほら、よく文句言ってたじゃないか」

パーティーの類に出席した赤坂はいつも《こんな大きなティアラ、恥ずかしくてつけていられないわ！》とか《なんなのこの卵みたいに大きいダイヤは！》とか、苛々した心の声を飛ばしてきていた。

「それは……そういう社交場での話でしょう。私だって綺麗な物は好きよ。……だけど、やっぱり虚しく感じられてしまうのよ、私には」

赤坂は足を止め、ショーケースの中の一点をじっと見つめる。とても寂しそうに。

きっと赤坂も普通の家に生まれていれば、お小遣いを貯めてちょっと高いアクセサリーを買って、自分に自信をつけたり、楽しんだり、していたのかもしれない。

「君にとってはつけるものじゃなく、つけさせられるもの、なんだな」

「ええ。外見を煌びやかにする必要性も理解しているわ。でもね、飾られれば飾られるほど、まるで自分自身に価値がないと言われているような気がして」

彼女がじっと見つめる視線の先には、シンプルなハート形のネックレス。

「そんなことないよ。ただ君に似合うから、それだけ飾りたくなるってだけだ」

赤坂は「え」と驚いたようにこちらを見た。でも、絶対にそっちを向いてやらない。

「もしかしてあなた今、私のことを慰めたの？　どうして？」

「……ま、まあ、大人になるって決めたからね」

「……そ、そう」

本当はここでこのアクセサリーを買ってあげられたら格好いいんだろうけど、あいにくと逃避行用の生活費しか手持ちがない。そもそも僕に生まれつきそんな甲斐性(かいしょう)はないが。

「何か一つくらいは欲しいわね。記念に」

「記念って、なんの記念に？」

「もちろん、あなたとの――」

赤坂は言いかけて、ハッとする。頬(ほお)を真っ赤に染めて、高速ステップで僕から最大距離を取る。なんだよ、君は僕との逃避行のこと、黒歴史って言ってたくせに。

「黙りなさい」

「いやまだ何も言ってないんだけど。でもほら、これ」

僕は店舗情報の書かれた紙を見つけて、山から一枚取って赤坂に渡す。

「奇遇ね。もう一つの店舗がちょうど特区にあるなんて」

「……だからさ、帰ったら一緒に行こう」

赤坂は「考えておくわ」と呟(つぶや)くと僕から離れて、店舗を出て正面、吹き抜けに臨んだ柵に肘を乗せた。

「でも、どうしてそのお店に？」

振り返ることなく、赤坂が訊ねてくる。

「いや、だって君が何か記念が欲しいって」

「……私はべつに、このお店の物が欲しいと言ったわけじゃないわ」

難しいな、言葉でのコミュニケーションって。比較対象は心の声の殴り合いだけど。

《なによ、なによなによ、なんで今日の譲、こんなに――》

ふと、心の声が聞こえた。彼女の後ろ髪がなんだかそわそわ揺れている気がした。それに誘われるように、赤坂の隣に立つ。

吹き抜け部分の宙空は、ホログラムで水族館を模しているようで、青いクラゲがぷかぷかと自由気ままに浮いていた。僕らはそれをただ、しばらく眺めていた。

「きれいね」

赤坂がふとこっちを見て、無邪気にはにかんだ。ああこれは……駄目だ。鼓動が急加速するのを、止められない。

《なんだよ、なんで今日の赤坂、こんなに――》

「あ、あのさ。赤坂――」

早い内に言っておかないといけない。僕は謝罪の言葉を心に浮かべて、深呼吸……するも、赤坂はこの雰囲気に耐えられなかったのか、向こうにある店を指差した。

「へ、へえ、楽器店もあるのね。ちょっと見てもいいかしら」

「も、もちろん」

ピアノに、ギターに、バイオリン。さまざまな楽器に囲まれた赤坂は、目を爛々と輝かせ、あちらこちらを観察していた。

「さっきの宝飾店もそうだけれど、こういう雑多なお店には来ないから新鮮ね」

「ショッピングとかしないのか、普段」

「ええ。わざわざ外に出るのも億劫だもの。担当の人が持ってくるのを買うだけ」

「担当が持ってくる……？」

ちょっと金持ちの世界はよく分からなかった。

「ちなみに僕はドーナツ屋のショーケースを眺めて想像上でお腹いっぱいになるってウインドウショッピングをよくするけど、そういうのは？」

「あるわけないでしょう」

僕は「だよね」と笑う。赤坂も「ふふ」と鼻を鳴らして、でも気まずそうに立ち止まる。

「……嘘。体重を気にして、一度だけやってみたことはあるわ。結局全部食べたけれど」

やっぱり金持ちの世界はよく分からなかった。

「そういえば、ちょうど弦を切らしていたのよね。記念に買って行こうかしら」

「それが記念でいいのか」

そもそも記念ってなんなんだよ、とはツッコまない。今日の僕は大人なので。

「だってバイオリンを弾く度に思い出すでしょう……だなんて最悪ね」

見事に軌道修正に失敗している。

「今日の私、ちょっと、いえ、かなりおかしいわ……」

赤坂は頭を抱え、真っ青な顔でしゃがみこんだ。かと思えば僕が全部悪いみたいに睨み付けてきた。なんだよ……僕がなにをしたっていうんだよ……。

「バイオリン、最近も弾いてるんだな」

「ええ。……中学に上がってからは時間の余裕もなくて、息抜き程度だけれど」

「中学に上がる前だって余裕なかったじゃないか。受験勉強で」

今思えば、何故赤坂はそこまで必死に勉強していたのだろうか。だって頌明学園は金とコネさえあれば簡単に入学できる学校だ。赤坂グループの娘なら楽に入れるはずなのに。

「あの時は必死だったのよ。赤坂を継ぐための条件がとても厳しくて」

「条件なんてあったのか」

てっきり自動的に跡継ぎになったものだと思っていたけど、少し事情が違うらしい。

「ええ。頌明学園に特待生で入学すること。それが……私が赤坂を継ぐための条件だったの。もちろん他の習い事も一切手を抜かずにね」

そして——その最後を締めくくるはずだったのが、僕が台無しにしてしまったバイオリンのコンクールだ。

「あのー。お客様、よかったら試奏されますか」

赤坂がよほど真剣に見ていたからだろうか、店員さんがそろりそろりとやってきて、バイオリンを手の平で指し示す。

「ありがとうございます。でも、今日はちょっと見に来ただけで」

「そうですか。ですがこのバイオリンも、お客様に弾かれたがっているようでして」

店員さんはちらり、と僕を見てウインクする。……どういう意味だろうか?

赤坂はその意味に気付いたようで「それなら」とバイオリンを受け取り、一瞬僕を見て、わざとらしく視線を外した。

赤坂は呼吸を整え、背筋を伸ばし、バイオリンを構え、つま先を開き、静止して——

弓を振るう。

その瞬間、空気が変わった。

大袈裟（おおげさ）じゃなく、文字どおりに。伝播（でんぱ）する振動が反射し、共鳴し、増幅し。肌が、血が、内臓が、音の波を直接感じ取る。

優美に。優雅に。だけど鬼気迫ったように。曲の解釈ってやつだろうか、それとも赤坂自身のものか。とにかく、極限まで圧縮された感情が音を介して僕の中に入り込んで、内側から叩（たた）くようだった。

《私の演奏を聴いて、あなたはどう思うかしら》

一瞬、心の声なのか、演奏から聞こえてきた想いなのか、分からなかった。

これは……僕のための演奏だった。なんだよそれ。最高だ。一音たりとも聞き逃さないよう、全身の動きを一つも見逃さないよう、この世界に赤坂しかいないと錯覚するくらい、深く深く、彼女の演奏に入り込む。

弾いていたのはほんの数分だけだった。なのにいつの間にか多くのギャラリーが集まっていて、深々とお辞儀する赤坂を拍手喝采の波が包み込んだ。

「はは……すごすぎるだろ、君」

赤坂が褒められると、何故だか僕も嬉しくなるような気がした。

どうしてだろうか。僕が褒められたわけじゃないのに。

演奏を終え、お礼とともにバイオリンを店員さんに返した赤坂は——何故か顔を真っ赤にして、僕の袖を掴んで凄い勢いで店を出た。すたすたと早足のリズムに乗せて、雑踏の間隙を縫って、赤坂は小声で僕に問う。

「どうだった？」

「す……すごかったな。あんなにギャラリーができて」

「どうだった、って聞いているの」

「……感動したよ。本当に。一生忘れないと思う」

僕の感想に対して返事もせず、赤坂は——すたすたすた。更に更に更に、歩速を上げた。

その結果、僕らは旭達と離ればなれになってしまったというわけだ。

「それで譲。これからどうするつもり？」

「とりあえず、ちょうどいいところで迎えを待つとするか」

僕はすぐそこにあった表示を指差した。

「あなた正気？　アレ、なんて読むか分かる？」

「当然だろ」

「なら読んでみなさい」

「まいごセンター」

『皐月まかろん様。旭司馬さんがまいごセンターにてお待ちです』

僕と赤坂の名前を出すわけにもいかず、アナウンスには二人の名前を借りた。

「想像するだけで面白い光景ね」

ふふ、と赤坂が笑う。三畳程度の狭い部屋に、迷子は僕ら以外にいなかった。カラフルなスクエアマットの上に置かれた椅子もテーブルも子供用だから小さくて、別世界に迷い込んだみたいだった。

迷子センターと言いつつも、専用の部屋というよりはバックヤードを改装したもののようで、ちょうど僕らの後ろの壁には窓があった。二階の高さから見下ろすと、敷地裏側の鬱蒼（うっそう）とした一角が見える。

「もっと違う場所の方がよかったかもな」

「案外、悪くないセンスよ。だって確かに私達、迷子みたいなものだもの」

「どういうこと？」

「夢をなくしたあなたと、家に追われてる私。行き先も分からず途方にくれている。同じでしょう？」

「そう……かもしれないな。でも上手（うま）くいけば、もうすぐ家に帰れるじゃないか」

「そうね。……でも、本当にこれでいいのかしらね」

「いいに決まってる。まさか赤坂は、まだ逃げ続けたいのか？」

「別にそうじゃないけれど。……でも、家に帰っても、もう」

赤坂は不安そうに膝を抱える。公園で一夜を明かした時のことを思い出す。なんだか対照的だった。先が見えなすぎて今を楽しむしかなかったあの時と、先が見えてきて未来を考え鬱々としてしまう現在と。

非日常が終わって、日常に戻れたとしても。壊れてしまったものは元に戻らない。

僕は母の最悪な本音を聞いてしまった。

赤坂も……そうだ。不正能力者（ジュリエット）というだけで父親にここまで追い詰められて。逃避行の初めからずっと傷ついていたはずで、なのに僕は、僕だけがつらいみたいに不貞腐れて。

「あのさ、赤坂――」

「ごめんなさい」

僕はびっくりした。あの赤坂が謝るなんて。しかも、僕より先に。

「無神経だったわ。あなたの許可も得ず勝手に電話に出て、勝手なことを喋って」

「僕の方こそ、ごめん。赤坂は悪くない。僕の気が立ってて。それに電話を取らなきゃよかった、って《交信》したのは僕だ。君はただ、僕が電話に出ないようしてくれただけで」

「……いいえ。分かっていたのよ。あなたのお母さんからの電話だって。着信がいきなり鳴って、思い出したの。あなたの苦しそうな顔を。だから……つい、カッとして」

「それで、君は僕のために母に怒ってくれたんだな」

抱えた膝に顔を埋めた赤坂が、素直にこくりと頷いた。

《ああ、どうして君は、そんなに僕のことを》

勝手に心臓が暴れる。わけ分からない。赤坂彼方はいったい、何考えてるんだよ。大嫌いな僕のことなんて放っとけばいいじゃないか。

「あのさ。赤坂は……僕のこと、好きか？」

「はあああああああ!? なに言ってるのよ！　大っ嫌いよ！　卑屈で考えすぎで余計な心配ばっかりで褒められた時の顔も気持ち悪くて私に意地悪するあなたのことなんて――

大っっっっっっっっっっっ嫌いよ！」

　赤坂が立ち上がって、笑えるくらい絶叫する。そうだよな、こうなるよな。

「僕も君のことは嫌いだよ。すぐに怒るし、傲慢で強がりで、衣食住に困ってなくて、僕を小馬鹿にしてくる君のことなんて――大っっっっっっっっっっっ嫌いだ」

「知ってるわよ、そんなこと！」

　赤坂はいつもの調子で僕を睨み付け、「ふん」と鼻息を鳴らして着座する。こんなやりとり、挨拶みたいなものだ。だけど僕らはその先の感情を、言葉にしてこなかった。

「……本当に、大嫌いだよ、君のことなんて。でもそれだけじゃない。僕は君の突破力に助けられてきたし、努力家なところを尊敬してるし、君の強さに……憧れる時もある」

　いっそのことまるごと全部嫌いになれれば、こんなにぶつかり合う必要もないんだろう。

《交信》もただの意味のないノイズだと思って、もっとスルーできたはずだ。

「きっと君も、そうなんだろ」

「ええ、そうね。嫌いだけれど、私達の六年間を、そんな簡単な言葉で括られたら、きっと怒るでしょうね。たとえば――私が留学から帰るとき、あなたに会えるのを楽しみにしていたのは知っている？」

「なにそれ、知らないよ」

「ま、教室で縮こまるあなたを見て、ガッカリさせられたけれど。じゃあ、これは？　私が初めの頃、あなたと仲良くしたいと思っていたことは、知っている？」

「それも……知らないよ」

なんでそんな大事なこと、言わないいんだよ。伝えてくれないんだよ。いや……でも、僕も同じか。

「あなたの心の声が聞こえるようになった頃ね、色々あって、大変な時期で」

赤坂が遠い目で見つめる六年前、確かに赤坂グループは跡継ぎ問題で大変なことになっていた。僕は静かに頷く。

「だから遠くに住む名前も知らない誰かが、味方になってくれたら嬉しいって思って。結局、上手くいかずにいがみ合うことになったけど」

「……ごめん」

「あなた一人のせいじゃないわ。……私も。懺悔するわ。私は上手くいかないことを《交信》のせいにしてきたの。逃避してきたのよ、ずっと」

俯いた赤坂は、膝を抱える腕の力を強めて、より小さく縮こまる。

「バイオリンのコンクールも、本当はミスなんてしなかったの。ただ上手くいかなかったのをあなたのせいにして、プライドを守っていただけ。……ね？　情けないでしょう。いつも不遜な赤坂彼方が、現実から逃げていたなんて」

自嘲するような吐息を吐いて、赤坂は恐る恐る僕を見た。確かに赤坂らしくない。でも僕には何故か、それが悪いことだとは思えなかった。

「逃げることは大切だと思うよ」

口にしてから、自分で自分を訝しむ。え、今の、本当に僕の言葉か？

「……驚いた。逃げたって誰も褒めてくれないんじゃなかったの？」

「僕もちょっと驚いてる。……でもさ、思ったんだよ。自分の身を守るためだとしても、みんなが立ち向かえるわけじゃない。逃げるしかないときもある。今の状況みたいに」

「ええ、そうね。敵が大きすぎたもの」

「それと同じだよ。自分のことを認めてもらえない時にさ、向き合うことの方が難しいんだよ。そんな強さ、持ってなくて普通なんだよ。だから……逃げていいんだ」

ああ——僕は遅れて気付く。どうしてこんな考えが浮かんだのか。

夢なんてなくても生きていける。皐月はそう言ったけど、僕は違った。

夢がなきゃ、生きてこられなかった。

夢に没頭することで、つらくて苦しい生活を受け入れようとしてきた。本当はもっと、すべきことはあったはずなのに。僕がまだ弱かったから、向き合えなかった。

「赤坂はさ、逃げたおかげで今この瞬間、強くなれたんだと思う。だからさ、逃げて偉かったんだよ、赤坂彼方」

僕は赤坂の頭にぽんと手を乗せて撫でた。赤坂から習ったやり方じゃない。僕の気持ちを込めた撫(な)で方で。

「さっ——触らないで」

僕の腕を掴(つか)んでこっちを睨(にら)んだ赤坂(あかさか)は、顔を真っ赤にしていた。

「あなたも……偉いわよ、譲(ゆずる)」

掴んだままの僕の腕を使って、赤坂が僕の頭を撫でる。変な感じでくすぐったい。

「ああ、僕も逃げて偉かった」

「自分で言わないで」

ふふ。と僕は笑う。ああそうだ。多分、僕も強くなれたんだ。だから夢をなくしても今、生きていられている。

逃げて、逃げて、逃げて——でも、問題がなくなるわけじゃない。いつか最後には立ち向かわなきゃいけない。だとするならば、やっぱり。

「逃げることは、必要なことだ。いつか向き合うための準備なんだよ」

「そう。あなたらしくない、前向きな考え方ね。……そういうの、嫌いじゃないわ」

赤坂は掴んだままの僕の腕をゆっくり下ろすと、掴む部位を徐々に下げていって——指と指を絡めて、繋(つな)いだ。赤坂のドキドキが、肌と肌ごしに伝わってきた。

そしてそのまま流し目で、何かを誤魔化(ごまか)すようにとがらせた口で、告げる。

「……ねえ、譲。さっきの質問の、答え、言うわ」

「さっきのって――えっと」

「私ね、あなたのこと、結構好きかもしれないわよ」

直後に、三分前の赤坂彼方からの《交信》が頭の中に攻め入った。

《譲と一緒にいると、不思議な気持ちにさせられるわ》

「え、それって――」

僕の困惑した顔を見て、赤坂は「ぷふっ」と吹き出して笑う。

「騙されたわね。今のは撫でられた時の私の恥ずかしい《交信》を誤魔化そうとしただけよ。というか、少しくらいドキドキしてもいいと思うのだけれど？」

「あ、あまりにも現実味がなさすぎて理解が追いつかなかったんだよ」

「そ。一応言っておくけれど、不思議な気持ちって、そういう意味じゃないから。もっとこう、温かいっていうか、頼ってもいいっていうか、そう、戦友のような？」

「分かってるよ、そんなこと。それより赤坂――」

返事はない。気付けば赤坂は、こくりこくりと気持ちよさそうに船を漕いでいた。面白いくらいに口が半開きで、そういえばと思い出す。赤坂とギクシャクしてからこの二晩ほど、彼女の頭を撫でてなかった。なるほど、それは寝不足になるわけだ。

眠る赤坂を撫でながら、一人呟く。

「今夜こそは撫でてあげ――ああ、いや、違ったな。何言ってるんだろう、僕は」

だってこの逃避行は、もう。

がちゃり。ドアが開いた。さて、迷子の時間は終わりだ。僕は赤坂（あかさか）を揺らし起こして立ち上がり――

「よーォ、良い子にして待ってたか？　迎えに来たぜ、不正能力者（ジュリエット）」

――六本木珀（ろっぽんぎはく）と、対峙（たいじ）した。

出口は六本木に塞がれている。逃げ道は後ろの窓だけ。だけど下りた先には、間違いなく手下がいるだろう。

「……譲（ゆずる）」

「ああ、分かってるよ」

六本木が目の前に現れたとき、向こうの準備は全て終わっている。

だが――今回は、こちらの準備も全て終わっている。

＊＊＊

「――はあ、はあ、はあ」

息を切らして、僕らはショッピングモールの中を疾走する。清掃ロボを避け、曲がり角の床を蹴って、荷物運搬のドローンにぶつかりながら、階段を四段飛ばしで下りる。

怖かった。

怖いくらいに、予想どおりにことが進んでいた。

「まさか本当に六本木が来て、しかも本当に正面突破できるなんてね！」

「ほうら、よかっただろ僕を信じて！」

「調子に乗らないで！　作戦はまだここからでしょう！」

あの状況は四択。《更新》を使うか否か、そして窓から逃げるか出口から逃げるか。

旭達（あさひ）とわざとはぐれ、迷子センターで待てば——六本木がやってきて、この四択に持ち込まれる。ここまで全て僕の想定の内だ。

明らかに塞がれている正面よりも、窓。明らかに詰んでいる今よりも、三分前。追い詰められた状況なら普通、可能性に縋（すが）ってしまうものだ。だからこそ六本木は窓側を固め、僕らが《更新》を起こすことを最も警戒していたはずだ。

「まさかそのまま正面突破されるなんて思ってなかっただろうな！」

「だからって窓から飛び降りると見せかけて椅子を振り回し始めたときは引いたわ！」

「いいだろ別に！　実際、六本木は油断してたじゃないか！」

「はいはい、予想が当たってすごいわね」

「そうだろすごいだろ！　……じゃなくて、とにかく皐月達と合流だ。モールの中なら六本木も大っぴらに動けないはずだ！」

ザザッ、ザザザ――。館内BGMに、ノイズが混ざった。

『――現在、赤坂グループの令嬢が館内にいる。誘拐犯の小柄な男から保護すれば、赤坂グループから多額の報酬が払われること間違いねェな』

最っっっ悪だ！　館内放送を乗っ取るなんて！　電子音声だが、間違いなく六本木の仕業だ。周囲の客がちらちらとこちらを見る。まずいまずいまずい――

焦っていると、ザザッ、ザザザ――。再び、ノイズが走る。今度は肉声だった。

『ブッブブー！　それは違いま〰〰す！　赤坂の彼方ちゃんは全身黒づくめの白髪長身女に攫われてます！　今逃げてるところなので、皆さん邪魔しないでくださ〰〰い！』

僕らは顔を見合わせて、ふふ、と笑った。皐月だ。

『今の放送こそフェイクだ。ニュースを見ていれば何が起きているかは分かるだろう』

『出た〰〰、ニュースが絶対の真実とか思っちゃってる人！　メディアなんて信じられませ〰〰ん！』

館内放送合戦が繰り広げられる中、僕らはピッタリ合った速度で、人混みの中を駆け抜ける。二人だけで逃げていた時よりずっとずっと心強かった。旭達を頼って良かった。

迷いのない足取りで出入り口に差し掛かったタイミングで、商業施設の外に飛び出る。

だだっ広い駐車場には——六本木珀の毒々しいシルエットが待ち構えていた。

「最悪だな。まさかテメェがアタシを出し抜くとは。凄いじゃないか、誘拐犯クン」

「天才に褒められて最高の気分ですよ。後はそこをどいてもらえると助かるんですけど」

「そうはいかねェんだ、こっちも仕事でね」

一歩前に進んで、赤坂を庇うように右腕を伸ばす。僕がするべき仕事は、六本木の注意をこちらに逸らすこと。六本木の背後、奥の奥に構えた存在に、気付かせないこと。

「六本木珀。どうして貴女は——ここまでして、タイムマシンにこだわるんですか」

「あァん？　どういう意味だ？　アタシはただ仕事をしているだけだ」

「そうじゃない。貴女が本当に欲しいものは、なんなんですか。タイムマシンを作ることで、貴女は何を得られるんですか。貴女には何か、変えたい過去があるんですか？」

「……へーェ、生意気で面白ェ質問だ」

僕を見下ろしながら感心する六本木の、その背後。猛スピードで接近する物体に——六本木はようやく気付く。

「テメェ——！」

振り返ったときにはもう遅い。旭司馬の乗った車が、六本木珀を跳ね飛ば——

「ハハハハハッ、クレイジーだなテメェら！」

——せない。

六本木の目の前で、車が停車した。

いや、違う。

受け止めたんだ。突っ込んできた自動車を、その身体で。

いやいやいやいや、そんな馬鹿な！　ありえるわけがない！　クレイジーなのはどっちだよ！　六本木は今、足に搭載されているエンジンを逆噴射し、両腕で掴んだ車を、止めるどころか押し返そうとしている！

それでも、まだ。僕らは負けていない。

空転する車から皐月が転がるように下りる。助走なしでボンネットに飛び乗り、その勢いのまま更にジャンプし、六本木の頭上を高く飛び越えた。宙空で、くるり。一回転しながら六本木のコートを剥ぎ取り――その背後に着地。

彼女の全身を覆っていた暗幕の中身は、パワードスーツだった。漆黒の外骨格に包まれた六本木珀は、こちらを振り向く。その本来の身長は、彼女の攻撃的な見た目に反して、１５０センチにも満たない姿だった。

「ハッ――最悪だな！　テメェらにこの姿を晒すとはな！」

「製品番号ＡＲＦ０５１Ｎ――これ、バッテリーがガラ空きなんだよねぇっ!!」

居合いのように。皐月は拳銃を抜き、躊躇なく六本木の背中めがけトリガーを引いた。

瞬間。きいん。高い金属音。銃弾が――弾かれた。

車のモーター音だけが宙に響く中、皐月は「ふーっ」と息を吐きながら立ち上がって、晴れやかな表情で両手を挙げた。降参のポーズ。

「うんうん。作戦失敗だねえ、こりゃ。さっき足止めしたヤツらも来てるし」

「でも、僕らの力があればまだ――」

「んー、どうにもならないよ。ここからはもう、想定外の出来事だから」

皐月はふるふると頭を振って、僕の後ろを顎で示した。

「え。あかさ、か――？」

振り返れば、赤坂は地面に手を突きガタガタと身体を震わせて、今にも死んでしまいそうなひどく荒い呼吸をしていた。すぐにしゃがんで赤坂の背中を撫でる。

ああ、ああ。なんで僕は気付かなかったんだ！

旭が自動車で突っ込んで、六本木を轢こうとした時に。赤坂はあの事故を――自分が死んでしまう記憶を、思い出してしまったんだ。

それは僕が最も恐れていたことで。最悪の事態で。よりにもよって、こんなタイミングで起きるなんて。どくん。どくん――僕の心臓が容赦なく絶望で加速して。

《だっ――だめだ、だめだだめだ、赤坂、思い出すな！》

的確な指示を考える余裕もなくて、ひどく曖昧な心の声で《更新》にも失敗して。

最悪だ、最悪だ、最悪だ――

「赤坂、立てるか？」

とにかく、ここから逃げなければ。赤坂の脇に腕を回して立ち上がらせる。

「わ、私、わたし、なんてことを——」

ふらつきもつれ、ランダムに動く赤坂の足。変拍子のステップになんとか合わせて引っ張って、どうにか六本木珀から、追いかけてくるスーツの男達から遠ざかる。

この上なく下手くそな二人三脚みたいに、よろよろと進むさなかで。

《嫌、なにこれ、なに、嘘、なんで私、死んで——》

三分前の赤坂の、痛ましい心の声が僕の頭をぐちゃぐちゃにかき乱す。ごめん。ごめん。ごめん——思い出させて、本当にごめん。

ふいに、背後で大きな音。次いで、熱風。まさか爆発？　どうして爆発が——!?

皐月は、旭は、無事なのか？　でも足を止めるわけにはいかない。あのスーツの男達に追いつかれてしまう。

駐車場を抜けて、横断歩道にさしかかる。こんなにこんなにこんなに必死で走ってるのに、夢の中にいるみたいに上手く前に進めない。悪夢のような状況で、赤坂は息も絶え絶えにうわごとのように言葉を紡ぐ。

「……譲。あの時は悪かったわ」

「いったい何の話だよ」

「あなたには夢を叶えて欲しかったのよ。……私の代わりに」

「だから何言ってるんだよ！　君だって！　君も！　君は——」

ああ、今僕と会話しているのは、いつもの赤坂彼方じゃない。あの日、僕をかばって死んだ赤坂彼方で。気付いた瞬間、問わずにはいられなかった。

「——君はどうして、笑ったんだよ」

「逃げられないから。私は、逃げちゃ、いけないから」

なんだよ、それ。全然答えになってない。

「嫌いだよ、そんな赤坂彼方なんて！」

「あなたに嫌われたって、どうってことないわ」

赤坂はそう言って、僕の手を放した。支えを失った体躯は、ばたり。人形みたいに路上に倒れた。

振り返る。だけどもう、どうしようもなかった。スーツの男が既に赤坂にスタンガンを向けていた。

「……ゆず、る。私ね、」

「分かってる。分かってるよ赤坂。僕は絶対に、君を、」

——そこで、僕の意識は途切れた。

第五章　僕らが本当に欲しかったものは

「六本木珀の欲しいものは、なんだと思う？」

ホテルで摂った最初で最後の夕食の際、顔を真っ赤にした旭司馬がテーブルに前のめりになって僕らに出題した。

「タイムマシン、でしょう。そんなの分かっているわ。まだ酔っ払っているの？」

「あっははは、とーぜん、旭はまだ酔っ払ってるよ！　でもでもそれでも頭はバッチリ回ってるから！　じゃなきゃ公安ケーサツなんて務まらないから！　ねー、あさひぃ？」

「ああそうだ。俺はまったく酔っていない。もはや酔うという機能を失っている」

完全に酔っ払っている人間の台詞だった。食べ放題なのに旭の席には味噌汁しかない。

「いいかい諸君！　旭が言ってるのは六本木ちゃんがどうしてタイムマシンを作るのか、ってことだよ。心して考えたまえ！　え、おいっっっっしこのローストビーフ！」

「そりゃあ、天才物理学者としての意地とか……興味、探究心？　そこに山があるから登る、的な。そもそもそういう偉業に理由を求めるのは野暮なんじゃ」

「いいえ、お金よ。彼女は結局ね、お金が欲しいの。社内の面談資料を見たから知っているわ」

赤坂曰く、六本木は赤坂グループの奨学金を借りていて、その条件がグループ会社への就職だったという話だ。奨学金返済のためにお金が必要なことは分かる、が。

「でもお金が欲しかったら他にいくらでも副業で稼げるだろ。天才なんだから」

「でも事実、そう言っていたのよ。だいたいあなた、食べ放題だからと言ってお皿に限界まで盛るのはやめなさい。みっともないわ」

「君こそ上品に盛るのはいいけど、お皿をあり得ないほどテーブルに載せるのはやめろ」

「どうして？　いちいち食事を中断して何度も往復するより合理的よ！」

「まあまあ、ユズるんもかなたゃも、じゃれ合うのはどっちかの部屋でやりなよ」

「「誰がコイツの部屋になんか！」」

そもそもこの問いに意味はない。六本木珀本人に聞かなければ分からないことだ。そして聞いたとて絶対に答えてはくれないだろう。

だというのに、旭は何故か確信めいた表情を浮かべている。

「答えは――六本木には変えたい過去があるからだ」

「……どうして本人に聞いたわけでもないのに分かるんですか」

旭は声のトーンを落として、告げる。

「六本木は赤坂グループを裏切るつもりだ」

「待って。話がまったく見えないわ。順番に説明しなさい、酔っ払い」

眉をひそめた赤坂が、旭にコップ一杯の水を押しつける。旭はそれを一気に飲み干すと。

「奴は海外へと亡命する手筈を整えている。既に専門の裏業者に話をつけていて、電話一本でいつでも手配できる状況にあるようだ」

「……確かにそれが事実なら、赤坂グループを敵に回すつもりという推測は立つわ。けれど、そもそも赤坂グループを裏切る必要があるのかしら」

「赤坂グループは、タイムマシンが完成したらすぐに六本木を切り捨てるつもりだからだ。彼女に過去を変えられてしまったら困る」

旭の言葉を噛み砕くための沈黙で、一瞬の間が空く。皐月が「どゆこと？」みたいな顔をしながら、ローストビーフを頬張った。

「ああ、そうか。タイムマシンを作る動機が変えたい過去があることなら、その過去がなくなれば、タイムマシンが作られる未来もなくなる」

「けれどそれは亡命したって同じでしょう。何らかの研究機関の傘下に入るのだから」

「赤坂グループには誤魔化しが利かなくとも、他がどうかは分からないだろう？　いいか赤坂彼方。この話で重要なのは、六本木珀がしかるべきタイミングで赤坂グループを裏切るということだ」

「しかるべきタイミング、って」

赤坂が鸚鵡返しにして、箸の動きを止める。聡明な彼女のことだ、きっともう気付きかけているのだろう。旭に根回ししておいた甲斐があった。お陰で僕はこの作戦を、スムーズに切り出せる。

「え、なになに？　これ今なんの話してるの？　ユズるん分かる？」

皐月が僕ら三人をきょろきょろと見回し訊ねてくる。僕は頷いて、答える。

「六本木は……赤坂を捕まえた段階で、赤坂グループを裏切り亡命の準備に入る。六本木は僕らを追う側から、逃げる側に回る。この攻守逆転の瞬間になら、隙が生まれるはずだ」

「ちょっと待ちなさい！　まさかあなた――」

僕の狙いに気付いた赤坂が、勢いよく立ち上がる。

――がたん。

地面ごと揺れたような衝撃で、目が覚める。夢うつつで起き上がって、辺りを見回す。ここは……車の中だ。外は薄暗い。何か握っていたような気がして、でも両手とも空っぽで。思い出す。

「……赤、坂？」

赤坂彼方の姿がどこにもない。

僕らは確か、一緒に走って、逃げて、それで――ああ、そうだった。

赤坂彼方は、六本木の手下に連れ去られた。

そして僕もスタンガンで気絶させられて……それで、今は。

「ようやく起きたか、有栖川」

運転席の旭が、バックミラー越しにホッとしたような表情を見せた。続けて皐月も助手席から振り返り「お〜〜ん、よかったよ生きてて」と大袈裟に泣く真似をした。

「こっちの台詞ですよ。二人とも……無事でよかった。爆発音がしたから、もう駄目かと」

「あっははは、アレは流石にびびったよねぇ！　いや〜、ユズるんにも見せてあげたかったよ、六本木が華麗に自爆するとこ！」

「じ、自爆!?　じゃあ六本木は――」

「語弊がある。六本木は当然、まだ生きている。彼女は予想どおり介護用パワードスーツを改造して使用していたが……緊急時に備え、自爆機能をつけていた。外骨格を脱ぎ捨て爆発させ、爆風に乗じて車で逃げたというわけだ」

旭と皐月を味方に付けたことで、純粋な戦闘力では僕らが六本木を上回った。

だが旭達は、とある可能性を提示した。六本木珀が自社製品の『ＡＲＦ０５１Ｎ』で身体能力を増強している可能性だ。僕らはそれを前提に、パワードスーツの弱点を調べた。

バッテリーの駆動時間、露出したバッテリー、右脚の間接部分にのみある脆弱性、再起動プログラムの不具合。これらを突いて倒す予定だったが、まさか自爆機能を搭載するとは。

「……どこまでも用意周到な奴ですね。向こうを上回ったつもりになっても、絶対に備えがあって、逆に罠に嵌められる」

想定外に驚く様子はあったが……想定外の事態が起こることまで想定に入れている。天才ならもっと慢心していて欲しいものだ。

「それで、旭さん。六本木の逃げた先は？」

旭が僕にスマートフォンを投げて寄越した。画面内で点滅する赤い円は、特区内のタワーマンションで静止している。赤坂につけていた発信器だ。

「見事だな、有栖川譲。今のところはお前の予定どおり。俺の用意していた作戦を破棄し、お前の話を聞いた甲斐があった」

「ありがとうございます。でも、こんなのまだ予定どおりのうちに入りませんよ」

僕ら四人の作戦は、計画どおりに推移している。

六本木の襲撃を迎え撃つという当初の作戦には一つ、大きな問題があった。

彼女に時間を与えれば、何重にも罠を張り巡らせてくる。つまり六本木主導の読み合いに持ち込まれる。

だから僕は、逆に六本木を襲撃できないかと考え——一つのアイディアを思いついた。

赤坂彼方を囮に仕立て上げること。

赤坂グループのメールアドレスに赤坂彼方の目撃情報を送りつけ、僕らの居場所を明かす。そして赤坂に発信器をつけ、ショッピングモールへ連れて行き、六本木を誘い出す。必死で逃げるフリをしてこちらの作戦を気取らせず、六本木に赤坂を連れ去らせる。

そして今――六本木の拠点を特定することに成功した。

「そもそも、これはセカンドプランです。本当はあの場で六本木を捕まえたかった。赤坂を危険な目になんて……遭わせたくなかった」

沈黙が流れる。かっちかっちかっち――ウインカーの音が鳴って、交通規則に忠実に、車が右折する。エンジンキーにぶら下がった犬のキーホルダーが揺れていた。

「まーまー、そっちのプランは正直ムズかったし、過ぎたことを後悔しても仕方ないじゃん。彼方ちゃん、なんか体調悪そうだったしさ」

「あれは……僕が悪いんだ」

赤坂に事故の記憶を思い出させたくない。僕はそう考えて、赤坂にずっと黙っていた。今でもそれが間違っていたとは思わない。でも……何かの拍子に思い出してしまうリスクがあると分かっていながら、何の手も打たなかったのも事実だ。

その結果、最悪のタイミングで思い出させてしまった。

「しっかし旭もよくあの彼方ちゃんを説得できたよね！　発信器をつけて囮になってなんて、命が何個あっても頼めないよ私なら！　え？　もしかして色仕掛け？　え、浮気？」

「特別なことは何もしていない」

「あん？　浮気が日常的なことだって言いましたぁ今？」

きしゃー、と威嚇の声を上げながら、皐月が旭に襲いかかる。

「おいやめろ皐月運転中だぞ――違う、そうじゃない、バーで明かしたんだ」

「何を明かしたんですか――ねえねえ何をバーで二人っきりで明かしたんですか――！」

溜息しか出ない。こんな時に仲睦まじく何しているんだろうか、この人達は。

「ジュリエット・シンドロームは、女性しか罹らないこと」

車が徐々に減速して、赤信号を前に静止する。旭は今、なんて言った？

「ちょっと待ってください。女性しか……え、どういうことですか？」

――彼女は不正能力者だったが、手術後、黒い穴が見えなくなり、能力を失った。

ホテルの部屋で受けた説明。違和感のある言い回しだとは思っていた。男性側に何があったか、一切の言及がなかったからだ。

「例の手術によって、女性側のみではなく、男性側の症状も同様に消えた。故に、ジュリエット・シンドロームの原因は女性側にあると判明した。お前達ならあの説明を聞いて勘づくと思っていたが、まだまだだな」

だから及第点って言ったのかよ。本当に意地が悪いなこの男。でも……まだどこか、違和感が残るような気もした。その理由を探るように、質問を重ねる。

「なら僕は……なんなんですか？　どうして不正能力者になったんですか」

「現状、その理屈は解明されていない。これは比喩だが、赤坂彼方に選ばれた、と言えるだろう。……なにせ、他の九組についても全く無縁の他人、ということはなかった」

「じゃあ赤坂はその話で、不正能力者という不幸の原因が自分にあるって考えて、それで」

自分が有栖川譲を巻き込んだ。その罪悪感から、赤坂は赤坂らしからず、自分の身を危険に晒すことを、僕らの思いどおりに動くことを受け入れた。

僕は一度だって、君のせいで不幸になったことなんてないっていうのに。

「……なんだよ、ちゃんと言えよ。それか、ちゃんとドキドキしろよ。そしたら言い返せたのに。僕を簡単に不幸にできるなんて、思い上がりもいいとこだ、って」

そんなの傲慢だ。ああ、苛々する。拳を強く握って、行き場のない怒りを座席のシートに食い込ませる。

「おい有栖川。さっきから……赤坂彼方を心配しているようだな。あれだけ仲違いしていたというのに。何か心境の変化か？」

「ちょっ――旭っ、ばかばかばかっ。そーいうこと言っちゃ、め！　でしょ！」

「べ、別に僕は、赤坂が心配とか、そういうことじゃなくて。ほら、僕らの《交信》の能力で、向こうが嫌な思いをしたらこっちだって嫌な思いをするから」

僕が赤坂のことを心配する道理なんてない。そんな権利もない。そもそも向こうだって、僕に心配されたくもないだろう。

「ほーらほらほらこうなるんだって！　これでも年頃の男の子なんだからっ！」

「違う。今のは俺なりに二人の仲をサポートしようとした結果だ」

「はーあ？　じゃあなおさら悪いんですけど！　余っ計なコトしないでくれますかぁ！」

「ま、まあまあ……今はとにかく、これからのことを考えましょう。それで旭(あさひ)さん、亡命の話は動いてそうですか？」

「ああ、情報が入った。六本木(ろっぽんぎ)は既に手配を終え、明日の正午に亡命すると確定した。行動が早くて助かるな」

「……ですね。これで六本木珀(はく)にタイムリミットができた。ようやく僕らが追い詰める舞台が整いましたね」

もちろん、向こうも赤坂(あかさか)の発信器にくらい気付くはずだ。気付くのは大前提。

僕らの一番の狙いは、六本木に誤算を生じさせること。

六本木ならきっとここまで気付く。赤坂彼方(かなた)だけでは足りない。過去を変えるには――有栖川譲(ありすがわゆずる)というもう一つの鍵が必要であると。

だが亡命をやっぱり中止、順延なんて簡単にはできないだろう。彼女は時間制限のある中、僕をなんとかして手に入れようとするはずだ。相手の手数が狭まった今ならようやく、六本木との読み合いにも勝機が見えてくる。

「頼りにしているぞ、有栖川譲」

　バックミラー越し、旭のなにげない言葉に、僕の心がうずうず疼く。

「あの。僕のことを買いかぶりすぎじゃ？　赤坂が拘束されている以上、僕には何もできない。今の僕はしがない高校生です」

「子供のくせに謙遜するな。俺はそうは思わない。お前はすごい。普通の高校生とは思えない程にな。……本当に頼りにしている。これは世辞ではなく、紛れもない本心だ」

「ふふん……ま、僕は普通の高校生じゃありませんから」

　とっても貧乏で、とっても努力して、とっても考えすぎなくらい考えなければ、普通にもなれない高校生。それが頌明学園のトクタイセー君だ。

　旭に電話したとき、僕は心の中で一線を引いた。旭司馬という人間を信じたわけじゃないと。今だって……それは変わらない。でも、少なくともこれだけは間違いない。

「……僕も貴方のこと、頼りにしてますよ」

「……そうか」

「えっ、私は私は!?　ちょちょちょ、ユズるん、皐月のまかろんちゃんのことは!?」

「はは。もちろん皐月のことも――」

《絶対に助けに来てはだめよ、あなたは殺されるわ》

「――――っ⁉」

不意打ちのようにやってきた、赤坂（あかさか）からの《交信》。それは僕にとって、僕らにとって、想定外の極みみたいな内容で。

僕は心の中で呟（つぶや）く。なんでだよ、どうしてそうなるんだよ、赤坂。

なんでそんな嘘（うそ）、吐（つ）くんだよ。

「どしたのユズるん。急にそんなキンチョー感ある顔しちゃって。まさかかなたゃから連絡あったの？　なんてなんて？」

「……えーっと」

計画の歯車は、早くも軋（きし）み始めた。だが、この情報を二人になんと伝えたものか。

最悪だ、ああ、最悪だ。いい加減にしてくれよ、あの我儘（わがまま）プリンセス。いったいどこまで僕を振り回したら気が済むんだよ。

だけどまだ……修正できる。

「大丈夫だそうです。六本木（ろっぽんぎ）に僕らの計画はバレてない」

「なら計画は次のフェーズに移行。予定どおり、明日朝五時に六本木の拠点に突撃する」

「ようっし、じゃあじゃあ、かなたゃ奪還大作戦、いっくぞー、お――――っ！」

皐月（さつき）が元気いっぱいに右腕を突き上げる。僕らはそれに棒読みで「おー」と合わせる。

「ちょっととちょっと、ズレてるよーユズるん。やる気あんの？　……ユズるん？」

感情と台詞のズレで、僕には分かる。

僕が殺されるなんて嘘だ。

赤坂は、助けて欲しいと思っていない。赤坂は、家に帰りたくないと思っている。

でも、そんなの非合理的だ。それで六本木に海外に連れて行かれたんじゃ、元も子もない。君の夢が叶う可能性は永遠に閉ざされるんだぞ。

――逃げられないから。私は、逃げちゃ、いけないから。

彼女が一瞬見せた本音の意味を、僕はまだ理解できないでいた。

分からない。僕は君のことを知ってるつもりで、全然知らなくて。

分かるのは、このままじゃきっと全部上手くいかなくなるってことだけで。

「……今から寄りたい場所があるんですけど、いいですか？」

「ああ。時間はあるが、それは重要な用事なのか？　くだらないことなら後に――」

「どうしても必要なんです。たぶん、赤坂彼方を本当の意味で助け出すために」

どうやら君に偉そうな顔するためには、先に片付けなきゃいけないことがあるらしい。

＊＊＊

夕陽が嫌いになったのは、いつからだろう。

太陽が沈んだら、夜が来る。夜が来る前に、家に帰らなくちゃいけない。

図書館で勉強をしながら、いつも思っていた。帰りたくない、って。

帰り道はいつも足が重くて、ブラックホールに近付いているみたいだった。

僕は一生、あの家から抜け出せない。あの息の詰まる場所から抜け出せない。けど下手に光速を超えて抜け出せてしまったら、その先は物理法則も通用しないような、もっと理不尽な地獄が待っている。

結局のところ、僕の居場所は家にしかなくて。

だから僕は毎日毎日、家に帰っていた。

どこかへ逃げ出すチケットが届いてないかと、郵便受けを確認するのも欠かさずに。

まさかそのチケットが赤坂(あかさか)文書で、逃げ出せるのがたったの一週間だなんて、思いもしなかったけど。

静かに鍵を回し、家に入る。自宅の様子は相変わらずだった。白いカーテンレースをくぐれば、冠(かむり)が小さな台所で一生懸命フライパンを振っていた。少し伸びた髪は、きっとそろそろ自分で上手に切るんだろう。

「……やあ、冠」

「おっ、おっ、おっ――」

冠は口をぱくぱくさせて、目をぱちぱちさせて、耳もひくひくさせて。三秒フリーズ。

「おかえりなさいお兄さま！　本物ですか？　本物ですよね冠にはわかります！」

「ああ、本物だ。僕がいない間頑張っててえらいぞ冠」

「お兄さまこそ無事に帰ってきてえらいぞ！」

一週間分のねぎらいを込めて、いつもよりも強い力でハイタッチ。久々の感覚で、思う。冠の手の平は、こんなに小さかったんだな。

「大丈夫だったか？　母さんに何かされなかったか」

「へ？　突然なにを言ってるのですか？　冠はいつもどおり元気です。元気いっぱいです」

「よかった。冠。それと、ごめん。何も聞かずに僕についてきてくれないか」

「えと、それって——」

視線を感じ、振り返る。ゆらりと立ち尽くした母が、虚ろな瞳で僕を見ていた。

「……おかえりなさい、譲」

「……久しぶりだね、母さん」

ただいまなんて、絶対に言わない。僕は今日——このブラックホールから逃げ出すために来たんだから。

「説明して。あの電話はどういうこと。どうして赤坂の娘に、あんなこと言わせたの」

「説明？　そんなもの要らないでしょ。母さんには結論だけで充分だ」

僕は母の顔をじっと見る。ちょっと見ないうちに、こんなに皺が増えるものなのか。なんて……そんなことないよな。僕がずっと、母に向き合ってこなかったからだ。僕の記憶の中にある母の姿は、六年前からずっと更新が止まっていた。

「僕は赤坂に復讐したいなんて、思ってない」

「…………はぁ？」

「結論？　結論ってどういうこと？」

母の喉から、調子外れの音が絞り出された。僕は冠を守るように右腕を広げながら、短い廊下に立った母に迫る。

「むしろ僕は、赤坂彼方と仲良くやっていきたい……って、思ってる」

母は目眩でもしたのか、額に手をやって、四畳半の畳敷きへ一歩、二歩と後ずさる。

「は？　は？　じゃあ、何？　あのニュースはまさか、駆け落ち……そんなわけないわよねえ。譲は有栖川のことを思って、それで赤坂の娘を誘拐して、赤坂をめちゃくちゃにして……そうじゃなきゃおかしいわよねえ。ああ。もしかして、仲良くって、仲良くなるフリして、蹴落とすってこと？　ああ、だったらすごく納得」

「そうじゃない。ちゃんと僕の話を――」

「だって私、テレビを見てとっても驚いたのよ。すごいじゃない譲。よくやったわ譲、って。騙された私の気持ちはどうなるの？」

母が部屋の隅の小さなテレビを一瞥する。その目の前には母専用の座椅子があった。僕は部屋を見回す。ヒビをガムテープで補修した窓。ガサガサに薄汚れた畳。一番下の段が開かなくなったタンス。部屋の真ん中にある、ガタガタした卓袱台。

ああ、こんなにも小さくて汚い部屋で、僕は縮こまりながら育ってきたんだな。

「……なら逆に聞くけど、僕らの気持ちはどうなるの？」

拳を握って、震えた声で。問いかけた僕のことを、母はよく分からない、と言いたげに目を細めて見た。

「母さんは僕らのこと、どう思ってるの」

「どうって、大切な子供に決まってるでしょ」

「そうだね。随分と大切にされてきたよ」

「そうでしょう、そうでしょう。だからきちんと有栖川家のためになることをするの」

そうじゃない、そうじゃない。どうしてそうなるんだよ。どうしてこんなにも話が通じないんだよ。……理由は全部、分かってる。

「僕が、いけなかったんだよな。母さんと向き合うことから、ずっと逃げてて。もっと早く気付けてたら、こんな風にはならなかったかもしれない」

「そうよ譲、あなたはもっと自覚を持って——」

「分かってるんだよ、全部！」

僕の叫びが、小さな箱の中に響き渡る。そのまま続けようとしたのに、震えて上手く声が出せない。俯(うつむ)いて、絞り出すように息を吐く。

「……病弱で動けないフリして、僕らのこと心配するような口ぶりで、期待してるみたいな言葉をかけて、でも母さんは僕らのことなんて、なんとも思ってないって」

僕は赤坂(あかさか)家を潰(つぶ)すための道具で。そのために頌明(しょうめい)学園に入学させて。

妹はどこかの玉(たま)の輿(こし)に乗せるための道具で。丁寧な所作を強要して家事をさせて。

「僕はもう、今日はどれだけ眠れるか気にしたくない。冠(かむり)と毎日褒め合って、なんとか心を保つ生活はもう御免だ。そんな普通のことを欲しがったら、駄目なのかよ?」

「……駄目よ。それじゃ生きていけない。また奪われる。だから、仕方ないでしょう」

冠が、いつの間にか隣で悲しそうな顔をしていた。そっと手を取って、優しく引き寄せる。冠は不安そうに、僕にしがみついた。

「そんなの、無責任だ――」

「仕方ないって言ってるでしょう！　だって！　赤坂が！　赤坂の家が全部悪いんじゃないの！　たまたま不正能力者(ジュリエット)を拾ってのしあがっただけの癖に！　どうしてこんな理不尽ッ！　こんな生活しなきゃならないの！　返しなさい、返しなさいよ、私の幸せをッ！」

ああ――僕は脱力する。

もういないんだ、って思う。僕と一緒に楽しそうにハンバーグを作った母は。赤坂グループにぶち壊されて、消えてしまったんだ。もはや、そう思うしかない。

誰を恨むべきなのかも分からない。この期に及んで、母が可哀想だとも思う。でも、やっぱり駄目なんだよ。正しい判断をして、正しい方法で逃げて、一緒にいるべきじゃないって、正しく結論を出すべきだったんだ。

だから、出て行こう。冠の手を引いて。……そう思っているのに、何故か足が動かなかった。冠が「お兄、さま？」と、潤んだ瞳で僕を見上げる。

「母さん。聞いてよ。僕を見てよ。赤坂のことなんかじゃなくて、僕を」

気付けば僕は、母に向かって踏み出していた。赤子が初めて立って、親に向かって必死で進んでいくように。

「僕だって頑張ってきたつもりだよ。有栖川の名を復活させるって夢を叶えるために。ねえ、母さん。どうしてだと思う？」

おかしくなった家族を取り戻したくて。えらいって褒めて欲しくて。でも本当はそんな努力、したくなくて。それでも努力しなきゃいけなかったのは、どうしてだった？

どうして僕は今、こんなにも胸が痛い？　今更、この無責任な大人に何を期待してる？

《僕は母に、なんて答えて欲しい――？》

母が僕をまっすぐに見る。でもその薄暗い瞳はきっと、どこにもピントが合っていない。

「そんなの――だって、当然じゃない！　一族のためにそれくらいできなきゃ、家にいる価値なんてないでしょ！」

その言葉が、全てだった。

ああ――そうか。

分かったよ。ようやく分かった。僕が本当に欲しかったものが。

僕が本当に欲しかったものは、ここでは手に入らない。ここにいる限り、絶対に。

「……そうだよね。僕も、そう思うよ」

「譲(ゆずる)、ようやく分かってくれたの――」

「うん。だから僕はこんな家から出て行くよ。冠(かむり)も連れて。それでさ、僕らで勝手に幸せになるんだ」

これで本当に、もう未練はない。僕はようやく、逃げることができたんだ。

「――だから母さんも、頑張りなよ」

「ちょっと、譲――!」

母の伸ばした手を振り払って、冠の手を引いて、踵(きびす)を返す。絶対に振(ふ)り返(かえ)らない、と意気込む頃にはもう、玄関から出ていた。なんて小さな家だったんだろう。

ドアの前で、皐月(さつき)が悲しそうな顔をしていた。全部聞こえてたみたいだった。やっぱり壁が薄すぎるだろ、このおんぼろアパート。

「……ユズるん、だいじょうぶ？」

「ありがとう、皐月。不思議とさ、別につらくないんだ。むしろ晴れ晴れしてるくらいで」

ああ、こんなにも簡単だったんだ。こんなの、赤坂グループから逃げるのと比べれば、あの逃避行と比べれば、なんてことない。

「それよりさ、見つけられたよ。僕の本当に欲しかったもの。だから……ありがとう」

「え、あ。あははっ、……すっごいじゃん！」

「うん。そうだよ、僕はすごいんだ」

とても嬉しそうに、本当に心の底から、皐月はくしゃくしゃになった笑顔を見せてくれた。なんで僕より嬉しそうな顔するんだよ。まったく、ホントに。

僕と手を繋いだままの冠が、びくつきながら僕らを順繰りに見回した。

「あの、あのあのお兄さま。私、まだ混乱してて、状況がよくわからないんですけど。とりあえず、これだけ言わせてください」

そう言った冠は僕から手を離すと。たっぷり距離を取ってから——助走をつけて、ぎゅっ、と僕に抱きついた。

「冠のこと、幸せにしてくださいね？」

無邪気に笑う妹の頭を、僕は思いっきり撫でる。

「当たり前だろ。これからは毎日ふかふかのベッドで寝かせてやる」

「ふかふかですか！　大丈夫でしょうか！　私、ベッドで寝たことありません！　溺れちゃうかもしれません！」

「その時はちゃんと助けを呼ぶんだぞ」

「もちろんです。黙って沈むほど冠は弱くありませんから！　ところで――」

「ところで？」

「いつもと撫で方が違います。お兄さま、私に黙って他の子の頭を撫でてましたか？」

「ははは、どうだろうな……」

おかしいな、どうしてバレたんだろう。

自分の右手をじいっと眺めて考える。赤坂は今頃、ちゃんと眠れているだろうか、って。

＊＊＊

朝五時。晴れた空を背景に、五十階建てのタワーマンションを見上げ、僕は思う。

なんだ、赤坂タワーと比べれば随分と低いじゃないか――と。

「覚悟は決まったか、有栖川譲」

「愚問ですね、旭さん。僕が赤坂のために覚悟なんて決めるわけない」

重たいリュックサックを背負い直しながら毒づくと、皐月が「てぇーい！」と僕の頭頂部に手刀を振り下ろした。

「まったく！　まったくもう！　まーたそんな可愛くないこと言って！　じゃあユズるん

は今！　どうしてここにいるわけ！　彼方ちゃんのため！　でしょーがっ！」

　八発の手刀を受けきって、僕は心の中で返事する。そうだよ。僕は赤坂彼方を助けたい。六本木珀からじゃなく、もっと大きくて理不尽なものから、助け出したい。

　だけどそれを口にしたら負けな気がして、精一杯強がってるんだ。

「……嫌がらせだよ、これは。僕は一度、赤坂に命懸けで助けてもらった。だから……僕が同じことをしたら、きっとめちゃくちゃ嫌がるはずだ」

　今日、全ての決着がつく。胸を強く叩く鼓動は、緊張と恐怖のせいだ。でも不思議とこの感情を今は嫌だと思わなかった。だってアイツに、大っっっっっっっっっ嫌いなアイツに、こうして伝えることができるから。

《赤坂、今助けに行くからな》

《来るなって言ったのに、どうして来るのよ！》

「……君が来るなって言ったからだよ」

　呟いて、一人でくすりと笑う。似たような会話を、二学期初日にしたのを思い出して。

「旭さん、それから皐月。六本木はもうなりふり構わない。間違いなく二人のことを殺そうとしてくるでしょう。逃亡には邪魔ですから」

　六本木珀の亡命予定時刻は今日の正午。彼女はそれまでに僕と赤坂彼方を手に入れなければならない。その上で、このタワーマンションから脱出する必要がある。

追手となる公安警察二人を無力化しなければ、それは叶わない。逆に言えば、僕と赤坂が捕まってしまっても、旭と皐月が無事ならば六本木を捕まえることはまだ可能だ。

「死ぬつもりなんて毛頭ない。任せておけ」

「私もばっちりだよ！　なんてったって私、今まで一度も死んだことないからねっ！」

皐月がきゃぴーん、と目元でピースする。何故か頼もしく見えてくるから不思議だ。

「本当は増員してもらえれば一番良かったんですが」

「……すまない」

旭が眉間に指を当て、無念とばかりに謝罪した。旭の部署は慢性的な人員不足で、周辺の警戒や情報統制に増員をあてるだけで精一杯だったという。

「それよりユズるんこそ、捕まっちゃダメ、だかんねっ！　冠ちゃんが待ってるんだから」

「……分かってるよ、皐月」

冠には今、特区内のホテルに泊まって貰っている。僕らに万が一のことがあっても、しかるべき処遇で保護されるよう、手続きも済んでいる。……でも、啖呵切ってあの家から連れ出した僕が冠のもとに帰らなきゃ、それこそ無責任だ。

「それじゃあ準備はいいですか？　――突入、開始です」

僕の合図で、二人が作戦どおり先陣を切る。

自動ドアをくぐった先、大きな観葉植物の横のセンサーに、カードキーをかざす。どこからか旭が入手してきた、六本木の部屋のスペアカードだ。不安げなくオートロックは解錠され、伏魔殿は僕らの侵入を許した。

ホテルのようにぴかぴかなエントランスに、三人分の足音が響く。本来はコンシェルジュというのが常時いるらしいが、姿が見えなかった。

エントランスの一角は来客用のラウンジとなっており、ソファーにテーブルに、美術館から持ってきたような大きな彫刻が、僕らの視界に収まる。ちょっとしたカフェのようだ、と思った。その瞬間。

ソファーの陰から、彫刻の陰から、そして背後のカウンターからも――例の黒スーツの男達三人が同時に現れた。

三人ともが、いつもとは少し違う雰囲気を纏っていた。表情。姿勢。素早さ。何よりも大きく異なるのは、武装。その手には拳銃が握られていて。

気付いた時にはもう、破裂音は鳴り、銃弾は放たれ、壁は撃ち抜かれていた。

だが――二人は予見していたように一瞬で射線から外れ、完璧に避けてみせた。

いや、事実として予見されていた。不意打ちの三発は全て外れ、この場で的中したのは……僕の予想だけだった。

――黒いスーツの男達に気をつけてください。

昨晩、僕は車の中で旭達に忠告した。

——どうしてだ？　アレは恐れるに足りない。大した動きもしない捨て駒だ。

旭は六本木の兵隊三人組についても調査済みのようだった。曰く、あの三人は六本木が協力者として選び出した一般人らしい。

プロのヒットマンを雇うのが合理的だとも思うが、赤坂グループが裏世界との繋がりを持つのを嫌ったか、金で動く人間を信用していないのか。とにかく赤坂彼方誘拐というミッションにおいては、あの男達が採用された。彼らは皆、過去を変えたいと切に願い、六本木珀に心酔し、タイムマシン完成という夢を叶えようとしているそうだ。

——それが罠なんですよ。捨て駒だと思って舐めていた相手が、実は優秀な駒と入れ替わっていたら、どうなりますか？

赤坂グループと六本木の考え方は違う。合理的な彼女なら間違いなく、旭達を殺すために優秀な兵隊を雇う。あの黒いスーツとサングラスにさえ意味がある。似たような風貌の人間と入れ替われば——

「——気付かない、と思っただろう。悪いが間違い探しは得意なんだ」

旭は拳銃を敵の足下に撃ちながら——急接近。バネのような脚使いを繰り出すが、素手で防がれる、ことを見破り、軸にして転回。背後に迫ったもう一人の男に蹴りを入れた。

一方の皐月は正面でやりあっていた相手に殴られ左手の銃を落としてしまう——が、隠していたらしき銃をすぐに右手に持ち、隙を突いて相手の右肩を撃ち抜いた。

三対二だが、やはり二人は負けてない。これなら充分渡り合えるはずだ。

「いけるよユズるんっ、このまま作戦どおりに！」

「オッケー、そっちは任せた皐月！」

僕はエレベーターホールへ向かい、カードキーをかざす。すぐにドアが開く。行き先は４７０８号室。ボタンを押す前に四十七階のランプが光った。便利だな、タワマンって。

赤坂の発信器だけでは部屋番号までは特定できなかったが、マンションまで特定できれば、部屋を調べるのは容易いらしい。

４７０８号室は、六本木の私設研究室だという。

彼女はいったい、いつからタイムマシンの研究を続けてきたのだろうか。なんのために没頭してきたのだろうか。

もしも自由に過去を一つだけ変えられるとするならば。

多くの人はきっと、何かを得ようとするのではなく、喪った物を取り戻そうとするだろう。機会、人間関係、時間、そして——人命。

僕が初めて《更新》を起こしたのも、赤坂の命を取り戻すためだ。

六本木もそうなのだろうか。赤坂グループ会長は、どうなんだろうか。

「……赤坂日向、だったっけ」

赤坂彼方には双子の兄がいた。赤坂家の歴史から消えた人物。そう、徹底的に。特区記念館にある家族写真からも。最初からなかったように。最初から、赤坂彼方が跡継ぎだったと、この世界の全員で口裏を合わせるかのように。

日本中の誰もが知っていて、誰もがもう口にしない事実がある。赤坂日向は若くして亡くなった。死因は伏せられていて、ワイドショーは連日連夜、憶測を垂れ流し続けていた。もし彼を蘇らせるために彼女が狙われたっていうなら——そんなの、最悪だ。

ランプの表示を見上げれば、41、42、と推移していく。47の手前で表示が一瞬消えた後、ぴろん。淡泊な電子音が鳴って、47が点滅した。ドアが開けば、予想どおりのメンツが待ち構えていた。

「もうすっかり顔なじみですね、僕ら」

スーツの男三人組……のオリジナルバージョンが、バラバラなタイミングで頷く。過去を変えたいと切に願う、六本木に従う兵隊達。彼らもまた、何か喪ったものを取り戻したいと思っているのだろうか。

「もう六本木から聞きました？　僕がすごーく重要だってこと」

睨みながらずんずんと迫ると、男達は一歩退いた。どうやら分かってるようだ。

「だったら話が早い。ここを通してください」

僕は隠し持っていたナイフをポケットから取り出し、構える。しかし、これには怯む様子を見せない。本当に、命に替えても僕を確保するつもりらしい。騙されているとも知らずに。過去を変えれば世界が書き換えられる。タイムマシン開発もなかったことになる。

躊躇なく。僕は彼らに向けていたナイフの切っ先を——自分の首筋に立てる。

「貴重な実験体の僕が死んだら困りますよね？」

三人からは、明らかな動揺が見て取れた。一呼吸置く。この先はとても非常にひどく気乗りしないのだが……仕方がない。

「彼女は僕の希望だ！　僕は赤坂彼方がいなきゃ、この世界で生きていく意味がない。彼女が連れ去られてしまうのなら……今ここで、死んでやる！」

ああ最悪だ。なんでこんなこと決め顔で言わなきゃいけないいんだよ。今すぐなかったことにしたかった。だけどこの最悪感がよかったのだろう。僕の真に迫った演技によって、道は開けた。すごすごと壁に寄った男達は、しかしまだ勝利を確信しているようだった。

つまり、六本木の作戦では、ここまで全て想定内。

だが僕にとっても、ここまで全て想定内だ。六本木はどこまで準備しているか。僕の予想している範囲までか、それ以上か。僕の予想では、部屋の中にもいくつかの罠があるはずだ。そして……退路を断たれる。つまり、部屋に閉じ込められる。だから僕の作戦では、赤坂を救出後、背負ったパラシュートで窓から脱出することになっている。窓が開かない場合は、このナイフを使って割る算段もある。

ちなみにマンションの外観も確認済みだ。４７０８号室の窓からは明かりが漏れていて、窓は塞がれていないように見えた。普段の六本木なら抜かりなく塞いでいるはずだ。しかし手が回っていない。やはり、向こうの準備は不足している。勝機は……充分にある。

ドアの錠にカードキーを翳せば、ういん、がちゃん、と音を立てて解除された。慎重に玄関に入れば、しん、と冷たい空気が漂っていた。

「お邪魔します……」

言う必要のあるか分からない一言が、生活感の感じられない反響の仕方をする。それは廊下の先にある、重たそうな鉄扉のせいだろうか。一歩、また一歩、慎重に歩く。

床に罠はなさそうだった。だとしたら、上か。僕は素早く手を上げて、下ろす。しかし……何もない。くまなく探しても、鉄扉以外に何の仕掛けもない。

直感的に思った。ここに罠がなかったら、おかしいじゃないか。

旭と皐月は、一階で敵を倒し次第、この４７０８号室で合流する手筈だ。なのに、旭達を殺すための罠がここには存在しない。

「どういうことだ……？」

だとしたら——この先に何か、想定外の罠が仕掛けられている？

ドアノブを握る手が震える。どうする？　旭達と合流するか？　右耳に嵌めたイヤホンからは、烈しい物音がしている。二人はまだ戦闘中のようだった。いや……考えろ。六本木は僕を殺せない。僕が捕まっても、旭達が生きていれば作戦は終わらない。ここは先に安全確認すべきだ。

覚悟を決めた。そのはずなのに、震えは止まらない。でも、止まらないからなんだっていうんだ。僕はそのまま重い扉に体重をかけ、ぎい……と押し開く。

部屋の様子を見て、一瞬頭がこんがらがった。

僕が足を踏み入れたのは、分厚いガラスでできた箱の中だった。大きな部屋の中に置かれた、透明な箱だ。箱の外にも中にも物々しい機械が所狭しと並んでいる。出入り口は二カ所。後ろの鉄扉と、右側面にあるドア。脱出経路の窓は当然、箱の外だ。

部屋の中央には、赤坂彼方が椅子に腰掛けていた。とても大切にされている人形みたいに、膝に手を当てお行儀良く。彼女の身体からは何十本ものコードが伸びていた。ヘッドギアから、手首から、胸元から、足首から。それらは中にある機械に繋がっていて、脳波や心拍数が映し出されたモニタが、ホログラムで浮いている。

「赤、坂——」

呼びかけながら、一歩踏み出す。その瞬間。まずいと思った時にはもう、手遅れだった。

鉄扉が突如、突風に煽られたように勢いよく閉じ——ガラス箱の中に突き飛ばされた。

片耳につけていたイヤホンが落ちて、からんと転がる。慌てて耳に嵌め直すが、ジジーッと音を立てるだけ。電波妨害か？　旭達と連絡を取れなくなってしまった。

嫌な予感がする。徐々に徐々に、追い詰められているような予感。だけどこのガラスの箱の中に、六本木の姿は見当たらなかった。

「来たのね、この命知らず」

「ああ。君のしょうもない脅しには屈しない。六本木はどこにいるか分かるか？」

赤坂は首を横に振る。近付こうとすると、赤坂は「来ないで」と語気を強くした。

「……早く帰りなさい、譲。あなたが来る必要なんてなかった」

「何言ってるんだよ。僕が来なきゃ、君を連れて帰れない。六本木を捕まえなきゃ、赤坂グループからの疑惑も晴らせない」

「疑惑を晴らす必要は、もうないわ。六本木珀は……最初から単独犯だったのだから」

「……は？」

信じられなかった。僕らは今までずっと、六本木のバックに赤坂グループがいると思っていた。そこに疑問を差し挟む余地はなかった。

「あのニュースは？　記者会見は？　警察は？　精度の高い追跡は？　あんなの、赤坂グループが黒幕じゃなきゃ、説明つかないじゃないか！」

「本人が言っていたのよ。『赤坂彼方が不正能力者という証拠を掴んだ』と父を脅して、この騒動を有栖川譲による誘拐事件と報道させた、と。私達が特区を離れるよう仕向けるために。情報も、赤坂グループの内部端末や監視カメラをハッキングして得ていたの」

一瞬、六本木の嘘かとも思う。だけどそんな嘘を吐くメリットはない。

「いや、だったら尚更、君も家に帰れば元通りじゃないか！」

「元通りだから、帰りたくないのよ」

赤坂は膝を抱え上げて、身体を丸める。部屋の隅っこで泣く子供のように。

「君はまた、天蓋付きのベッドでメイドに頭を撫でられながら眠れて、毎日美味しいご飯が食べられて……それに、夢を叶えるために、頑張れる。それでも、帰りたくないのか」

帰りたくない。僕もそう思っていた。彼女もきっと同じだ。こんなもの、帰る理由にはならない。彼女が帰りたくないのは、そこが彼女の居場所じゃないからだ。

「譲。私はね、逃げていたの」

「知ってるよ。迷子センターで言ってた」

上手くいかないことを《交信》のせいにして逃げてきたって。それを僕は、肯定した。

「でもね、私はそれ以上にもっと、逃げていた。あの記憶を――事故の記憶を思い出して、気付いてしまったの。叶うわけのない夢を大仰に掲げて、逃げていたのよ。現実から。絶対に無理だと一番知っているくせに、それでも自分を守るために、必死で――」

ああ。やっぱり赤坂は僕と同じだ。叶えられない夢を掲げて、つらい現実から逃げて、夢がなければ生きてこられなかった。でも今は違う。強くなれたはずだ。

「赤坂（あかさか）。僕は昨日、母親に会ってきたんだ。それで言ってやったよ。家を出て行くって。簡単だったよ。こんな逃避行と比べたら、よっぽどさ。だから君も――」

「できないわ！　私には！　私は――あなたみたいにはなれないのよ。何も知らないくせに、簡単に逃げろなんて言わないでよ！」

「――――っ！」

　逃げればいい。なんて、誰にでも簡単に言えることだ。それは他でもない、僕自身が言われたくなかった言葉だった。なのに僕は今、赤坂に向けて放ってしまった。

「私は、向き合えない。あなたは逃げてもいいって言った。でもどれだけ逃げたって私は、この重圧を放り出せるほど、強くはなれないのよ」

　ああ、そうだよな。また間違えた。僕と赤坂は、置かれた状況が全然違う。同じ経験をして、同じくらい強くなったって、立ち向かうべき敵が違いすぎる。なのに僕は赤坂のことを、分かったつもりになっていた。

「私は、兄の代わりに生きなければならないの」

「兄の代わり……って、双子の兄の、赤坂日向（ひなた）の？」

「ええ、そうよ。私達は生まれた瞬間に、死ぬまでの道のりが全て決まっていた。兄は赤坂家跡継ぎとして、私は政略結婚の駒として。徹底的に教育されたわ」

　それは僕の知らない、赤坂彼方（かなた）の真実だった。あの赤坂が誰かに嫁ぐために教育されていたなんて、まるで想像できなかった。

「正直、兄は跡継ぎとして不出来だったわ。兄は毎日のように父から怒鳴られて、その度に跡なんて継ぎたくないと言っていて、私も政略結婚なんて絶対に御免だった。いっそのこと、逆の立場だったらどんなによかったかって、二人で慰め合っていたわ」

「二人とも、赤坂の家に不満があったんだな」

「そうね。だから家出したの。ちょうど、九歳の頃だったわ」

空調の音が、沈黙を支配する。もしかしたら赤坂の頭の中では、当時の記憶がずっと再生されているのかもしれない。そう思うくらい長く嫌な溜めの後、赤坂は「けれど」と逆接を打った。

「兄との逃避行は長くは続かなかった。せいぜい三分がいいところね。お屋敷の裏に作った小さな抜け道からこっそり外に出て、二人で手を繋いで走って、大通りに出てすぐ——私は、トラックに轢かれそうになった」

嫌な予感がして、一歩進む。だって、それって。

「……まさか、君のお兄さんは」

「ええ。兄は私を庇って、死んだのよ」

身体から絞り出すような、重く、苦しい声だった。僕まで息が苦しく感じられた。

「残された私は……父に宣言したわ。私が赤坂を継ぐと。兄に託された想いを引き継ぐと。

父はそれを許さなかった。それでも私は食い下がった。そうして条件を引き出したの。それが——頌明学園中等部を受験し、特待生の資格を得ること」

「それで君は……あんなに必死で頑張ってたんだな」

この頃から《交信》でつながっていたから、よく知っている。彼女は何かに追い立てられるように、努力を続けていた。追い立てていたのは——死んだ兄だったんだ。

「もともと赤坂を継ぎたいと思っていたから、努力は苦痛ではなかったわ。一秒たりとも手を抜かず、全てを出し切って私は——夢を叶えた。それなのに、手に入れてから気付いてしまったの。私が本当に欲しかったものは、赤坂家跡継ぎという立場ではなかった」

赤坂は抱えていた膝を下ろすと、今度は頭を抱え、うずくまるように俯いた。

「私はただ、逃げたかったのよ。私の肩から決して下りてくれない兄の命の重さから」

僕は何も言えない。

「私にはさらなる重圧がのしかかったわ。自ら選んで跡継ぎになったという重圧が。絶対に失敗は許されない。赤坂に相応しい人間として振る舞わなければならない。……耐えられるわけがなかった」

どくん、どくん。心臓が強く鼓動を打つ。

《だとしたら、赤坂は、赤坂があの時笑ったのは——》

冷や汗が流れる。赤坂の絶望のように淀んだ空気が、ガラスの箱に充満する。

「そうして私は夢を抱いたの。赤坂を出るなんていう、絶対に叶わない夢をね。その夢に向かって、私は必死に打ち込んできたわ。……でもね、自分を騙すのも限界があるのよ。私が逃げるより、現実が追いかけてくる方が速くて。追いつかれたのは、あの日、あの時。私はふと、思ったの。兄と同じように誰かを助けて死ぬのなら、楽になってもいいって」

赤坂は絶対に、その苦しい運命から、最悪の現実から、逃れられない。逃げてはいけない。だから彼女は逃げるための極上の言い訳として——僕を咄嗟に庇って、死んだ。

あの時の笑みの意味が、今なら分かる。苦しみから解放された安堵だ。

「譲。私、ずっとね。逃避行が続けばいいと思っていた。いつまでも。狙われてるんだから、帰れなくても仕方ないって、自分に言い聞かせられたから」

「……それは、僕もだよ。僕もあの時間がずっと続けばいいと思ってた」

でも、そうはならない。いつか現実に向き合わなきゃいけない日が来る。

「ごめんなさい。でも……分かったでしょう。私はもう、帰れないの。帰ったところでもう、私は頑張れない。今までのように生きていけないから」

僕も、赤坂も、同じだ。親から、大人から、世界から、求められる役割を果たさなければ、存在価値がないと思わされてきた。

その価値を証明できなければ、僕らは誰にも認めてもらえない。居場所がない。逃げるしかない。そんなのおかしいだろ。どうして僕らが逃げなきゃならないんだよ。

「赤坂彼方（あかさかかなた）。君は間違ってる」

僕は赤坂にゆっくりと近付いて、正面に立つ。彼女の重たいヘッドギアをそっと外して、床に落とす。

「……僕はさ、気付いたんだよ。僕が本当に欲しかったものが、なんなのか」

赤坂の右腕につけられたバンドを外す。左腕と、左足と、右足からも。

「僕はただ、言われたかったんだ。ここにいていい、って。ここが君の居場所だ、って。たった一言、それさえ言ってくれればよかった」

そのたった一言を貰（もら）えなかったから、僕は今でも、いつも誰かに褒められたくて、肯定されたくて、認められたい。どうしようもないくらいに。

「君は赤坂家なんかのために生きてるんじゃない。僕だって、有栖川（ありすがわ）家なんかのために生きてるわけじゃない。誰かに必要とされる都合のいい人形じゃなくても——たとえ不正能力者（ジュリエット）だとしても、いいんだよ。この世界にいて」

それが大嫌いな君に向ける、精一杯の肯定だった。だけど赤坂は、小さく首を横に振る。

「そんなの、綺麗事（きれいごと）よ。現実はそうじゃない」

赤坂の言うとおりだ。それでも現実は変わらない。僕らの居場所はどこにもない。

互いが互いの居場所になれれば、どれだけいいだろう。逃げて偉いって褒め合って、君は自分にとって大切な存在だと、そこにいてくれるだけでいいと、全肯定できればとても幸せだろう。だけど僕らの関係は、もっともっともっと複雑で、それは今、赤坂が求めている答えにはなり得ない。

「ならさ、赤坂彼方。僕が君を赤坂家から助け出すよ」

「何を言っているの？　できるわけないわ、そんなこと」

赤坂の苦しそうな、でも何かに縋るような表情に、今度は僕がゆっくりと首を振る。

「僕は、有栖川譲は、今度こそ有栖川家を復興させる。短期間であり得ない急成長を遂げて、赤坂家に復讐する。徹底的にぶっ潰してやる。それで君を、赤坂家から解放する！」

大きく息を吸って、吐く。一周して元の場所に戻ってきたようにも思えるけど、違う。

「……そんなの、夢物語よ。結局何の解決にもならない、ただの現実逃避」

「いいんだよ、それで！　こんな理不尽な現実になんて、向き合ってられるかよ！」

「本気で言っているの？　それじゃあ今までと何も変わらないじゃない」

「そっちこそ本気で言ってるのか？　今までとは全然違うだろ」

ああもう、なんで伝わらないんだよ。僕は赤坂に向けて、力強く手を伸ばす。

「今度は僕と君と――二人で一緒に夢を見ようって言ってるんだよ！」

差し出した手の指先と、僕の必死な表情を。赤坂は驚いたように交互に見比べた。

「僕だけじゃできるわけないだろ、そんなこと。だから協力してくれよ。赤坂彼方！」

赤坂は俯いて「なによ」と小さく呟く。もう一度「なによ」と続けて、再び顔を上げた。

「なによ、それ、赤坂家を潰すって、どういう意味か分かってる？　そんなの、世界を壊すって言っているようなものよ。あなたにそんな覚悟があるの？」

「分かってるよ、とっくに覚悟はできてる。だってさ、知ってるか？　僕は君が死んだ時——世界が壊れてもいいって思ったんだ。君が死ぬなら、世界が壊れる方がマシだって」

「……ほんっと、そういうことさらっと言うところ、嫌いよ」

ゆっくりと。赤坂が立ち上がる。身体に繋がっていたコードが、ぶちぶちと外れていく。

そして赤坂彼方は、不敵に笑った。この世で一番自分が偉いと信じているかのように。

「でも……仕方ないわね。そこまで言うのなら、この私が手伝ってあげてもいいわ」

赤坂が取った手を——僕は、強く握り締める。今までかけられた苦労の分、ちょっと強めに。そしたら更に強く握り返されたので、更に更に強く握り返す。

僕らはしばし睨み合った後、どちらからともなく握力が弛緩して、手を放した。

さあ、逃げ出そう。まずはこの、僕らを閉じ込めるガラスの箱から。

僕はまずガラス側面のドアを引いてみるが、固くて開かない。案の定というか、ナイフでは疵もつかない。鉄扉の方を見ていた赤坂が、僕を呼んだ。

「この箱にはパスワードがかけられているわ。六本木が昨日、操作していたのよ」

赤坂が指差した部分に、小さいがコンソールがくっついている。一行分の黒いモニタと入力用のキーボード。レトロな操作盤に表示された問いを見て、僕は目を疑った。

『WHAT_I_WANT』

私が欲しいもの。――それは僕が昨日、六本木に投げかけた問いだ。

「はは、ははは……なんだよ、それ」

なんで最後の最後に、そんな非合理的なことをするんだよ。なんで僕の質問に、わざわざ向き合ってくるんだよ。

すると、突然。地面が大きく揺れて、僕らは撥ね飛ばされるように床へ倒れこむ。直後に悲鳴が聞こえた。恐らくマンションの住人達が避難する声だ。今のは――爆発？　なんだ？　外で何が起きている？　急いで立ち上がろうとする、が。

「え、あれ、なんで――？」

何故か足がふらついて、思うように立てない。赤坂も同じ状態だった。僕らは壁で身体を支えながら、ようやっと直立する。

「どういう……ことなの？」

混乱する僕らの目の前に、六本木珀が突如姿を現した。手を伸ばすが、触れられずに貫通するのみ。精巧なホログラムだ。実体を持たない六本木が、上機嫌に語り始める。

「よーォ、、、、4808号室の不正能力者ども」

「4808？　いや、ここは4708号室じゃ――」

「いやァ、4808号室で正しいぜ？　テメェらとの愉快な戦いもここまでだ。今の爆発でテメェらの保護者どもが死んだ。そしてテメェらもすぐに動けなくなる」

二人が死んだ？　……今ので？　動けなくなるって、どういうことだ？　全然分からない。六本木の話が頭の中で繋がらない。……遅れて、全ての仕掛けに気付く。

今の爆発は……一つ下の部屋で起きたものだ。旭達は罠に嵌まり、爆発で死んだ。この部屋は４８０８号室。六本木は上下二階両方の部屋を持っていて、エレベーターのシステムを操作し、僕だけをこの部屋に誘導した。そして極めつけに。

「分かったぞ、赤坂。このガラスの中、酸素が薄められてる！」

さっきから息苦しく感じていたのも、鼓動が異様に速く打つのも、頭がガンガン痛いのも、今にも倒れそうなのも、意識が朦朧としてきたのも――全部、六本木の思惑どおりで。

「ハハハッ、正解だ。取ったデータを分析したらすぐにネタが割れたぜ。テメェらの能力の発動条件は心拍数の急上昇。だがテメェらの心拍数は酸素濃度の低下で上がりきっている。もう過去は変えられねェ。後はこのまま気絶したテメェらを連れて屋上に迎えに来たヘリで逃げればアタシの勝ちだ、有栖川譲！」

ホログラムの六本木は、高笑いをガラスの中に響かせる。

「譲。とにかくもう、パスワードを突破するしかないわ。三分以内に解錠して、爆発のことを旭達に伝えるのよ」

僕は頷き、コンソールのボタンをおぼつかない手で入力する。

『TIMEMACHINE』

……が、短いビープ音が鳴るのみだった。すぐ次の単語を入れる。お金。命。名誉。自由。時間。特許。真理。充足。身長。健康。手を止めずに続けるも、どれも不正解。

「考えろ。六本木珀は――過去を変えたいと思ってる。いったいどんな過去を？」

「ハハハッ、よく調べてるじゃねェか。ヒントが欲しいか？　アタシはな、赤坂に人生をぶっ壊されたんだよ。だから最高の眺めだ。赤坂の娘が苦しむ姿がなァ！」

　馬鹿げてる。わざわざ僕らにヒントを与える意味はない。耳を傾ける価値もない。思いながら、復讐、と入力し、不正解。壁に背中を預けた赤坂が、ゆっくりと腰を落とす。

「何を言っているの。貧しいあなたの家を救い出したのは、赤坂グループでしょう」

「そいつァ嘘だぜ。本当はな、アタシの才能に目を付けた赤坂奏鳴が、アタシの家を壊して、赤坂で働くよう誘導した。感謝してた若い頃のアタシを思い出すと、反吐が出る！」

　六本木の生い立ちは、僕の人生に少し似ていた。でも共感も同情もしない。僕はただ、ぜえぜえと肩を上下させて、考える。六本木は何故こんなにもベラベラと喋っている？

「真実を知っちまったアタシは、タイムマシンを作って過去を変えると決めた。事業が解体されても、不正会計で金を引っ張り、個人的な研究を続けた。タイムリーパーらしき人間を捕まえてはこの部屋で実験してきた。このガラスの部屋で温度や気圧を操作し、様々な極限状況に追い込んでな。まァ結局、全員偽物だったがな！」

「うるさい、もう黙っててくれよ！」

叫んだだけで、息が苦しくなってぶっ倒れそうになる。普通に考えて、こんなもの解けるように作るわけがない。僕だったら絶対、意味のない羅列に――

「あ……れ……？」

気付けば僕は、天井を眺めていた。身体に力が入らず、起き上がれない。もう……詰みだ。この状態で仮に解錠できたとして、扉を開ける力も、移動する力も残ってない。

僕らの様子を気味の悪い笑顔で眺め、ホログラムの六本木が、高らかに宣言する。

「ハハハッ、アタシの勝ちだなァ。答えを教えてやるよ。アタシの欲しかったものはな、こんなクソくだらねェ天才じゃなく、ただの凡人として生きることだ！　ほうら、過去を変えてみるか？　いいぜやってみろよ、できるもんならなァ！」

ああ――そっか、それが、答えだったんだな。

手遅れになって、僕はようやく気付く。

六本木は合理的な人間だ。そして、想定外の事態にも必ず備えている。

勝利に繋がらないことを饒舌に喋るのは、誘導するためだ。僕らが過去を変えることはできないと確信しながらも、万が一《更新》が起こせたときに、間違えるように。

パスワードはやっぱりフェイクだ。絶対に正解できないようになっている。

ならば何故、僕らを放置せず、わざわざホログラムで現れてまで誘導した？　パスワードに意識を向けさせるためだ。ということはパスワード以外にこの箱から脱出する方法があるはずで、僕がそれに気付けば脱出できてしまうと、六本木は思っている。

「分かったよ。あか、さか——」

六本木は何度もこのガラスの部屋で人体実験をしている。ならば六本木は備えなければならない。もしも実験室内に自分がいるときに事故が起きたら？　パスワードを入力できなくなったら？　遠隔で実験をしている最中に、被検体が死にかけてしまったら？

六本木珀(はく)はどこまでも合理的で、用意周到で、用心深い。

だからこそ彼女の思考は、一度掴(つか)んでしまえば親切なくらい読み解きやすい。

つまり六本木は——室内環境を元に戻すための緊急コードを設定しているはずだ。遠隔でも効果のある、音声入力のコードを。それは覚えやすく、咄嗟(とっさ)に口から出る言葉にすべきだ。思い出せ。六本木は想定外の事態に遭遇したとき、なんと言っていた？

「ああ……『最悪だ(ディザスター)』」

僕の言葉に反応して——がちゃり。無意味で無機質な解錠音がした。

本当の本当に、最悪だよ。よく考えれば、解けたはずなのに。一歩、届かなかった。

「——ッ！　ッ、——ははっ、ハハハハハハッ！　まさか、まさか本当に開けるとはな！　だがテメェらはもう虫の息。過去を変えることだってできやしない！」

「いいえ——でき、るわ」

赤坂がか細い声で反論する。

「いいやできないなァ！　精々叶わない夢を見てろ、不正能力者どもがッ！」

ぶつり。不機嫌な音を残して、ホログラムは粒になって霧散した。

「ゆず、る——」

壁にもたれて座っていた赤坂が、寝そべる僕に、弱々しく語りかける。

「《更新》を起こせば、いいのよね」

「そうだ。……でも、もう無理だ」

「で、できるわ」

顔を真っ赤にした赤坂が、最後の力を振り絞って僕に覆い被さる。

僕の頬を、細い指がそっと撫でた。慈しむように。名残惜しむように。赤坂の蒼い瞳が、ぼやけた視界の中で、僕だけを見つめる。

「あなたのこと、嫌いよ。……だから、今からするのは、交通事故みたいなもの」

赤坂のぬくもりが、僕を包む。絶え絶えの吐息が徐々に近付いてきて、こそばゆい。

「でも、勘違いしないで。……これが嫌々じゃないくらいには、あなたのこと、気に入っているのよ」

なんだよ、そのひねくれた台詞は。

あり得ないほど速い鼓動が、僕の鼓動と共鳴する。

大事なのはシチュエーションと、勢いらしい。なるほど確かに、そのとおりだ。

こんなシチュエーション、ドキドキするに決まってる。

なにせ人生終わるかどうかがかかってる。

比喩じゃなく、心臓が爆発しそうだった。たぶんこのまま、死んでしまうと思う。

最悪だ、こんな気持ちになるなんて。こんな気持ちになってなお、この先も――

「この記憶は絶対に、思い出させないで頂戴――」

《この先もずっと君とつながってるなんて、最悪だ――》

唇が触れ合う感触がして、そして、世界が壊れて、創り替えられる。

とても現実だなんて思えない。夢みたいで。世界は蒼いノイズになって、まるで逃げるみたいに散らばって、ひねてねじれてひっくり返って、再生を始める。

意識だけの状態で思考する。《更新》が起きたということは、正しく伝わったのだろう。となれば、あとは脱出するだけだ。ああ、とても気が進まない――でも、まあ。

きっと怖くないはずだ、君と《交信》でつながっている限り。

＊＊＊

「「わああああああああああああああああああっ！」」

気付けば僕らはなんと抱きしめ合って、地上１５０ｍの高さを落下していた！　普通は心の準備とかさせてくれるだろ！　あ――なんでこんな状況になってるんだよ！　あ――ムリだムリだムリだ、やっぱり怖いものは怖いに決まってる！

「赤坂、赤坂っ！　もう限界だって！　早く脇のボタンを押してくれ！」

「私に命令しないで。限界は超えてからが本番でしょう？」

「いや本当にマジでこれ洒落にならないから死ぬから終わるから！」

と、みっともなく喚いている間に、ぱしゅ。と気の抜けた音がして、パラシュートが開く。じわじわと減速していき、降下の速度はゆっくりに……アンダンテくらいになった。ありがとう空気抵抗。空気抵抗は偉大だ。空気抵抗は絶対にないものとしてはいけない。

「冗談よ、いい反応を見られたわ」

「君ってほんっっっといい性格をしてるよな」

ふわふわと舞いながら、空を見上げる。４７０８号室が爆発する様子はない。良かった。全部、上手くいった。安堵の息を吐く……と、地上に目がいってしまう。特区記念館で見たジオラマのようだった。ひっ、とすぐに空を見る。やっぱり怖い。

「……帰ってきたのね、私達」

「ああそうだな。でもこんな形で実感なんかしたくなかったよ！」

「でもなんだか、納得いかないわね」

赤坂(あかさか)の不貞腐(ふてくさ)れたような声に、僕は「なにが」と返す。

「結局ぜんぶ、あなたのお陰じゃない。私は何もしていないもの。ただ私は、あなたからのメッセージをあなたに伝えただけ」

「……違うよ。全然違う。君がいなかったら、どうしようもなかった」

「本当に？　なら私はどれだけ大活躍をしたの？」

「そっ、それ、は――」

言えない、絶対に。思い出させないって約束したから。

確実に真っ赤になっている顔を、地上の誰からも見られないように思いっきり空へと向けた。そこに浮かんだ黒い穴だけは、僕が死ぬほど照れてることを知っている。

＊＊＊

一週間の長くて短い逃避行は、こうして幕を閉じた。

六本木珀は結局、亡命することなく特区内に逃走したようだった。だが彼女の逃げる先はどこにもない。この誘拐事件も、警察では六本木が犯人として正しく捜査が進められている。武器も手下もお金も失った彼女は、恐らくすぐに捕まることだろう。

旭司馬と皐月まかろんとも、別れの挨拶を交わした。二人には随分とお世話になったし、皐月とは半年以上の付き合いだ。やっぱり少し、寂しかった。

「まっ、何かあったらまた来るよ。そんな悲惨な顔しない！　え？　普段どおりの顔？」

「頌明学園に潜んだ情報提供者についても調査を続ける。その過程ですぐに再会するかもしれないな」

二人はそう言っていた。……案外、すぐにまた会えるかもしれない。

僕の特待生の資格も、赤坂グループの取り計らいにより無事取り戻せた。諸々の手続きで一週間ほど期間が空いたのだが、色々とやりたいことも片付いたので丁度良かった。

そして今日から、元通りの日常が始まる。いや、元通りなんかじゃない予感があった。

「トクタイセー君、赤坂さんを誘拐して身代金請求したんだって？」

「すっげーよ！　ただの顔色悪い奴かと思ったけど、行動力あるじゃん」

「ごめん、有栖川君。乃木も二宮も失礼じゃないか！　それは誤報だよ。二人はデート中に悪い奴に追われて、ずっと逃げていたんだ。だよね有栖川君？」

僕は三人のクラスメイトに囲まれていた。当然といえば当然、すっかり注目の的だ。

「あはは……まあね。すごく大変だった。敵はなんと天才物理学者で——」

「ちょっと、まず否定しなさい。デートなんてしていないわ、偶然会っただけよ」

後ろから赤坂の茶々が入る。相変わらずパソコンを操作する手が止まることはない。

「あー、そういうわけで、デートじゃない」

教室の緊張した空気が弛緩するのが、あからさまに感じ取れた。「やっぱり駆け落ちっては嘘か」「そりゃそうだろ。釣り合わない」「だけど——」と小声が聞こえてくる。

「二人でずっと一緒だったんなら、少しはいい雰囲気になったんじゃ？」

「「なっ——ないないないない！　あるわけがない！」」

僕らは息ぴったりに勢いよく立ち上がって、全力で否定した。動きまで完全に一緒。最悪だ。心の中で呟くと、ポケットが短く震えたので、スマホを取り出す。

「あーれー、トクタイセー君、スマホ持ってたのかよ」

「ああ、うん。ちょっと臨時収入があってさ。ようやく買えたんだ」

赤坂を看病した時の代金が、一日十割の暴利。すっかり忘れていたせいで、一週間分の複利が膨れ上がって——２５６倍にもなってしまった。いらないって言ったのに、律儀にも渡してきた。受け取らない方が面倒だったので、ありがたく頂戴することにした。

「え、じゃあ『シュースタ』やってる？　ＩＤ交換しね？」

「もちろん。スマホを買って一番に始めたんだ。やっぱりいいよね、『シュースタ』。色んな人から褒めてもらえてさ。ほんっと最高だよ」

ふと気付くと、赤坂がこっちをじろじろ見ていた。仕事の手は止まっている。

「赤坂も交換したいか？　この僕と」

「冗談やめて。必要ないわ」

「僕の写真センスを見たらすごいと言わざるを得ないぞ」

「……うるさいわね」

そう言う赤坂だが、実は捨てアカで僕のことをこっそりフォローしているのを知っている。だけど僕の最初の投稿は知らないだろう。投稿してすぐに消えた、あの幻の写真を。

「でもさ、連絡先くらいは交換しておかないか？　いつでも連絡が取れて便利だ」

「あなたといつでも連絡が取れることで、何か私にメリットがある？」

「もちろん、あるわけない」

なにせ僕らは《交信》でつながってる。

かなり不便で、とても迷惑で、たまに危険だけど。

だけど大事なことは、きっと伝わるから。

一秒にも満たない時間、赤坂と目が合って。そして「ふん」と同時に逸らす。

予鈴が鳴った。

僕らを待ち受ける新しい日々の、始まりを告げるように。

削除されたエピローグ

予鈴が鳴った。

赤坂彼方は頬杖をついて、溜息を一つ。面白くないわ、まったくほんとうに。

「……ずるいわよ、あなただけ」

逃避行を経て、有栖川譲は随分と変わったように見えた。

自信がついたというか、吹っ切れたというか。以前よりも前向きな印象になって、ああして自然に同級生にも受け入れられて。

それに、彼方は《交信》で断片的に知っていた。あれから譲が母親と話し合って、元の家で暮らしていること。バイトは最低限に抑え、きちんと勉強に専念していること。

昨日は妹を遊園地に連れて行っていた。これはこっそり『シュースタ』で見て知った。

あと、ほんの少し背が伸びていた。それが彼方にとって、最も気に食わないことだった。

私は何も、変わっていないのに。——彼方は不満げに、窓の外、雨降りの空を眺める。

雨は嫌いだ。行動が制限されるから。許されるのなら傘なんて差さず、いつだって雨の中を堂々と歩きたいと思っていた。

六本木珀の野望は打ち砕かれ、平和な日常が戻った。

だけど、戻っただけだ。黒い穴は、今も変わらず彼方達を覗き込んでいる。

逃避行を経て、彼方の考えも確かに変わった。赤坂に縛られなくていいと、赤坂を一緒に潰そうと、譲が言ってくれたから。でも、分かっていたけど、現実は一つも変わらない。

刻一刻と自らの未来が閉じていく感覚が、閉塞感が、再び彼方の中で強くなっていく。

彼方は今も変わらず赤坂の跡継ぎで、家から出るなんてこと、ましてや赤坂を潰すなんてことはただの夢物語どころか、夢のまた夢で。

あまりに現実味のない夢を醒めずに見続けられるほど、彼方は夢想家ではなかった。

せめて何か一つでもとっかかりがあれば、きっと違うのだろう。あるいは。

「いっそのこと、こんな世界壊れてしまえばいいのに……なんて」

ありえない妄想を口にしてみてから、思い出す。

——畢竟、他人も世界も変えることはできない。それでもどうしても世界を変えたければ、自分が変わることだ。何か一つでもいいから、変えてみろ。

旭司馬の言葉だ。そう聞かされて彼方は、譲のことを下の名前で呼ぶようにした。

だから、彼方は心の中で愚痴を言う。あなたも赤坂を潰すなんて大言壮語を吐く前に、もっと身近なものから変えていくべきよ。たとえば、私ばっかりあなたのことを下の名前で呼ぶなんて、不平等でしょう。一度拒絶されたくらいで、どうして諦めるのかしら。

ほどなく一時間目開始の本鈴が鳴る。パソコンを仕舞うと、教室前方のドアが勢いよくりない日常が。

開いた。こうしてまた、いつもの日々が始まる。かけがえのない平穏な、でもどこか物足

そう、思っていたのに――やってきたのは、いつもの担任ではなかった。

「突然だが、前任の平林先生は退職された」

彼方は驚いた。目を見開き、瞬きして、ぽつり「どうして」と呟く。

その男は教壇の上でゆっくりクラスを見渡して、にい、と熱血教師のように笑む。

「今日からこのクラスの担任を受け持つ、旭司馬だ。よろしく頼む」

伊達眼鏡をきっちり上げ直した旭は、黒板に自分の名前を大きく、丁寧に、止め跳ね払いも分かりやすく書き上げる。振り返った瞬間、彼方と目が合った。

それだけではない。

「ぎりっぎりセ〰〰〰フ、だよねっ？　……だよね？」

皐月まかろんが後方ドアから入ってきて、遅刻を誤魔化すようにこそこそと席に座った。

やれやれ、と彼方は思う。こんなに早く再会することになるなんてね。

また何か面倒な事態でも起きたのかしら。だとしたら――

彼方はうんざりした表情を作りながらも、僅かな高揚感を覚えていた。

その時。有栖川譲がいきなり立ち上がり、逃げるように教室を飛び出した。

第六章　大っっっっっっっっっっ嫌いなアイツと

ジュリエット・シンドロームは女性のみが罹(かか)る病気である。

どうしてそう言い切れるのだろうか、と僕はずっと疑問に思っていた。

女性側が手術を受けた結果、二人の間にあった能力が消失した。それだけで『女性のみが罹る病気』と言い切るのは早計だ。その論理は、男性側が手術しても能力が消えなかったという事実があって初めて成立する。

だから僕は考えた。まだ何か隠された事実があるんじゃないか、と。

その疑問が氷解したのは、僕が頌明(しょうめい)学園に復帰する三日前のことだった。


「ジュリエット・シンドロームは死に至る病です」

霞(かすみ)が関(せき)の一角——内閣府不正能力者対策委員会の会議室で、ベージュのスーツを着た無表情な女性がテーブル越しに淡々と告げた。

「ジュリエット・シンドロームに罹患(りかん)した女性は、二十歳を過ぎた頃から徐々に能力が暴走していき、三十歳までに必ず命を落とします。記録に残っている完治事例は一件のみ。

有栖川（ありすがわ）さんも既にご存じかと思いますが、心臓手術によるものです」

それは――おおむね想定どおりの回答だった。想定していた中で最も悪いものだったが。

「そう……ですか。分かりました。お忙しい中、ありがとうございました」

「いえ、こちらこそ。これからはSNSを使わず、直接ご連絡いただいて構いませんので。まともに予算もつかない我々がご協力できるのは、情報くらいですが」

その情報も、決裁が下りないとかで全然教えてくれないくせに、よく言う。

会議室を出てから、ずっと我慢していた台詞（せりふ）を一人、吐き捨てる。

「たとえ貴女（あなた）方が見捨てても、僕は絶対に――彼女を助けますから」

僕は始めたばかりの『シュースタ』のアカウントを開く。先程の職員とのメッセージのやりとりを非表示にする。投稿した写真はまだ0件。初めの一件が、公開から僅か三分で、内閣府不正能力者委員会の権限により削除されてしまったからだ。

『警察庁公安部　不正能力者対策第二課　旭司馬（あさひしば）』

存在しない組織の名刺だ。カメラロールに残った写真を殴るように長押しして、端末からも削除する。ポケットに入っていたコピー用紙もビリビリに破いてゴミ箱に捨てる。

最悪だよ、この嘘（うそ）つき。

旭司馬と皐月（さつき）まかろんは、僕らをずっと騙（だま）していた。

振り返ってみれば、あの逃避行での彼らの言動にはところどころ不審な点があった。

たとえば、旭が僕らに『タイムマシン事業は継続している』と嘘を吐いたこと。

亡命の情報を掴んでいながら、先回りして阻止する作戦を提案しなかったこと。

後からいくらでも言い訳できそうなものだ。だけど僕らを騙すつもりだったという前提に立つと――最悪の真実が見えてくる。

あの騒動は全て、旭司馬達によって仕組まれたものだった。

そこまではいい。目的も大体予想がつく。だが、まだ確信を持てないことがあった。

僕が知りたかったのは、彼らがどうして僕らに固執するのか。それだけだった。


――第三茶道実習室で、息を潜める。

一時間目、旭が赴任してきた時は驚いた。教室を飛び出した僕は《交信》で赤坂に状況を伝え、《更新》の中廊下を走り、ここまで逃げてきた。

最悪だ、と呟く。でも、これはチャンスでもあった。まさかこんなに早く再会できるとは。準備していた甲斐があった。

引き戸が勢いよく開き、旭が目の前に現れる。だが身を隠していた僕は――死角から、手錠を旭の右手首にかけた。もう一方は壁の手摺りに繋がっている。

「ちょっと待て、何か誤解している。俺達はお前達を守るために——」

手錠にかけられた旭は、なにやら慌てた様子で弁明をする。だけど聞かない。

「僕達を守るために、六本木珀に僕達の情報を流して、僕達を襲わせたんですか？」

旭は黙り込む。苛立ったように唇を噛み締めながら、手錠のチェーンを右手で掴んだ。

僕の中では全部、もう終わった話だ。僕が見ているのは未来だけ。どうすればジュリエット・シンドロームを治せるのか。赤坂の命を救えるのか。

「すみません。もう全部分かってるんですよ。貴方と皐月が不正能力者だってことも」

「——っ！　お前、どこまで」

「気付いたのは、終わってからですけどね」

旭は右手を放す。二人とも、咄嗟に使うのは右手なのに、何か物を握るときはだいたい左手だった。わざわざ利き手を右から左に矯正するのは、滅多なことがなければないだろう。それに、バーで消えた皐月のコースター。一度疑えば、答えを出すのは簡単だった。

「なのでその手錠を皐月に《転送》するつもりなら、やめた方がいいですよ。皐月が今、足止めしている赤坂に何を握らせられているか分からないですよね？」

旭達は不正能力者。騒動を仕組んだ目的は、六本木を社会から切り離して仲間に引き入れ、利用すること。その天才的頭脳でジュリエット・シンドロームを解明させるために。

僕らを巻き込んだのは、僕らを見極め、信頼させるためだ。

ここまで思考が至った時、僕は思った。

きっと彼らにとって、僕らは特別な存在で、他にはない価値があるのだと。

「旭さん。貴方の目論見は外れました」

「そのようだな。お前はやっぱりただ者じゃない」

「そうなんですよ、いやあ、照れるな」

「だから俺達の仲間になってくれ。お前の力が必要なんだ、有栖川譲」

一瞬、覚悟が揺らぎそうになる。求められる場所で、自分を認めてもらって生きられれば、きっととても幸せだろう。でも僕が欲しいものは、もうそれじゃないんだ。

「僕は貴方の仲間にはなれない。貴方のことは信じられない」

「だろうな。だが目的は同じはずだ。こんな世界、お前だって間違ってると思うだろ?」

震えるその声は、きっと本心で。僕は「思ってるよ」とぽつり、呟く。

「でも間違ってるのは、貴方も同じだ」

「そんなこと——俺が一番、よく、理解している。だが……それでも俺は、俺は皐月を!」

「僕だって、赤坂を死なせたくない!　皐月のことだって!」

柄にもなく叫んだ旭に被せるように、声を張り上げる。

「だから答えてください。ジュリエット・シンドロームを治療する方法は、もう一つあるんですよね?」

旭も、本物の対策室の職員も、口をそろえて言っていた。記録には一件しかないと。だが……記録にない、詳細不明の治療法があると、僕は踏んでいた。

それさえ分かれば、逃避行の成果は充分だ。

騙されて、命懸けで、最悪な旅だったけど、それでも少しは楽しかったんだよ、僕は。だから今回は本当に、あとほんの少し情報を得られればそれでいい。

「ああ、そうだ。タイムリーパーを名乗る男によるものが一件だけある」

旭はしばし黙考した後、観念したように静かに答える。

「……それを最後まで黙ってる時点で、信用できないんですよ。やっぱり、そうだったんだ。僕らは絶対に、貴方の思いどおりになんかならない。次に僕らに手出ししてみろ。……貴方達を潰す手だって用意がある」

僕は旭の手錠をつけたまま、手前側の引き戸に向かう。

「じゃ、そこで本物の警察が来るのを待っててください。一時間目は自習、でいいですよね。旭先生――」

りんりんりん、と仕掛けた鈴の音を鳴らしながら戸を開くと、赤坂彼方がいた。

え、なんで――と思った瞬間。ひゅん、と赤坂の額めがけ、僕の仕掛けていた罠が飛来し、赤坂は「きゃっ！」と前のめりになり――畳の上に、僕を押し倒すような体勢で倒れ込む。同時に、向こうの引き戸が開く音がした。旭は手錠を《転送》し、逃走したようだった。赤坂が来たから、ブラフだってバレたんだろう。

「……皐月の足止めは？」

「廊下で伸びているわ。それよりどういうこと？　全部聞いていたわ。私、死ぬの？」

「ああ、そうだよ。……ジュリエット・シンドロームで、君は三十歳までに死ぬ」

できれば聞かせたくなかった。でも聞いてもらわなきゃいけないと、思っていた。

赤坂の反応は薄かった。自分が死ぬ運命だっていうのに、全然気にする素振りもなく、平気な顔してすぐさま立ち上がった。

「なんだか懐かしいわね。この部屋も。ここで褒め合い勝負をしたわよね。それで……あの時の罰ゲームがまだ残っていた気がするわ」

赤坂は顔を真っ赤にして、なんだかわざとらしい口調で、不自然にステップを踏みながら、僕のまわりを一周する。それから僕の心臓に指を差し、宣言した。

「だから有栖川譲、命令よ。これは絶対遵守だから」

赤坂は握りこぶしを口元に当て、こほん、と咳払いをして、高らかに命ずる。

「他のことは何も考えなくていいわ。だからあなたは私のためだけに、ジュリエット・シンドロームの全てを解き明かしなさい」

彼女が浮かべていたのは、僕の大嫌いで――少しだけ憧れる、傲慢な笑みだった。

「随分と大きく出たな。手がかりなんてまだ、これっぽっちもないのに」

タイムリーパーによる完治例。僕らこそが、ジュリエット・シンドロームを治療する鍵だった。だけどこの鍵で開く扉が、どこにあるのかもまだ分からない。

「あら。ヒントならまだあるでしょう。この逃避行で——いいえ、それよりもずっと前からおかしな動きをしていた人間がいたじゃない」

赤坂の一言で、気付く。ああ、そうだよな。一番怪しいのは、どう考えても。

真実が見えていたはずなのに、然るべき対応をせず、状況をずっと静観していた人物。

黒い穴に手を伸ばさんとばかりに、その真下にタワーを建てた人物。

赤坂グループ会長——赤坂奏鳴は、一体なにを目論んでいる？

「だから約束、きちんと守りなさいよ」

「……分かってるよ。君を助け出すために、赤坂グループを潰す。そっちこそ、ちゃんと僕に協力しろよ？」

「あなた今、私に命令した？　あなたになんか絶対に協力してあげるものですか！」

「いや、そしたら君が死んじゃうんだけど」

「そうなったら化けてあなたを呪ってあげるから、覚悟していなさい」

「ほんとに君はめっちゃくちゃだな！　なんだよそれ、理不尽すぎるだろ」

現実逃避の夢のはずだった。なのに今は、この夢にすら現実が追いついてきそうで。

だから大嫌いな君との逃避行を、もう一度始めよう。一週間ぽっちじゃ到底帰れない、もっとずっとずっと長い、最悪の旅路を一緒に往こう。

――と、覚悟を決めるその前に。ひとつだけ、どうしても気になることがあった。

「なあ、赤坂」

さっきから僕に目も合わせてくれない赤坂に、僕は訊ねる。

「……本当は、思い出してるんだろ」

「は、――はあ!?　な、なんの話よいきなり。思い出すっていったい、なにを」

僕は自分の唇に人差し指を当てて、熱くなる頬を誤魔化すような口調で、伝える。

「さっきからずっと、気にしすぎ」

「――――――っ！」

目の前の赤坂彼方が顔を真っ赤に染め上げた時。

三分前の赤坂彼方から、心の声が届いた。

いつも僕の心の声を我が物顔で駆け抜けていく、癇に障る声。曰く、

《大っっっっっっっっっっっ嫌いなアイツとキスしたなんて、もう人生終わりよ！》

あとがき

はじめまして。あるいはお久しぶりです。かつび圭尚と申します。

このたびは『大っっっっっっっっっ嫌いなアイツとテレパシーでつながったら!?』をお読みくださり誠にありがとうございます。「っ」を数えてページを戻って比較された皆さまはもうお分かりかと思いますが、敢えて一個少なく書いてみました。正しくは「っ」が十個ですので、これを機に覚えていただければ幸いです。

さて、本作は「遠隔で心の声が聞こえ合ったら」というアイディアを膨らませてひっくり返してこねくり回してデコった結果、出来上がったものです。当初の資料を読み返してみたら、二人が仲良かったり彼方が警察官だったり……と内容が全く異なっていて驚きました。逃避行中の譲の心情のように「随分と遠くまで来てしまった」と思う次第です。

そんな物語を通して今回、「逃げること」について考えてきたのですが、書き進める中で一つ、気付いたことがありました。

忘れもしないデビュー作のあとがきで、私は作家になることを「夢」と表現しました。あれから約二年、その「夢」は「逃避」だったと今なら素直に白状できます。

作家になろうと思い立った当時、私は社会というゲームのルールにどうにも乗りきれず、言いようのない閉塞感を抱いておりました。そんな現実に対して真剣に向き合わないための言い訳が、作家になることだったのだと思います。そして今も逃げている真っ最中、逃避行真っ盛りです。唯一の誤算は、逃げた先のほうがよっっっっっっっっっぽど過酷な場所ということでしたが！

それでも「楽しい！」「もっと書きたい！」「というか一生書き続けたい！」とばかり思うのは、ひとえに読んでくださる皆さまのおかげです。

譲と彼方の、そしてかつび圭尚の逃避行を長く長く続けられればいいなと思っておりますので、もしよかったら一緒に逃げていただけると嬉しいです。

それではそろそろ、この場を借りて謝辞を述べさせていただきます。

担当編集様。根気強く改稿にお付き合いくださり本当にありがとうございました。いつも的確なご指導をくださり頼りにしております。今後ともよろしくお願いします。

イラスト担当の五七翔二様。スタイリッシュかつとっても可愛い素敵なイラストをありがとうございます！　私自身あやふやだったキャラクターのイメージをしっかり掴んでくださったお陰で、改稿でキャラの魅力をさらに引き出すことができました！

また、本書の出版・販売に関わられた全ての方々。変わらず応援してくれた友人や職場の皆さま。支えてくれた家族に、心から感謝を申し上げます。

それではまた、あなたとお会いできることを願って。ありがとうございました。

かつび圭尚

大っっっっっっっっっっ嫌いなアイツとテレパシーでつながったら!?

2023年10月25日　初版発行

著者　かつび圭尚

発行者　山下直久

発行　株式会社 KADOKAWA
〒102-8177 東京都千代田区富士見2-13-3
0570-002-301（ナビダイヤル）

印刷　株式会社広済堂ネクスト

製本　株式会社広済堂ネクスト

Printed in Japan　ISBN 978-4-04-682982-5 C0193

●お問い合わせ
https://www.kadokawa.co.jp/（「お問い合わせ」へお進みください）
※内容によっては、お答えできない場合があります。
※サポートは日本国内のみとさせていただきます。
※Japanese text only

◇◇◇

この作品は、法律・法令に反する行為を容認・推奨するものではありません。

【ファンレター、作品のご感想をお待ちしています】
〒102-0071 東京都千代田区富士見2-13-12
株式会社KADOKAWA　MF文庫J編集部気付「かつび圭尚先生」係「五七翔二先生」係